비밀의 문

영조(英祖, 1694~1776)
이금(李昑). 조선 제21대 왕. 재위 기간 1724~1776년.

사도세자(思悼世子, 1735~1762)
이선(李愃). 영조의 두 번째 아들. 27세에 부왕의 명에 의해 뒤주에서 사사.

비정한 정치 앞에서 가장 비극적인 부자로 기억되는 영조와 사도세자.
아비가 그토록 아끼던 아들에게, 아들이 그리 존모해 마지않던 아비를 향해
칼끝을 세우며 간절히 이루고자 했던 세상은 어떤 모습이었을까.
지금 우리는, 당신은 어떤 세상을 꿈꾸는가?

1

   십 년 전, 창덕궁 편전.

   "맹의猛毅가 과인의 발목을 잡고 있어. 그 망할 놈의 문서 탓에 탕평蕩平의 책도, 균역均役의 법도 어느 것 하나 제대로 건드려볼 수 있는 것이 없어."

   그리 말하는 영조의 목소리에는 안타까움과 분노가 가득 차 있었다. 천한 무수리 어미를 둔 탓에 그 출생부터 위태로웠고, 형왕 경종의 죽음 직후에는 독살의 배후로 몰려 갖은 고초를 겪었던 그였다. 전쟁 같은 삶 속, 숱한 고비들을 이겨내고 끝내 조선의 스물한 번째 군주가 되었으나, 임금이 된 후에도 그는 불완전한 권력에 불안해했다. 어미의 천한 신분도, 형왕 경종을 독살했다는 추문에서도 벗어났으나, 지난날의 맹의가 노론의 손에 남아 있는 한 그는 자유로울 수 없었다.

   "그대의 손으로 맹의를 찾아. 그것만이 정사를 바로잡을 수 있는 유일한 길이야."

왕은 오래된 친구이자 가장 믿음직한 신하인 박문수에게 간절히 청했다. 어심을 모두 헤아릴 수는 없으나 왕이 말하는 탕평의 시대를 열 수 있다면, 하여 당파 간의 싸움에 희생되어가는 백성들의 고통을 멈출 수만 있다면, 박문수는 그 어떤 일도 기꺼이 할 용의가 있었다.

며칠 후 박문수는 맹의가 승정원에 있음을 고했고, 그날 밤 승정원에 큰 불이 났다. 승정원이 불타고 있다는 전갈에 한달음에 달려온 김택은 거센 불길 앞에서 무력했고, 박문수 역시 마찬가지였다. 박문수가 분기 띤 얼굴로 왕을 돌아보았을 때, 왕은 털썩 무릎을 꿇은 채 목 놓아 울었다.

"이 일을 어찌한단 말이냐. 불쌍한 놈들을 어이할꼬. 불타버린 사백 년 역사는 또 어찌할꼬."

박문수가 황망히 고개를 돌렸고, 김택은 울먹이는 왕을 서늘하게 바라보며 이십 년 전, 어느 밤을 떠올렸다.

칠흑 같은 어둠 속에서 잔혹하고도 광기 서린 검의 파도가 인명人命을 하나둘 집어삼켰고, 이내 붉은 피의 파도는 동궁전 안 은밀한 곳에 숨어 있던 왕세제 이금의 턱밑까지 치고 올라왔다. 마지막까지 그를 호위하던 내관이 자객의 칼에 쓰러졌고, 이금의 얼굴 위로 내관의 피가 뿌려졌다.

"저하…… 무탈하십니까?"

이금이 겁에 질린 채 그리 묻는 김택을 올려다보았고, 김택은 제 수하들에게 이금을 끌고 가라는 듯 고갯짓을 했다.

"맹의에 수결을 하십시오."

김택과 서탁 위에 펼쳐진 맹의를 번갈아보는 이금의 눈이 두려움으로 일렁였다.

"수결을 하시면 용상은 저하의 것이 될 것이나, 아니라면 저하를 기다리는 것은 오직, 죽음뿐입니다."

초라하고 비참한 선택지 앞에 이금은 대답 대신 쓰디쓴 웃음을 지었다. 이금은 떨리는 손으로 붓을 집었다. 서안 위로 먹물이, 그 위로 이금의 눈물이 떨어졌다.

"이제 맹의는 승정원과 함께 영원히 봉인된 것인가."

이십 년 전 김택 앞에서 울던 왕세제 이금은 더 이상 없었다. 서늘하게 중얼거리는 왕의 입가에는 묘한 웃음이 걸렸다. 승정원을 집어삼킨 화마는 한순간에 조선의 사백 년 역사를 집어삼켰다. 맹의는 물론 이십 년 전 그 밤도, 이십 년 동안의 욕된 나날들까지. 왕은 자신을 끈질기게 괴롭히던 맹의에서, 치욕스럽던 과거에서도 벗어나 비로소 자유로워질 수 있었다. 아니 그렇게 믿었다.

"맹의가 다시 나타났다."

김택은 서늘한 미소를 띤 채 승정원이 불탔던 그날 밤 이후, 지난

십 년을 떠올렸다. 자신의 발치에 엎드려 목숨을 구걸하듯 맹의에 수결했던 왕은 맹의가 사라진 그 밤 이후, 뻔뻔하고 오만해졌다. 허나, 맹의가 사라진 마당에 그와 노론이 할 수 있는 것은 그저 그 시간을 참고 견디는 것 말고는 없었다. 헌데, 십 년이 지나 불타 사라졌다 생각했던 그 맹의가 거짓말처럼 다시 나타난 것이다.

"사필귀정, 맹의만 되찾으면 이제 이 나라 조선은 다시 노론의 세상이 되는가."

표정 없는 김택의 얼굴에도 의미심장한 미소가 스쳤다.

그 시각, 희우정의 일실에서는 하급 관원과 별감이 조족등에 의지한 채 맹의를 찾고 있었다. 허나, 맹의는 쉬이 눈에 띄지 않았고 끝내 아무것도 찾지 못한 채 방을 나섰다. 그때 어둠 속에서 한 사내가 몸을 일으켰다. 공포에 짓눌려 있던 탓일까. 들창을 비집고 새어 들어오는 창백한 달빛만큼이나 그의 얼굴은 파르라니 질려 있었다. 예진화사[1] 신홍복이 마른침을 삼키며 벽 한 켠에 걸린 족자의 그림을 스윽 떼어내자, 그림 아래 감춰져 있던 문서 하나가 드러났다. 김택이 간절히 원하고 있으며, 그만큼 왕이 없애고 싶어 했던 비밀문서 맹의였다.

※ ※ ※

---

1. 예진화사(睿眞畫史) : 왕세자의 초상화를 그리는 화원.

새벽 어스름이 깔린 채, 안개마저 자욱하게 내려앉은 광통교 기방통은 고요하고 또 고요했다. 한성부 지도를 펼쳐든 채, 연신 지도와 주변을 두리번거리는 미복微服 차림의 한 선비를 제외하면 말이다. 육 척이 넘는 훤칠한 키에 수려하고 단정한 용모의 미남자였으나, 얼굴에는 아직 앳된 소년의 장난기가 남아 있었다. 선비의 얼굴에 언뜻 옅은 미소가 스치는가 싶더니, 지도를 급히 말아 넣으며 말했다.

"기방통 세 번째 골목. 저쪽이다!"

보물을 찾기라도 한 듯 선비는 들뜬 목소리로 걸음을 내딛었다. 그때 곁에 서 있던 갓도포 차림의 홍복이 화들짝 놀라 '쉿' 하며 주위를 살폈다.

"은밀하게 움직여야 합니다."

"왜?"

"세책2 단속이 이만저만 심한 게 아니라니까요."

선비가 눈썹을 찡긋하더니 떨떠름한 얼굴로 걸음을 옮겼고, 홍복이 나지막이 한숨을 내쉬며 그 뒤를 따랐다. 안개가 걷히기 시작한 저잣거리에는 사람들이 하나둘 들어서고 있었다. 쓰개치마를 쓴 여염집 아낙과 처자며 삿갓을 눌러쓴 양반이며, 그 신분은 각양각색이었으나 그들 모두 이곳에 모여든 이유는 같았다. 세책을 하러, 즉 책을 빌리기 위함이었다. 언뜻 보면 별것 아닌 일 같으나, 이는 나라에

---

2. 세책(貰册) : 돈을 받고 책을 빌려주는 일. 또는 그 책.

서 금하는 일이었다. 하여, 그들은 마치 첩보작전이라도 펼치듯 은밀히 움직였다. 이는 책을 빌려주는 쪽 역시 다르지 않았다. 세책 하려는 자들이 원하는 책을 세책표에 적어 작은 협문, 창틀, 지붕의 기왓장 등에 숨겨두면 세책방 사람들이 이를 찾아냈다. 그렇게 세책표를 수거해 원하는 장소까지 배달해주는 것까지 세책방에서 맡아 하고 있었다. 세책 하는 자들은 하루가 다르게 늘어갔다. 반가의 규수들과 기방의 기녀들은 은밀히 세책들을 돌려 보았고, 서당의 학동은 물론 훈장까지 세책을 숨겨볼 정도니 그 인기를 가히 짐작할 수 있었다.

"세책 한 번 하기가 간자 접선하기보다 훨씬 어렵다는 말이 괜히 나온 게 아닙니다."

"세책 한 번 하기가 간자 접선하기보다 어렵다!"

기방 부용재 뒷문, 골목길 안으로 들어서던 선비가 투덜댔으나, 그 얼굴에는 기대감이 잔뜩 어려 있었다. 선비는 들뜬 발걸음으로 세책통이 감춰져 있을 담장 쪽으로 걸어갔다.

"옳지 않아, 옳지 않아."

몇 장을 들썩여보아도 미동조차 없는 기왓장들에 선비가 미간을 찌푸리던 그때, 기왓장 하나가 슥 들춰졌다.

"있다!"

기왓장 아래 세책통이 놓여 있었고, 선비의 얼굴 위로 미소가 번졌다.

그 무렵, 창덕궁의 애련정에서는 왕이 느긋하고 평화로운 아침을 맞고 있었다. 간편한 차림으로 양생술을 하고 있는 왕 앞에 김택이 앉아 있었다.

"균역법 제정, 재고 하셔야 합니다."

"양생술 하는 거 안 보이나. 헛소리 말고 오래 살고 싶으면 따라해 봐."

"이것이 마지막 경고가 될 것입니다."

"신하란 놈 말법 한번 봐라. 내 죽기 전에 저 고약한 버릇 하나는 고쳐놓아야 할 텐데."

왕은 대리청정[3] 중이니 할 말 있으면 국본國本에게 하라 일렀다. 분기를 억누른 채, 김택은 자리에서 일어나 정자를 내려섰다. 김택이 꽤 멀어져갔을 무렵, 왕은 감았던 눈을 천천히 뜨고 그의 뒷모습을 바라보았다.

"몇 놈 붙여봐. 갑자기 저리 오만방자해진 연유를 알아는 봐야지."

상선이 깊이 고개를 숙였고, 왕은 김택이 시야에서 보이지 않을 때까지 그를 바라보았다.

---

3. 대리청정(代理聽政) : 왕이 병이 들거나 나이가 들어 정사를 제대로 돌볼 수 없게 되었을 때 세자나 세제가 왕 대신 정사를 돌봄.

❀ ❀ ❀

선비는 제가 찾은 세책통이 신기한 듯 이리저리 살펴보았다.
"저하, 속히 세책표를!"
홍복의 채근에 선비, 아니 세자 선이 고개를 끄덕였다. 수려한 외모에 총명한 두뇌, 어질고 서글서글한 도량까지 두루 갖추었으나, 때때로 어디로 튈지 몰라 뭇사람들을 불안하게 만들기도 했다. 선은 품에서 세책표를 꺼내 세책통에 넣고는 마치 주술이라도 불어넣듯 간절하게 세책통을 제 이마에 대었다. 선이 세책통을 원래 있던 자리로 돌려놓으려 기왓장을 들던 그때였다. "어이!" 하는 목소리가 날카롭게 귀에 박혔다.
"거, 손에 들고 계신 게 뭐요?"
선과 홍복의 뒤편에서 포교가 육모방망이를 손바닥에 툭툭 치며 물었다. 잔뜩 긴장한 선의 손에서 기왓장이 툭 떨어졌다. 수상한 낌새를 챈 포교들이 다가섰고, 선은 그 자리에 굳어버린 양 서 있었다. 그때 포교들의 등 뒤로 쓰개치마를 쓴 채 손을 흔들고 있는 소녀가 보였다. 소녀는 입모양으로 연신 "세책통" "이리 주시오" "내게 넘기시오" 하며 온갖 수신호를 보내왔다. 허나, 긴장해 바짝 얼어붙은 선은 어찌할 바를 몰랐다.
"세책통! 거 넘기라구, 이 반편아!"
소녀의 일갈에 선은 뒤통수를 후려 맞은 듯 얼얼했다. 그때였다.

포교들이 소녀를 향해 돌아선 순간, 소녀는 쓰고 있던 쓰개치마를 벗어 그들에게 뒤집어씌웠다. 포교들이 허둥대는 틈을 타 소녀는 선에게서 세책통을 낚아채 기방 뒷문 쪽으로 도망쳤고, 선과 홍복 역시 달아나기 시작했다. 포교들이 양쪽으로 나누어 소녀와 선을 뒤쫓았다.

포교가 소녀의 뒤를 쫓아 기방 안으로 쳐들어왔으나, 소녀는 요리조리 잘도 빠져나가며 그를 따돌렸다. 그즈음 뒤쫓아오는 포교를 피해 달아나던 선과 홍복은 저잣거리로 뛰어들었다. 저잣거리 인파 속에 묻혀 위기를 벗어나고 싶었으나 웬걸, 눈에 들어오는 것은 호적소리에 벌떼처럼 모여든 포졸들뿐이었다. 포졸들은 선과 홍복처럼 세책을 하러 모여든 자들을 막아섰고, 이내 육모방망이로 그들을 후려쳤다. 그 살풍경한 광경에 선은 저도 쫓기는 처지임을 망각한 채 포졸들을 떼어냈다. 포졸들이 선에게로 달려들었고, 선은 신속하게 그들을 제압했다. 그때 포교 하나가 뒤에서 육모방망이를 든 채 달려들자 홍복이 제 몸을 날려 막았다.

"홍복아!"

홍복을 살피던 선이 서늘해진 얼굴로 그를 공격한 포교에게 다가가려던 그때였다.

"안 됩니다. 저…… 이러다 신분이 노출되기라도 하면……."

홍복이 선을 말렸고, 안타까운 눈빛이 서로 간에 스쳤다. 선이 다시 고개를 들었을 땐 이미 그 혼자 상대하기 버거울 만큼 많은 포교와 포졸들이 그들 주위를 에워싸고 있었다. 선이 난감한 듯 아랫입술을 지그시 깨물었다. 그때 둔탁한 파열음이 들려왔고, 포교들 몇몇이 선의 발치께로 쓰러졌다.

"자네가 여긴 어찌……."

"속히 환궁을…… 화급을 다투는 일이옵니다."

동궁전 별감 강필재의 말에 선의 눈빛이 흔들렸다. 강필재는 손가락을 입에 넣어 휘파람을 불었고, 이내 세 필의 말이 다가왔다. 선과 홍복, 강필재는 말에 올라 그대로 궁을 향해 내달렸다. 흘긋 뒤를 돌아본 선의 눈에 포교와 포졸들에 두들겨 맞고, 끌려가는 자들이 보였다. 안타까움을 금할 수 없는 눈빛으로 그들을 보던 선이 애써 고개를 돌렸고, 입을 꾹 다문 채 말을 몰았다. 그 모습을 먼발치에서 내시부 무관 풍, 운, 뢰가 지켜보고 있었다.

❀ ❀ ❀

아담한 기와집, 책쾌[4] 서균의 집 대문 앞으로 달려오는 이는 기방에서 구사일생으로 도망친 소녀였다. 가쁜 숨을 몰아쉬며 주위를 살핀 소녀가 대문 안으로 들어섰다. 소녀는 마당을 가로질러 뒷마당 쪽으로 걸음을 옮겼다. 뒷마당의 툇마루에는 멍석이 깔려 있었고, 그

---

4. 책쾌 : 조선시대 책장수. 오늘날의 서적상.

위로 고추가 말려지고 있었다. 소녀가 툇마루 귀퉁이에 튀어나온 나뭇조각을 밟자 멍석이 도르르 말렸다. 멍석이 치워진 바닥에서는 문고리가 달린 나무문이 모습을 드러냈다. 서가세책의 지하공방으로 들어가는 문이었다. 서가세책의 주인이자 장안의 이름난 책쾌 서균은 《춘향전》을 펼쳐든 채, 한 대목을 맛깔나게 읽었다.

"금잔의 맛난 술은 일천 백성의 피요, 옥쟁반의 아름다운 안주는 일만 백성의 기름이라."

그 소리에 맞춰 필사하는 이, 필사된 종이에 기름을 바르는 이, 표지를 덮는 이, 가죽 끈으로 묶는 이, 틀에서 나온 책들을 쌓는 이 등 공방 안의 숙련된 장인들은 일사분란하게 움직이고 있었다. 그때 천장에서 한줄기 빛이 스며들더니 우당탕 하는 소리가 들려왔다. 서균이 휙 돌아보았고, 장인들 역시 일제히 동작을 멈추었다. 그 숨 막히는 긴장 속에 구르듯 내려선 것은 그 소녀였다. 긴장이 풀린 듯 서균이 살짝 짜증 섞인 목소리로 꾸짖었다.

"지담이 너 이놈, 살살 좀 못 다녀. 단속 뜬 줄 알고 간뎅이 콩 조각 됐잖어!"

서균의 꾸중에 소녀의 얼굴이 살짝 부었다. 서지담, 서균의 딸이자 독서광이며 세책방 주인에 소설가 등 그 직함만큼이나 하루 십이 시진[5]이 모자라고, 몸이 열 개라도 부족한 그녀였다.

---

5. 시진(時辰) : 시간을 재던 단위. 오늘날의 두 시간.

"단속 떴어요. 내가 잘 따돌려서 그렇지."

시큰둥하게 내뱉는 지담의 이마께에는 송골송골 땀이 맺혀 있었다. 서균이 그 땀을 닦아주며 지담을 살폈다.

"어이구, 이 땀 좀 봐. 표교들이 아주 지독한 놈들이었던 모양일세."

방금까지 자신을 꾸짖던 아비가 다정히 제 걱정을 해주자 서운했던 마음이 눈처럼 녹는 듯, 지담이 신나서 말을 보태었다.

"게다가 웬 반편이까지 하나 끼어들어선……."

"반편이?"

반편이, 아니 세자 선은 창덕궁 안을 가로질러 뛰어가고 있었다. 희정당 앞, 혜경궁의 눈에 이쪽으로 달려오고 있는 선과 그 뒤를 따르는 동궁전 사람들이 들어왔다. 혜경궁이 비웃음을 머금은 채 전각 쪽으로 돌아섰고, 선 역시 그 옆에 서며 가쁜 숨을 몰아쉬었다.

"분주해 보이십니다."

혜경궁이 불만 묻은 목소리로 톡 쏘아댔으나, 선은 그녀에게 눈길조차 주지 않았다. 선과 혜경궁은 안으로 들어 왕에게 아침 문안을 올렸다.

"무슨 땀을 그리 비 오듯 흘려. 식전부터 무예수련이라도 한 게냐?"

왕이 선을 살피며 걱정스레 물었고, 선은 옅은 미소를 띤 채 별일 아니라 답하였다.

"아니라면 정무가 너무 고단해? 기가 허하여 이리 땀을 흘리는 게냐."

부왕의 물음에 선은 무어라 대답해야 할지 몰라 식은땀마저 났다. 선을 물끄러미 바라보던 왕이 혜경궁 쪽으로 시선을 돌렸다.

"빈궁. 네가 각별히 마음을 좀 써. 국본의 강건이 곧 나라의 강건이다."

"명심하겠사옵니다, 아바마마."

선이 민망한 듯 눈썹을 찡긋하며 아랫입술을 살짝 깨물었다. 그런 선을 보는 왕의 얼굴에 묘한 미소가 감돌았다. 이미 상선을 통해 오늘 아침 세자의 일거수일투족을 보고받았으나, 그저 아들의 건강을 염려하는 인자한 아비의 미소를 지었다.

"후우."

희정당을 벗어나자마자 선의 입술 사이로 안도의 한숨이 흘러나왔으나, 혜경궁은 당치도 않다는 듯 운을 뗐다.

"저하의 미행으로 동궁전이 발칵 뒤집힌 일, 신첩이 아는 걸 대전에서 모르실 턱이 있겠습니까."

선이 대꾸할 틈조차 주지 않고 싸늘히 돌아선 그녀는 최 상궁과 장 내관에게 웃전을 어찌 보필하는 것이냐며 쏘아댔다. 그 얼음장 같은 시선에 깊이 고개 숙이고 있던 장 내관은 혜경궁의 발소리가 멀어지자 비죽대며 툴툴댔다.

"아니, 그러게 새벽부터 세책은 뭐 하러……."

"궁금하냐? 연유를 알려줘?"

장 내관에게 그리 묻는 선의 얼굴에 미소가 걷히는가 싶더니 서늘해진 얼굴로 궁 안에 세책 하는 자들을 모두 잡아들이라 명했다. 직접 세책 하러 나갈 때는 언제고 이제는 세책 하는 자들을 잡아들이라니. 장 내관은 당혹스러운 듯 선을 멀뚱히 쳐다보았다.

❦ ❦ ❦

장인들이 작업 중인 공방의 한 켠, 혹 파본이 있지는 않은지 서책들을 살피고 있는 서균 앞으로 서책 한 권이 슥 들어왔다. 서균이 서책과 지담을 흘긋 보며 심드렁하게 중얼거렸다.

"《문회소 살인사건 제이권》이라……."

"필사본, 죽어도 오늘까지 나와야 한다고 했잖아요."

"인석아, 요즘은 염정艶情 소설이 대세야, 대세. 살인사건이나 캐고 다니는 포교소설은 인기가 없어요, 인기가."

"인기가 없다니, 그럼 이건 뭔가?"

"빙애거사 보시오, 널 만나자는 거야?"

서균이 의아한 듯 세책표를 빤히 보며 묻자, 지담은 새침하게 세책표를 다시 거두며 대꾸했다.

"아님 아부질 만나자는 거겠어!"

"나가려구?"

"필사본이 없으면 못 나가지."

"이거 가지고 나가면 되겠구먼."

지담이 서책을 제 품에 소중히 안은 채 서운함이 뚝뚝 묻어나는 목소리로 대꾸했다.

"이건 내 손으로 직접 쓴 원본이라구, 원본. 세상에 하나뿐인 원본을 어찌……."

금방이라도 울 듯한 딸의 얼굴에 더는 놀리지 못하겠다는 듯 서균이 뒤에 감추어놓았던 책 한 권을 내밀었다. 단정하게 장정된 《문회소 살인사건 제이권》 필사본이었다. 벅찬 표정으로 책을 넘겨보던 지담이 표지에 서가세책 책인冊印을 꾹 눌러 찍었다.

"서가……세책."

혜경궁은 동궁전 책장에 단정히 놓여 있는 서책의 책인을 보며 미간을 찌푸렸다.

"세책이라니. 민간에서 사사로이 서책을 만들고 유통하는 것은 국법이 엄히 금하는 일이거늘. 세책 따위가 어찌 동궁전을 뒹굴어."

혜경궁은 분기를 억누르지 못한 채 파르르 떨었다.

그 시각, 혜경궁의 분기를 알 리 없는 선은 창경궁 시민당[6] 편전에서 막 '세책을 허하겠노라' 그리 말한 참이었다. 대소 신료들은 저마다 복잡한 얼굴로 득실을 셈하느라 침묵을 지키고 있었고, 그 침묵

---

6. **시민당**(時敏堂) : 세자가 경서를 강독하고 하례를 받는 정실.

을 깬 건 김상로였다.

"세책을 허하라 하셨습니까?"

"세책은 물론이요, 민간의 출판과 유통 또한 모두 허할 것이오."

"아니 되옵니다, 저하."

"아니 된다."

선이 옅은 미소를 머금은 채 덤덤히 중얼거렸고, 김상로는 강경한 태도로 말을 이었다.

"서책의 출판과 배포는 오직 국가가 주도할 일일 뿐."

"장 내관! 밖에 장 내관 있느냐?"

문이 열리고 장 내관이 들어섰고, 뒤이어 세책이 놓인 목반을 든 궁녀들이 줄줄이 들어섰다.

"궁 안에서 거둬들인 세책들입니다."

중신들은 당혹스러운 표정을 감출 수 없었다. 선은 그들을 스윽 훑어본 후, 자리에서 일어나 가운데로 내려서며 운을 떼었다.

"우상께선 서책 출판이 오직 국가의 몫이라 하셨지만, 보시는 바와 같이 이미 민간에서 출판된 서책들이 궁 안 깊숙한 곳까지 버젓이 들어와 있어요. 거둬들인 것이 모두 백여 권. 한 번 세책 하면 서너 명이 돌려 보는 것이 기본이라 하니, 궁인의 반 수 이상이 세책을 보고 있다는 게지요. 법도가 지엄한 궁이 이와 같다면, 여항7은 어

---

7. 여항(閭巷) : 백성의 살림집들이 모여 부락을 이룬 곳. 또는 일반 대중들의 사회.

떻겠습니까? 세책 열풍으로 들끓고 있다는 애깁니다. 사세事勢가 이와 같다면."

"사세가 그와 같으니 더욱 강하게 규제하고 단속을 해야 하는 것입니다."

김상로가 선의 말을 끊고 들어오자 민백상 역시 거들고 나섰다.

"그러하옵니다, 저하. 이 모든 것들이 혹세惑世하고 무민誣民하는 잡서들이 아니옵니까. 하오니,"

"무민이 아니라 낙민! 백성들을 미혹게 하는 것이 아니라 즐거움을 주는 것이니 잡서가 아니라 양서지요."

"양서라니요. 낯 뜨거운 상열지사를 어찌 양서라 하십니까."

선은 김상로 앞에 한쪽 무릎을 세우고 앉아 중얼거렸다.

"상열지사라.《춘향전》을 읽으셨군요."

"저하, 무슨 그런……."

"우상께선《춘향전》을 낯 뜨거운 상열지사로 독해하신 듯하나, 이 사람은 일부종사하는 열녀의 결기와 남의 내자를 함부로 탐하는 등 탐학하기 짝이 없는 탐관오리를 응징하는 참된 목민관의 자세를 읽었답니다."

선이 일어나 어좌 쪽으로 걸음을 옮길 때였다. 역심을 부추기는 내용 또한 태반이라는 민백상의 반론이 그의 걸음을 잡아 세웠다.

"부제학副提學께선《홍길동전》을 이르시는 겝니까?"

"저자 허균 또한 역도 아니합니까?"

"그래서 《홍길동전》 읽은 백성들이 율도국 세우겠다, 역당이라도 조직한단 말입니까?"

"불가능한 일도 아니지요."

"가능한 일이라면 이 나라가 틀린 겁니다. 정사를 대체 어찌하였기에 백성들이 고작 이야기책 하나 읽고 역도로 돌변을 한답니까!"

선의 말에 그 누구도 반론을 제기하지 못했다.

"민간에 출판은 물론 유통까지 모두 허할 것이니, 세책에 대한 단속부터 전면 중단토록 하시오."

노론은 노론대로, 소론은 소론대로 서로 다른 계산을 하느라 머릿속이 복잡했다.

편전에서 일어난 일을 보고받은 왕은 그저 너털웃음을 터뜨렸다. 그런 왕의 반응에 당혹스러운 것은 말을 전한 상선 쪽이었다.

"어찌하여 이토록 태연하십니까. 국본이 민간에 출판을 허하라 명을 내렸다니까요."

"이놈 이거, 성군 흉내를 아주 제대로 내는구먼."

왕은 덤덤한 얼굴로 부용지에 낚싯대를 드리웠다.

빈청賓廳 영상의 집무실, 김택은 묵연히 평상심을 유지하고 있었으나 김상로와 민백상을 포함한 노론계 인사들은 흥분을 감추지 못했다.

"말세야, 말세. 임금은 균역법 하겠다고 난리, 세자는 출판을 허해

언로[8] 통제를 풀겠다 난리. 지금 당장 금상께 가세요. 전하께 권좌를 선물한 자는 우리 노론이다. 그러니 우리 노론을 이토록 박대해선 안 된다, 읍소라도 하시라구요."

노론 세력들이 김택에게 읍소하고 있던 그 무렵, 조재호와 신치운 등 소론계 인사들 역시 좌상 이종성의 빈청 집무실에 모여 있었다.

"국본의 뜻 무조건 지지해야 합니다. 민간에 출판을 허하고 언로의 통제를 완화하면, 지난 무신년[9] 동지들이 그토록 밝히고자 했던 진실, 왕의 승계 과정에서 노론과 금상이 공모하여 벌인 모든 불법과 탈법이 낱낱이 밝혀질 것입니다."

"진실이 밝혀지면 노론을 견제하고,"

"잘만 하면 금상의 목줄을 틀어줄 수도 있겠지."

조재호의 말을 이어받아 이종성이 마침표를 찍었다.

"게다가 금상은 지는 해요, 국본은 뜨는 해. 국본의 치세가 열리면 곧,"

"우리 소론의 세상이지."

이종성의 말에 소론계 인사들의 얼굴 위로 간만에 희색이 어렸다.

"소론의 세상이라. 소론의 세상에서 백성의 위치는 어딥니까, 대감."

한 켠에 기대어 서책을 보고 있던 박문수가 서책을 덮으며 그리

---

8. 언로(言路) : 아랫사람이 윗사람에게 의견을 올릴 수 있는 길. 또는 국민이 국가에 의견을 올릴 수 있는 길.
9. 1728년 무신년에 일어난 '이인좌의 난'을 이름.

물었다. 당황한 이종성이 박문수에게 무어라 대꾸하려 했으나, 박문수는 틈을 주지 않고 되물었다.

"있긴 있는 겝니까?"

"당이 서야 정사가 서고, 정사가 서야 백성이 설 자리가 있는 겝니다."

조재호가 이종성의 입장을 대변하듯 강하게 받아쳤고, 박문수는 씁쓸한 얼굴로 탄식 어린 한숨을 뱉어냈다.

집무실을 나선 김택이 박문수를 보고는 걸음을 멈추었다. 박문수는 김택에게 예를 갖추었고, 김택이 옅게 미소 지으며 말을 걸었다.

"대감이 공들인 보람이 있어요. 국본이 정치를 아주 재미나게 하질 않습니까."

"허허허. 저하께선."

박문수가 호탕하게 웃고는 운을 떼었으나, 김택은 그의 말을 기다려주지 않았다.

"젊지요. 지나치게 젊어요."

"그 젊음…… 두려우십니까?"

잠시 말없이 박문수를 보던 김택이 빙긋이 웃으며 답했다.

"두렵기는요, 부러울 따름이지요. 부럽긴 하나 우려는 되는군요. 국본은 매우 위험한 군주가 될 수도 있겠다, 그런 생각이 듭니다."

김택이 박문수를 스쳐갔고, 박문수가 복잡한 속을 감추며 고개를 숙였다.

그 시각, 세자시강원[10]으로 들어서는 선과 채제공의 얼굴에는 웃음이 그득했다.

"봤지, 중신들 찌그러진 낯빛들이라니."

"쉬이 만날 수 있는 구경거린 아니지요. 황망해하던 그 낯빛들을 생각하면 소신 지금도 속이 아주 후련하여."

"후련하다 못해 뻥 뚫리고 말 걸세."

자신의 말을 자르며 들려오는 목소리에 채제공은 뒤를 돌아보았다. 박문수가 문 안으로 들어서며 선에게 예를 갖추고는 채제공을 엄히 보았다.

"너무 크게 나무라지 마세요, 사부. 정청에서 잡은 승기가 기뻐 자축하다 벌어진 일이니."

"이겼다 보십니까?"

박문수의 차가운 말에 선의 눈빛이 흔들렸으나, 그는 애써 미소를 지었다.

"사부께서도 똑똑히 보시질 않았습니까."

"소신이 정청에서 본 것은 오직 설전에서는 이기고 정치에서는 진, 우매한 국본의 모습일 뿐입니다."

칭찬은커녕 차가운 독설에 선이 무슨 뜻이냐 되물었다.

---

10. 세자시강원(世子侍講院) : 왕세자의 교육을 맡아보던 관청.

"서책 출판, 민간에 허할 수 없을 것이란 애깁니다."

"의원데요. 사부께서 노론 꼰대들의 입장이나 대변을 하시다니요."

"노론 꼰대라…… 그리 무시부터 하시니 진 겁니다. 정치는 설전이 아니라 설득이라 하였습니다. 승정원과 먼저 의논하셨습니까? 주무부처의 의견을 경청할 생각은요? 모두 하지 않으셨을 겁니다. 정청에서 설전 한 번으로 해결을 볼 수 있다 믿으셨으니까요. 바로 그 오만 때문에 진 겁니다."

선이 반론을 펼칠 틈도 주지 않은 채 박문수는 선을 몰아붙였다.

"사부. 이건 아주 단순한 일이에요."

"그 단순한 일이 왜 사백 년간 금지되어 왔을까, 부왕께선 왜 금지를 풀지 않으셨을까, 옳거니, 부왕의 뜻을 먼저 경청해야겠다, 그리 생각지 못한 섣부름 또한 패배의 이유입니다."

"……."

"저하. 아무리 단순해 보여도 사백 년간 이어져온 국법을 개정코자 한다면 반드시 먼저 부왕께 상주上奏를 하십시오. 부왕을 적으로 돌리고 싶지 않다면 말이지요."

"적이라니요. 말씀이 너무 지나치십니다, 사부."

"저하께선 지금 대리청정을 하고 계십니다. 지존의 권력을 행사하고 있다 하나, 아직은 지존이 아니라 이런 말이지요."

"지존을 대리하라 권력을 주신 분은 다른 누구도 아닌 부왕이십니다. 그러니 사부께서 패배자라 하신 이 못난 후학의 마음, 바로 그

애민하는 마음이야말로 부왕의 뜻입니다."

단어 하나하나를 꾹꾹 눌러 내뱉듯 말한 선이 방을 나섰고, 그제야 박문수의 얼굴에 애써 감추고 있던 안타까움이 드러났다.

"국본의 행보가 좀 과한 듯하옵니다. 한 번쯤 제동을 걸어두시는 것이……."

상선은 박문수와는 다른 온도로 선을 걱정하고 있었다. 허나, 왕은 여전히 부용지에 낚싯대를 드리운 채 별 말이 없었다.

"국본은 태중에서 이미 지존으로 결정된 자, 단 한 번도 도전받지 않은 권력이옵니다."

"얼마나 좋겠누. 단 한 번도 도전받지 않은 권력이라. 허면 두려울 것도 없겠지."

그때 낚싯대 끝이 흔들렸고, 왕은 낚싯대를 휙 잡아채었다. 낚싯줄에 매달린 물고기는 파닥대며 살려고 발버둥 치고 있었다. 이를 서늘하게 바라보며 왕이 말을 이었다.

"이렇듯 살려고 발버둥 쳐본 일이 없을 테니까."

왕은 미소를 머금고 있었으나 눈빛만은 서서히 싸늘해졌다.

※ ※ ※

희우정의 일실. 선은 화원 복색으로 바닥에 앉아 붓을 놀리고 있었다. 딱 죽을 맛으로 용포를 입고 어좌에 앉아 있던 홍복이 선의 눈치를 보다 겨우 입을 떼려 할 때였다. 선이 붓을 탁 내려놓으며 툴툴댔다.

"에이, 아무리 생각해도 너무 과해. 백성들과 재미난 서책 몇 권 나누자는데 아바마마까지 들먹일 건 뭐야. 사부께선 어찌 매사가 그리 복잡하신 건지."

"일단 이 용포부터 어떻게 해결을 보는 것이……."

"아니, 싫어. 이게 더 편하고 좋아. 용포보다 이게 내 몸에 더 잘 맞아. 홍복아, 아무래도 말이다. 난…… 화원이 될 팔자였던 게야."

선의 말에 홍복은 우는 것도, 웃는 것도 아닌 떨떠름한 얼굴로 그를 바라보았다.

"다른 이들에겐 그런 말씀 마십쇼. 화원 팔자가 대단한 것도 아니지만 무지 대단한 거라 해도, 저하께서 그리 말씀하시면 호강에 겨워 요강 깬다고 합니다요."

홍복의 말에 선이 피식 미소를 짓는가 싶더니 그에게 꿈이 무엇이냐 물었다.

"화원 우두머리 도화서 별재? 아니지, 아니야. 니 화재畫才면 겸재 정선도 울고 갈 조선 최고의 화원은 되어야겠지?"

"그런 건 아니구요. 그저 밤낮으로 기침해대는 엄니 약값 걱정은 않는 거랑, 하나 더 꼽아도 된다면 혼기 꽉 찬 우리 고은이 혼수 푸짐하게 챙겨 시집보내는 거, 그거면 족할 것 같은데……."

참으로 소박하고도 선한 홍복의 꿈에 선의 얼굴 위로 옅은 미소가 스쳤다.

"고하게."

혜경궁이 서늘하게 명했으나 최 상궁은 아무도 들이지 말라는 엄명이 있었노라며 그녀를 막아섰다. 혜경궁의 한쪽 눈썹이 치켜 올라갔다.

"이보게 최 상궁. 자네 눈엔 내가 아무로 보이나?"

"일정이 지나치게 고단하셨습니다. 낮것상도 마다하시고 한숨 돌리고 계신지라."

"내가 저하의 휴식을 방해할 훼방꾼이라도 된다는 투로군."

"아닌 날이 있었습니까."

오늘만은 최 상궁과의 설전에서 자신이 이겼다 생각했던 혜경궁은 순간 말문이 막혔다. 최 상궁을 싸늘하게 보던 혜경궁이 전각으로 올라섰고, 최 상궁의 입가에는 옅은 한숨이 스쳤다. 선이 바닥에 엎드려 용포를 입고 어좌에 앉아 있는 홍복을 그리고 있던 그때, 거칠게 문이 열리더니 혜경궁이 안으로 들어섰다. 홍복이 화들짝 놀라 어좌에서 내려와 부복俯伏했고, 선은 골치 아프게 생겼다는 듯 미간께를 긁적였다. 혜경궁이 기가 막힌 듯 바라보다 운을 떼었다.

"저하, 대체 이 무슨,"

"불경이냐고요?"

"이건,"

"법도에 어긋나는 일이지요. 압니다, 알고 있어요."

이미 이런 일이 한두 번이 아닌 듯, 선은 혜경궁의 물음이 끝나기도 전에 그녀가 할 질문은 물론 대답까지 동시에 뱉어냈다.

"하온데 어찌!"

"재미는 있으니까. 그저 재미삼아 한 번,"

"그놈의 재미 타령! 미행에 화원 놀음으로 부족하십니까. 부족해서 이 따위 잡서조차 동궁전으로 끌어들이신 겝니까!"

혜경궁은 동궁전에서 찾은 서책을 내밀었다. 선이 붓을 내려놓는 틈을 타 홍복은 방을 빠져나갔다.

"법도 좋아하는 빈궁께서 이번엔 좀 과한 듯싶습니다."

선이 붓과 화구를 정리하며 그리 말하자 혜경궁은 더 없이 싸늘한 표정으로 그를 내려다보았다. 선은 곁눈으로 서책을 흘긋 보았다.

"주인이 없을 때, 그 처소를 함부로 넘나들지 않는 건 상식이에요. 법도 축에도 못 든다구. 헌데,"

"불경한 일을 바로잡는 것은 법도 위에 있는 일입니다."

혜경궁의 차가운 대꾸에 선의 눈빛 역시 서늘하게 변했다. 허나, 대소 신료와 박문수를 상대하는 것만으로도 지쳐 있었던 터라 그는 나지막이 한숨을 내쉬고는 자리에서 일어났다.

"알겠습니다. 자알 알아 모실 것이니 그만 건너가보세요."

"적당히 얼버무릴 생각 마세요. 난잡한 행각이 원이면 아무도 모르게, 이런 서책도 아무 데나 굴리지 말고 숨어서 혼자서만, 저하 혼자서만 하셨어야지요."

"그만!"

간신히 분기를 억누르며 선이 낮고 차가운 목소리로 일갈했으나, 혜경궁은 늘 그렇듯 선의 마음을 헤아려줄 생각이 없었다.

"어찌하여 정청까지 끌고 가 세책을 허한다 공표까지 하신 겝니까. 대체 언제까지 이 같은 분란거릴."

분기에 파르르 떨며 퍼부어대는 혜경궁 곁에서 선이 피식 웃으며 박수까지 쳐댔다.

"빈궁의 정치력은 언제 봐도 대단해요. 어느새 정청에도 정보원을 심어두셨습니까."

혜경궁은 일말의 흔들림도 없이 낭군의 행보에 관심을 두는 것이 죄가 되느냐 반문했다. 선의 얼굴에서 미소가 사라지는가 싶더니 싸늘하게 되물었다.

"관심?"

선은 그녀의 팔을 잡아 제 앞으로 거칠게 당겨 세우고는 그녀의 귓가에 바짝 입술을 댄 채, 서늘하게 물었다.

"그대가 관심 두는 게 나야, 아니면 내 용포야?"

혜경궁의 눈빛이 떨렸으나 그것도 잠시, 그녀는 선의 손을 거칠게 뿌리치고는 밖으로 나섰다. 선은 씁쓸하게 한숨을 배어 물었고 그 한숨 끝, 눈에는 물기가 어렸다.

김택은 잔뜩 굳은 얼굴로 걸음을 옮겼고, 그 뒤를 김상로가 다급히 따라왔다.

"어찌 이대로 퇴청을?"

"금상에게 읍소 따윈 할 의사가 없으니까. 금상을 권좌에 앉힐 수도 있지만 필요하다면 그 용포를 찢어 치울 수도 있어야 해. 그래야 우리가 노론일세."

김택은 득의양양한 미소를 지으며 며칠 전 홍봉한과 나누었던 대화를 떠올렸다. 홍봉한은 단암과 김택의 호를 줄줄 읊으며 '죽파'가 누구인지 궁금해하는 화원이 있다 하였다. 그리 말을 전한 홍봉한조차 죽파가 누구인지 궁금했으나, 김택은 대답 대신 그 화원이 누구인지 물었다. '예진화사 신흥복' 그것이 화원의 직함과 이름이었다. 김택은 그날 밤, 은밀히 '그림자'를 불렀다. 신흥복의 손에 맹의가 있으니 속히 찾아오라, 필요하다면 놈의 명줄을 잘라도 좋다고. 김택은 속을 감춘 채 김상로와 헤어진 후, 그대로 궐내각사를 빠져나갔다.

잠시 후, 김상로는 김택을 대신해 어의 양순만과 편전에 들어 탕약을 대령했다. 구부정하게 용상에 앉아 있던 왕이 마뜩잖은 듯 중얼거렸다.

"법도가 아니야. 틀려먹었어. 탕약은 제조한 자가…… 영상 김택이 들고 와야 법도지."

"영상 김택은 감환感患이 자심하여,"

"죽겠다더냐? 고뿔이 후려쳐 살 길이 막막하대? 그래서 퇴청을 한 게야?"

왕은 김상로 쪽으로 가 얼굴을 들이밀고 서늘하게 물었다.

"과인도 같이 죽어줘야겠지. 저승길 저 혼자 가긴 좀 심심할 거 아닌가."

김상로는 새파랗게 질린 채 마른침만 삼켰고, 왕은 서늘한 미소를 지으며 탕약을 물리라 명했다. 편전을 나서 희정당 앞뜰을 거니는 왕의 얼굴은 굳어 있었고, 김상로와 양순만이 그 뒤를 따르며 부디 탕약을 드시라 청하였다. 왕이 걸음을 멈추는가 싶더니 돌아서며 탕약을 가져오라는 듯 손을 내밀었다. 약사발을 받아든 왕의 얼굴에 묘한 미소가 떠오르는가 싶더니 행렬의 제일 끄트머리에 선 대전 내관에게 다가섰다.

"처음 보는 아이로구나."

"대전에 배속된 지 이틀째 되온지라……."

왕은 고개를 주억거리며 어쩐지 낯이 설었노라 중얼거렸다.

"이름이 무엇이냐?"

"재선이라 하옵니다."

"열일곱쯤 되었나, 네 나이 말이다."

재선이 짐짓 놀라 그를 쳐다보았으나 왕은 온후한 얼굴로 말을 이었다.

"나이는 그리 고운데 얼굴 꼴이 그게 뭐야. 왜 궁살이가 고단하냐?"

재선이 그런 것이 아니라 하였으나, 왕은 그에게 약사발을 내밀었다. 재선을 포함한 모두가 얼어붙었으나, 왕은 태연히 어서 받으라 말했다. 재선이 부복한 채 그럴 수는 없다 하였고, 김상로 역시 아니 되는 일이라 만류했다.

"아니 돼? 진정 아니 돼?"

서운한 듯 그리 묻던 왕의 얼굴이 서늘하게 변하더니 껄껄 웃었다.

"꼴좋다, 꼴좋아. 이젠 감히 네놈까지 날 깔봐. 대전에 굴러 들어온 지 이틀밖에 되지 않은 어린놈까지 아니 된다, 그럴 수 없다, 감히 지존인 날 가르치려들어."

"전하, 어린 내관의 뜻은 그런 것이 아니오라."

"닥쳐라. 이게 다 네놈들 탓이야. 삼정승 육판서. 네놈들부터 모조리 날 무시하니까 콩알만 한 내관 나부랭이마저 날 무시해 가르치려 드는 게 아니야."

"그런 것이 아니오라."

"닥치라 하지 않았어. 이 기름 물에 튀겨 똥물에 처박을 인사야."

격앙된 채, 좀처럼 분기를 누그러뜨리지 못하는 왕에게 결국 한 소리를 들은 김상로는 난감한 듯 사관들을 쳐다보았다.

"전하, 사관이 보고 있사옵니다. 어찌 그리 입에 담지도 못할 거조擧措를."

"노망이라고 쓰고 싶어? 노망이 나 군왕의 자리에 더는 앉혀놓을 수 없다, 그리 쓰라 명이라도 하고 싶은 게냐. 그래, 죽은 사람 소원도 들어준다는데, 네 원이라는데 뜻대로 해줘야지."

김상로가 굳은 채 왕을 쳐다보았고, 왕은 강한 어조로 사관을 향해 말했다.

"선위11하겠다."

말을 맺기가 무섭게 왕은 들고 있던 약사발을 던져버렸다. 약사발은 깨어졌고, 깨어진 파편들이 바닥을 굴렀다. 그 무렵, 희우정에서 수모 상궁들의 의대 수발을 받던 선 역시 각띠를 툭 떨어뜨렸다.

"선위라 했나, 지금?"

선이 그 연유를 물었고, 채제공은 아무래도 민간에 출판을 허하라 한 일 때문인 듯하다 답했다. 선이 씁쓸한 듯 중얼거렸다.

"부왕조차 노여워하신다는 겐가."

"선위파동은 경고입니다. 보위를 물려주기는커녕 저위12마저 흔들어버리겠다."

혜경궁의 말에 홍봉한 역시 굳은 얼굴로 고개를 주억거렸다.

"부왕의 춘추 환갑, 허나 아직도 나이 어린 궁인들이 침전 시중을 듭니다. 날 밝으면 후궁의 첩지를 받는 것은 당연지사구요. 무엇보다 소원 문씨의 태중에서 용종이 자라고 있어요. 그 몸에 왕자가 태어

---

11. 선위(禪位) : 왕위를 다음 임금에게 물려줌.
12. 저위(儲位) : 왕세자의 지위.

나기라도 해보세요."

"권좌가 온전히 저하의 몫이라 장담할 수가 없겠지요."

아비의 말에 혜경궁은 고개를 끄덕이며 대책을 세워야 한다 그리 덧붙였다.

인정전 앞뜰, 월대月臺 아래 섬돌에는 김택을 제한 대소 신료들이 부복해 있었고, 선은 월대 위 깔린 거적에 꿇어앉아 고개를 숙였다. 그 단정하고 넓은 어깨가 최 상궁의 눈에 들어왔다. 그녀는 십오 년 전, 그 겨울을 떠올렸다.

동궁전 안, 비단 금침에 솜이불을 덮고 모로 누워 자고 있는, 참으로 작고 가녀린 어깨를 가진 아이는 다섯 살배기 세자 선이었다.

"마마…… 동궁마마."

초조한 최 상궁이 선을 흔들어 깨웠다. 선은 무거운 눈꺼풀을 간신히 밀어 올렸고, 일어나 앉기는 하였으나 연신 눈을 비볐다. 안타까운 듯 그를 바라보던 최 상궁이 선에게 제 등을 내어주었다. 인정전 앞 월대에 다다라 최 상궁은 업고 있던 어린 세자를 내려놓았고, 겨우 다섯 살의 세자는 거적 위에 무릎 꿇려졌다. 그 아래 정전 뜰에는 굳은 얼굴의 대소 신료들이 부복해 있었다. 선이 두려운 눈빛으로 그들을 보던 그때, 대죄한 신하들이 일제히 읍소하기 시작했다.

"아니 되옵니다, 전하."

"선위할 뜻을 거두어주시옵소서."

놀라고 두려운 마음에 어린 세자는 울음을 터뜨렸다. 장 내관이 그 눈물을 닦아주려 하였으나, 최 상궁은 그를 제지하며 그 옆에 꿇어앉았다.

"더 크게 우세요. 섬돌에 머리를 찧으며 통곡을 하셔도 좋습니다. 뭣보다 부왕께서 선위할 뜻을 거두시기 전엔 절대로 울음을 그쳐서는 아니 됩니다."

늘 따뜻하게 보듬어주던 최 상궁마저 그리 말하자 세자는 더 겁에 질린 듯 크게 울어댔다. 어두컴컴한 인정전 하늘에는 어린 선의 울음소리만이 가득했다.

어둑한 하늘은 다시 청명해졌고, 세월은 흘러갔다. 장소 또한 인정전에서 편전, 침전, 정전 등으로 바뀌었다. 허나, 왕의 외침은 그때마다 한결같았다.

"선위! 선위! 선위하겠다."

그때마다 일곱 살의 세자가, 열 살의 세자가, 열다섯 살의 세자가 정전에 꿇려졌다. 열여덟이 된 세자는 다시 정전 앞에 무릎을 꿇었다. 삭풍에 갈라진 손은 바들바들 떨렸고, 며칠째 잠을 못잔 데다 추위까지 더해지자 눈은 제 의지와는 상관없이 감겨왔다. 그런 선에게 차가운 물이 끼얹어졌고, 물은 다시 얼어붙어 입은 옷에 고드름처럼 매달렸다.

'부왕께서 선위할 뜻을 펴시면 한여름은 물론이거니와 엄동설한이든 언제든 시와 때를 막론하고 대죄를 하심이 법도. 뜻을 거두시기 전까진 먹어서도 잠들어서도 읍소를 멈추어서도 아니 되옵니다.'

"아니 되옵니다. 선위할 뜻을 거두어주시옵소서."

그로부터 다시 이 년이 지나 스물이 된 세자는 오늘도 정전 뜰 앞에 부복한 채, 그때처럼 읍소하고 있었다. 선의 읍소에 뒤이어 신하들의 읍소가 돌림노래처럼 울렸다. 그중 홍봉한이 격렬하게 섬돌에 머리를 찧으며 읍소를 했다. 사모紗帽는 허공으로 날아가고 찢어진 이마에선 피가 흘러내렸지만 홍봉한은 읍소를 이어갔다.

툭, 투둑 섬돌 위로 점점이 떨어지는 홍봉한의 피만큼 붉은 액체가 도화서 홍복의 처소 방바닥으로 떨어지고 있었다. 홍복은 불길한 표정으로 안료함을 열었다. 아니나 다를까, 누군가가 뒤진 듯 안료병은 제멋대로 뒹굴고 있었다. 처소를 박차고 나온 홍복은 도화서 한 지창 안으로 뛰어 들어갔다. 족자 비단 위에서 종이를 떼어냈으나 그 아래에는 아무것도 없었고, 홍복은 당혹스러운 얼굴로 여기저기를 뒤지기 시작했다.

"이거 찾냐?"

홍복의 시선에 맹의를 들고 있는 정운이 보였다. 맹의를 읽어 내려가던 정운의 얼굴이 이내 새파랗게 질렸다.

"홍복이 너, 이거 뭐냐?"

홍복은 대답 대신 정운에게서 맹의를 낚아챘다. 맹의를 낚아챈 홍복의 손은 떨렸고, 그런 그를 보던 정운이 그의 손목을 확 잡아채 도화서 화실로 끌고 갔다.

"놔! 놔 이거!"

홍복이 정운의 손을 뿌리쳤고, 정운은 그 앞에 반차도13를 들이밀었다.

"그것 때문이지 너. 그것 때문에 이런 짓도 한 거지?"

홍복의 눈이 흔들리자 정운은 자신의 의심을 확신했다.

"맹의인지 뭔지 당장 태워버리자. 거 들고 있다 잘못하면 너 죽어 인마."

"조용히 좀 해!"

"아니 차라리 포청으로 가야 되나? 그쪽이 좋겠지? 야, 그 맹의 이리."

"내가 알아서 한다니까. 지금 당장 저하께 갈 거야. 가서 다 말할 거니까, 넌 입도 뻥긋하지 말고 있어. 알았어?"

정운이 걱정스러운 눈빛으로 무겁게 고개를 끄덕였다.

선은 여전히 정전 뜰 앞에 부복해 있었다. 해는 어느덧 서쪽 하늘로 기울고 있었으나 왕은 선위를 거두겠다 하지 않았고, 선과 조정 신료들의 읍소 또한 여전히 이어졌다. 선의 얼굴에서 땀이 비 오듯 흐르던 그때, 내관 하나가 다가와 장 내관에게 귀엣말을 전했다. 장 내관은 은밀히 발걸음을 옮겨 북문 쪽으로 향했다. 초조한 표정으로 서 있던 홍복에게 다가간 장 내관이 화급을 다투는 일이 무엇이냐

---

13. 반차도(班次圖) : 의궤(궁중의 각종 행사를 기록한 책)에 포함된 그림 기록.

물었다.

"지금 당장 저하를 뵈어야 합니다."

"이놈, 저하께서 지금 선위파동으로 인해 대죄하고 계시는 걸 모르느냐! 물색없는 놈 같으니라구."

혀를 끌끌 차며 돌아가려는 장 내관 앞을 홍복이 막아서며 이거라도 전해달라며 서신 하나를 내밀었다.

"오늘 밤 안으로 이걸 보실 수나……."

장 내관이 깊은 한숨을 내쉬며 중얼거리는 사이, 홍복은 이미 저만치 멀어져가고 있었다.

선을 만나지 못하고 도화서로 돌아온 홍복의 얼굴이 흠칫 굳어졌다. 누군가 도화서에 들어와 있었다. 홍복은 은밀히 몸을 숨겼고, 그 시선 끝에 서방의 왈짜패들이 보였다. 그들 중 하나가 홍복의 기척을 눈치챈 듯 돌아보는가 싶더니, 홍복이 있는 쪽으로 서서히 다가왔다. 겁에 질린 홍복이 혼비백산하여 달음질을 쳤다.

"김택은 끝내 입궐하지 않았다."

창덕궁 편전 안의 왕은 싸늘한 표정으로 그리 중얼거렸다. 그 뒤편의 상선이 군주가 선위할 뜻을 밝혔음에도 입궐하여 대죄하지 않은 것은 명백한 역심이라 말을 보태었다.

"역심이라…… 내가 아는 김택은 말일세. 역심이든 충심이든 먹은 맘이 무엇이든 마음먹은 바는 반드시 이루고야 마는 자야."

천천히 용상에 오른 왕은 팔걸이를 스윽 만지며 싸늘한 어투로 말을 이었다.

"허나 온전히 승기를 잡기 전엔 마음을 드러내는 법이 없는 자이기도 하지. 쥔 패가 뭘까? 혹 맹의는 아닐까?"

"맹의는 십 년 전, 이 손으로 승정원과 함께 불태웠습니다. 하오니,"

"승정원에 맹의가 있다는 걸 그대가 직접 확인을 하였는가?"

상선이 말끝을 흐렸고, 왕은 생각이 많아진 얼굴로 중얼거렸다.

"맹의가 아니라면 김택이 이토록 강수를 둘 리가 없을 터인데."

왕이 말한 맹의는 홍복의 손에 있었다. 그가 숨어든 폐가만큼이나 낡긋하게 닳은 오래된 문서를 스윽 문지르는 홍복의 손은 떨리고 있었다. 홍복은 옆에 펼쳐둔 서책에 뭔가를 써 내려갔고, 이윽고 책장을 덮었다. 폐가를 나선 홍복은 책보를 든 채 초조한 표정으로 수표교 쪽으로 바삐 걸음을 옮겼다. 수표교만 지나면 곧 궁궐이다. 오늘 밤 반드시 선을 만나 이 모두를 전해야 했다.

선은 여전히 중신들과 정전 앞뜰에 부복해 있었다. 김택의 자리는 비어 있었고, 홍봉한은 격렬한 읍소를 이어갔다. 마지막 힘을 다해 읍소하며 머리를 섬돌에 찧던 그 순간, 그의 몸이 기우는가 싶더니 툭 옆으로 쓰러졌다. 선이 흠칫 놀라 홍봉한 쪽을 돌아보았다.

2

"뇌진탕?"

편전 안에서 상선의 보고를 듣던 왕이 돌아서며 되물었다.

"허면 당장 내의원으로 옮겨야지, 뭘 꾸물거려."

"부원군14 대감의 고집이…… 선위할 뜻을 거두지 않으시면 정전 뜰을 무덤으로 삼겠다 버티고 있사옵니다."

상선의 대답에 왕은 어쩔 수 없다는 듯 낮은 탄식을 터뜨렸다.

어찌할 바 모르는 건 혼절해 누워 있는 장인을 바라보는 선 역시 마찬가지였다.

"어의…… 어의는 어디 있느냐. 속히 어의를 대령하지 못할까."

의관들이 치료 도구를 갖고 빠르게 들어섰고, 선은 직접 면포를 집어들어 홍봉한의 이마를 닦아주었다. 그 순간 홍봉한과 눈이 마

---

14. 부원군(府院君) : 왕비의 친아버지나 정일품 공신에게 주던 작호.

주쳤고, 선이 의관에게 치료를 명하려 했으나 홍봉한은 눈을 질끈 감은 채 고개를 가로저었다.

"잠시 주위를 물러주겠는가."

선이 의관들을 보며 그리 말하자 의관들은 선에게 예를 갖춘 후 방을 나섰다.

"삼 시진. 우리 저하 하도 딱해 삼 시진 안에 어찌하든 끝을 보려 하였건만 이거야 원, 사 시진을 훌쩍 넘어버렸으니."

선은 모두 제 탓인 양 그리 말하는 홍봉한을 안타깝게 바라보았다. 그때 대전 내관이 들었고, 선은 편전으로 무거운 걸음을 떼었다.

"쓸데없는 무리수만 두지 않았어도 네 장인이 이토록 큰 신역을 치를 연유 없었을 거다."

"민간에 출판을 허하고 세책의 규제를 파하자 한 것이 그토록 큰 잘못입니까?"

왕은 한 치의 망설임도 없이 잘못이다 그리 답했다.

"힘겹고 무료한 일상을 견디는 백성들에게 이야기책이라도 자유롭게 읽게 하자는 것이 어찌 죄가 됩니까?"

"이건 단지 이야기책 몇 권 던져주는 일이 아니다. 지난 사백 년간 백성의 교화를 위해서 적절히 통제해온 언로를 모두 풀겠다는 것이야."

"왜 안 됩니까? 언로의 통제를 풀면 안 될 연유가 무엇입니까?"

"허면 중구난방 불만이란 불만은 다 터져나올 것이다. 불온한 무리들은 패를 지어 시도 때도 없이 유언비어를 저자에 뿌려댈 것이고 말이야. 우매한 백성들은 선동에 쉬이 경도될 것이니 역당을 지어 왕실을 공격하고 종당에는 부정하려 들 수도 있다. 이 모든 것을 네 힘으로 감당할 수 있겠느냐?"

선이 지나치게 부정적인 견해가 아니냐 되물었으나, 왕은 견해가 아니라 현실이라 짚었다.

"불만을 공론의 장으로 끌어들이고 논의를 통해 해결을 볼 수도 있는 일입니다. 왕실과 조정이 그와 같은 관용적 태도를 갖는다면,"

"관용은 힘 있는 자가 갖는 것이야!"

선의 이상을 왕은 또 한 번 현실로 잘라내었다.

"오늘 이 아비가 용상을 걸고 널 막지 않았다면 내일부터 신하들은 등청을 거부하고 사직소15를 움켜쥐고 널 협박했을 것이다. 그들을 다 죽여 없애지 않는 한 넌 뜻을 관철할 수 없을 게야."

왕이 드러낸 분노에 선의 얼굴이 굳어졌다.

"신하들도 맘대로 못하는 놈이 역당의 무리를 꺾어? 그게 가당키나 한 일이냐. 뜻을 세우고 관철하길 원하면 힘을 길러. 신하들은 물론 이 아비마저 꺾을 힘을 가질 때, 그때가 바로 네가 이 나라 조선의 백성들에게 언로의 통제를 풀어주어도 좋은 날이다."

선은 옅은 한숨을 배어 물었다.

노론을 꺾을 기회라 생각했던 소론계 인사들 역시 침울해진 것은

---

15. 사직소(辭職疏) : 관직에서 물러날 뜻을 임금에게 올리는 글.

마찬가지였다. 왕의 선위파동 한 번으로 세자가 호기롭게 빼어든 개혁의 칼은 깨끗이 덮여버렸다.

"단지 그뿐일까. 아직 여물지 않아 어찌 될지도 모를 국본의 뜻, 그 하나를 꺾고자 두었다 하기엔 지나친 강수가 아닌가."

박문수가 입엣말처럼 중얼거리는 소리에 소론계 인사들이 의아한 듯 그를 보았다.

※ ※ ※

편전을 나서 동궁전으로 든 선은 장 내관이 건네준 홍복의 서신을 읽어 내려갔다.

"뭐랍니까?"

"내게 긴히 할 말이 있다는구나. 명운을 좌우할 중대한 문제라는데."

"명운을 좌우할 문제라 하오시면……."

"홍복이 이 녀석 장난하는 거 아냐. 내 아무리 간절히 원했기로서니 확약 하나 받아오는 것이 무슨 명운까지 좌우를 해."

장 내관이 의아한 듯 선을 보았다.

"보고 싶다고 했거든. 서책을 쓴 재주가 하도 귀하고 탐나서 내가 꼭 한 번 간절하게 저자를 만나고 싶다고 했거든."

"저자라니…… 설마 빙애거사요?"

선이 옅은 미소를 띤 채 고개를 끄덕이며 "멋진 놈일 것 같지 않느냐" 물었으나 장 내관은 고개를 갸웃하며 "놈이 아니라 계집일 것 같은데……"라며 중얼거렸다.

"사내라니까."

"허면 만나자곤 왜 하신 겝니까? 아리따운 여인네도 아니구먼."

"살인이 또 다른 살인을 부르게 하지 말라. 서문이야, 《문회소 살인사건》의 서문."

"서문이 뭐 그럴듯하긴 합니다만……."

"저자는 필경 재주는 귀하나 신분이 천해 품은 뜻을 제대로 펼 수 없는 자일 게야. 하여 나는 그에게 기회를 주고 싶다."

장 내관은 그제야 선이 왜 그자를 만나보고 싶어 하는지 조금은 알 수 있을 듯했다.

그 무렵, 책보를 든 홍복은 수표교 근처까지 다다랐다. 그때 뒤에서 기척이 들렸고, 홍복이 화들짝 놀라 뒤를 돌아보았으나 그곳에는 아무도 없었다. 겨우 안심한 듯 돌아서던 그때, 홍복의 얼굴은 다시금 새하얗게 질렸다.

그 즈음 수표교 근처에 다다른 지담의 눈에 수표교 위에서 뭔가 흔들리는 것이 보였다. 허나 아득하게 형체만 감지될 뿐 제대로 보이지 않았고, 지담이 호기심 어린 눈빛으로 한 발짝 더 가까이 다가섰을 그때였다. 다리 위에서 누군가 떨어지는 것이 보였고, 이내 둔탁한 파열음이 들려왔다. 놀라움과 두려움이 뒤섞인 지담의 눈빛이 한

없이 흔들렸다.

지담은 미끄러지듯 가파른 경사를 타고 수표교 밑으로 내려갔다. 사위가 어둑하여 반구 모양의 등갓을 꺼내 부싯돌로 불을 붙였다. 작은 불빛에 의지한 채 조심스레 발을 움직였다. 발밑이 어두워 몇 번 휘청거렸으나 계속 앞으로 나아갔다. 무언가 스쳐 지나온 느낌에 다시 등을 비추자 그곳에는 눈을 부릅뜬 채 바위 위에 널브러져 있는 사내가 보였다. 지담의 눈에 당혹감과 두려움이 스쳤다.

'분명 어디서 본 자인데…… 어디서 봤더라.'

미간을 잔뜩 찌푸린 채, 기억을 더듬거리던 지담의 머릿속에 반편이 옆에 서 있던 홍복의 얼굴이 지나갔다. 지담이 가까이 다가가 흔들어보았으나 미동조차 없었다. 맥을 확인하려 목 밑으로 손을 넣자 툭 목이 꺾였다. 혹시나 싶어 목의 상처를 확인했지만 상처는 보이지 않았다.

"설마 이건 절경16에 의한 살……인?"

화들짝 놀라 벌떡 일어난 지담은 그 길로 좌포청으로 달려가 이를 고했다. 지담이 좌포청의 종사관을 현장으로 데리고 오는 사이, 수표교 위에는 다른 사내가 서 있었다. 홍복이 떨어뜨린 세책보를 집어든 넓은 소매며 슬며시 흔들리는 호박 갓끈으로 보아 반가의 사내임이 분명했다.

---

16. 절경(折頸) : 목을 부러뜨림.

잠시 후, 수표교로 돌아온 지담과 종사관 변종인, 포교들은 당혹스러운 듯 그 자리에 멈추어 섰다. 변종인이 단단히 열 받은 얼굴로 지담에게 따져 물었다.

"분명 살인이라 했으렷다?"

지담이 그렇다 대답했으나, 변종인은 분기에 차 물었다.

"허면 사체는, 사체는 어디에 있느냐?"

"분명 여기 있었다니까요."

지담이 억울한 듯 말했으나 사체는 사라지고 없었다. 포교와 포졸들이 주변을 샅샅이 수색했으나 그 어떤 것도 발견되지 않았다.

"아니, 있어야 할 사체가 왜 없어?"

저도 모르게 속엣말이 튀어나온 변종인의 얼굴에 뜨끔함이 스쳤다. 초저녁 즈음, 서방의 검계 흑표가 그를 찾아와 오늘 밤 제보가 들어오면 수표교로 가서 사체를 치우고 실족사로 처리하라 하였다. 일단은 소문이 새어나가지 않게 막고 사체부터 찾아야 했다. 변종인은 괜스레 지담에게 호통을 쳤다.

"네 이년! 감히 어디서 거짓을 일삼는 게야. 다시 한 번 이 따위로 관원을 능멸했다가는 물고를 당할 각오를 해야 할 것이다."

지담은 억울하기 짝이 없었으나, 명백한 증좌인 사체가 사라진 마당에 어떤 말을 더 한다 한들 저쪽은 믿어주지 않을 터였다.

한편 홍복에게 벌어진 변고를 알 리 없는 선은 하염없이 그를 기다리고 있었다.

"홍복이 이 녀석, 너무 늦는구나. 오겠다고 하였으면 오지 않을 녀석이 아닌데."

선은 쉬이 자리를 뜨지 못했고, 그렇게 밤은 깊어갔다.

다시 날은 밝아왔고, 저잣거리는 어젯밤 일어난 끔찍한 일이 거짓인 양 활기에 차 있었다. 그곳을 지나는 어가 행렬 때문이었다. 길가의 백성들은 일제히 부복했고, 그 사이로 군왕과 세자가 오른 연17이 지나갔다. 연의 좌우로 어영대장과 어영청 군속들이 시위했으며, 좌우포청 대장과 군속들, 궁궐 소속 별감들이 왕과 선이 오른 연을 겹겹이 엄호했다. 그 뒤로는 대소 신료들이 늘어섰다.

경종18의 묘인 의릉에 다다라 연은 멈추어 섰고, 왕과 세자가 연에서 내렸다. 왕은 상선에게 소세할 물을 가져오라 일렀다. 심신을 정갈히 하여 존모하는 마음을 더하고자 함이었다. 어정19의 덮개가 열리고, 물을 길어 올리려 어정 가까이로 다가선 장 내관이 순간 멈칫했다. 두레박이 이미 우물 속에 던져져 있었던 것이다. 장 내관이 상선을 쳐다보았고, 상선은 속히 진행하라는 듯 고개를 끄덕였다. 장 내관이 밧줄을 잡아당겼으나 밧줄은 쉬이 당겨오지 않았다.

---

17. 연(輦) : 임금이 타는 가마.
18. 경종(景宗) : 조선 제20대 왕으로 장희빈의 아들이자 영조의 이복형. 재위 기간은 1721~1724년이다.
19. 어정(御井) : 임금에게 올릴 물을 긷던 우물.

"대체 무슨 연유로 이리 꾸물거리는 게야?"

기다리다 못한 왕이 그리 말했고, 움찔한 장 내관이 땀까지 뻘뻘 흘리며 밧줄을 세게 잡아당겼으나 야속한 밧줄은 여전히 꿈쩍하지 않았다.

"아바마마, 아무래도 어정에 문제가 있는 듯하오니."

"문제라니, 대체 무슨?"

선은 동궁전 별감들에게 눈짓했고, 별감들이 어정으로 달려갔다. 두레박의 밧줄을 두세 명의 별감들까지 힘을 보태어 잡아당겼다. 그제야 겨우 밧줄은 움직이기 시작했고, 이내 밧줄에 매달린 무언가가 그 모습을 드러냈다. 줄에 매달린 것은 사체였다. 선의 얼굴은 경악을 금치 못한 채 질렸고, 왕을 포함해 중신들의 입에서는 비명에 가까운 탄성이 터져나왔다.

"아니 저 사람이 어찌……."

사체가 홍복임을 알아본 장 내관 역시 경악한 채 중얼거렸고 상선이 따져 물었다.

"무슨 뜻인가? 아는 자야?"

장 내관은 황망히 선을 보았다. 선은 멍한 표정으로 사체를 바라보고 있었다.

"면식이 있는 자냐 묻고 있지 않은가?"

"저…… 저자는…… 저자는…… 예진화사 신흥복입니다."

상선의 추궁에 장 내관은 넋이 나간 얼굴로 답했다. 상선이 왕을 보았고, 왕은 김택을 보았다. 보일 듯 말 듯 김택의 얼굴이 굳어졌고, 박문수는 그 모두를 담담히 바라보았다. 신성한 어정에서 사체라니 기이한 일이다, 망측한 일이다, 불길한 조짐은 아니어야 할 텐데, 그 같은 말들이 수런거렸다. 왕의 얼굴이 묘하게 변하는가 싶더니 그 눈에 서늘한 한기가 스쳤고, 선은 여전히 멍한 얼굴로 죽은 홍복을 바라보고 있었다.

'홍복아…… 지금 벌어지고 있는 일이 다 무엇이냐. 내 앞에 있는 것이 정녕 네가 맞는 것이냐. 대체 이를 어찌 받아들여야 좋단 말이냐.'

멍한 눈빛으로 사체 쪽으로 한 걸음 가까이 다가가는 선을 장 내관이 다급히 막아섰다.

"비켜."

장 내관을 밀치려는 선의 앞을 상선의 지시를 받은 별감들이 막아섰다.

"물러서. 물러서라지 않느냐."

허나 별감들은 미동조차 없었고 선이 완력으로 제치려던 그때, "죽여주랴!" 왕의 서늘한 목소리에 잠시 멈칫했으나, 선은 제 눈으로 사체가 홍복인지 확인해야만 했다. 입을 꾹 다문 채 별감들을 제치는 선을 장 내관이 사력을 다해 막아섰다.

"죽고 싶으냐고 물었다!"

왕이 또 한 번 서늘한 경고를 보내왔고, 선은 결국 그 자리에 멈추어 섰다. 왕은 곁에 서 있던 별감의 검을 빼어들고 신하들을 향해 돌아섰다.

"왜들 장승마냥 서 있어. 그래, 네놈들이 다 역도로구나."

당혹한 홍봉한이 그 무슨 망극한 말이냐 조심스레 대꾸했고, 민백상 역시 당치 않은 말이라 말했다.

"아니라면 어찌 그리 태연해. 국본조차 직접 나서 사체를 수습하려는 마당에 신하란 놈들은 어찌 하나같이 뒷짐만 지고 있어."

두 손 놓고 있다 불호령을 맞은 김상로가 어쭙잖은 변을 늘어놓았다.

"부지불식간에 일어난 일이라 신등도 당혹하여……."

"닥쳐. 이 아가리에 똥물을 퍼부을 인사야."

과격한 왕의 언사에 모두가 기함했으나 왕은 강한 어조로 말을 이었다.

"잡아들여, 당장! 황형[20]의 묘에 천인공노할 비방을 한 자가 누구야? 대체 어떤 놈이 왕실을 이처럼 능멸한 게야!"

허공에서 왕과 김택의 시선이 묘하게 얽혔다.

"찾아내. 찾아내서 속히 처단해. 못하면 내 결단코 저 황형의 묘에 맹세컨대, 네놈들 사지를 갈가리 찢어 죽여 저 발치에 묻어버리고 말 것이다."

신하들이 일제히 고개를 숙였고, 왕은 선에게 눈길을 주었다. 하늘이 무너진 듯한 슬픔을 겨우 견디고 있는 듯 선의 꾹 다문 입술이

---

20. 황형(皇兄) : 임금의 형. 영조의 형인 경종을 이름.

파르르 떨렸다.

"수표교에서 죽은 놈이 왜 의릉에서 떠올라?"

좌포청 일각, 변종인이 당혹스러운 얼굴로 그리 물었고, 도화서를 찾은 지담 역시 정운에게 같은 것을 묻고 있었다.

"이상하네. 죽은 건 수표곤데 어찌……."

"너 누구야? 홍복이가 수표교에 간 걸 어찌 알아?"

"화원께서도 알고 계셨던 거요? 수표교엔 왜 간 거요? 내 알기론 세책 하러 간 건데…… 다른 연유가 더 있소?"

정운이 당황함을 감추며 그녀를 거칠게 뿌리쳤다. 그가 걸음을 옮기려 할 때, 지담이 그 앞을 막아섰다.

"이보시오."

"정히 궁금하면 좌포청으로 가봐. 난 아는 거 없으니까."

정운이 도망치듯 사라졌고, 지담은 그 길로 좌포청으로 가 변종인을 찾았다.

"신홍복 사체 찾았다면서요?"

변종인이 화들짝 놀라며 그를 어찌 알았느냐 되물었고, 지담은 담담히 도화서에서 오는 길이라 답했다.

"헌데 수표교에서 죽은 자가 어찌 어정에서……."

"그, 그거야 수사를 해봐야 알 일이지."

변종인이 불안함에 주위를 살피며 대충 그리 둘러댔다.

"수사, 좌포청에서 하시오?"

"아…… 아무것도 결정 난 거 없어."

지담은 개운치 못한 얼굴로 돌아섰고 변종인은 어딘가를 쳐다보았다. 골목께에서 흑표의 수하가 모습을 드러냈다.

"죽은 놈이 그 화원이라 하였나?"

창덕궁 일각, 왕이 상선에게 물었고, 상선은 그러하다 답하였다. 생각이 복잡하게 뒤엉키는 듯 왕은 허공에 눈길을 주었다. 바람에 흔들리는 나뭇잎을 보며 왕은 스산했던 지난밤을 떠올렸다.

그 어둑한 밤, 거센 바람에 나뭇잎들은 스산한 소리를 내며 울어 댔다. 후원에서 달빛을 완상하듯 뒷짐 지고 서 있던 김택이 기척에 옅은 미소를 띤 채 돌아섰다. 그 앞에는 미복 차림의 왕이 굳은 표정으로 서 있었다.

"미거한 신이 뵙기를 청하였기로 전하께서 이리 한달음에 달려오시다니요."

"옛 친구가 보자는데 달려와야지, 그럼."

"소신이 그저 옛 친구일 뿐이옵니까."

왕은 김택의 당당함이 마뜩지 않았으나 침착한 미소를 잃지 않았고, 김택 역시 마찬가지였다. 김택이 왕을 자신의 사랑 쪽으로 안내했고, 왕은 그곳에서 다시 맹의와 마주했다.

"두려우십니까?"

선선히 두려움을 인정하는 왕에게 김택은 매서운 칼끝을 숨기지 않았다.

"잊으셨습니까, 전하께 용상을 선물한 자는 소신이옵니다. 맹의는 바로 그 움직일 수 없는 증좌."

김택의 시선 끝에는 맹의가 있었고, 왕은 맹의를 스윽 만지며 대꾸했다.

"줬으니 흔드는 거야 일도 아니겠지."

"혹 신이 권좌를 흔들까."

"권좌를 흔들면 이 나라가 흔들려!"

왕을 가늠해보듯 물끄러미 바라보던 김택의 입가에 옅은 미소가 감돌았다.

"나라 걱정이야 소신이 전하보다 더하면 더했지 덜하지 않을 것이옵니다."

"무슨 뜻이야? 어려워."

"나라를 흔들 자는 소신이 아니란 얘기지요. 신에게 맹의를 건넨 자가 종적을 감췄습니다."

"종적을 감췄다…… 맹의를 건넨 자가 누군가? 대체 어떤 자이기에 이 중요한."

"예진화사 신홍복이옵니다. 예진화사는 국본의 초상을 그리는 자, 허면 그 뒤에 누가 있겠습니까?"

왕의 얼굴에 짙은 당혹감이 어렸다.

"맹의를 아는 놈이야. 맹의를 아는 놈이 또 있어."

지난밤, 김택과 나눈 대화를 상기하던 왕이 그리 중얼거렸다.

"아니라면 왜 의릉이야. 하고 많은 왕릉 중에 하필이면 황형의 능에 그런 흉물을 걸어둔 연유가 도대체 뭐냐구. 쳐 죽일 놈. 감히 임금의 약점을 쥐고 시비를 붙자고 들어."

상선이 조심스레 동궁전을 의심하는 것이냐 물었으나 왕은 고개를 저었다.

"세자는 아니야. 그만한 일을 저지를 위인도 못 되지만, 그런 일을 저질렀다면 그리 황망한 낯짝을 하고 있을 턱이 없어."

"동궁전이 아니라면 다행한 일이나, 이 일로 동궁전에서 맹의를 알게 된다면 그땐."

"그땐…… 아비를 적으로 삼으려 들 수도 있겠지."

상선의 얼굴에 두려움이 감돌았고, 왕 역시 복잡한 마음을 감추지 못했다.

❀ ❀ ❀

좌포청 검험실, 면포로 덮여 있는 홍복의 사체 앞에 선은 묵연히 서 있었다. 선만큼이나 안타까운 얼굴로 서 있던 장 내관이 면포를 걷으려 했으나 선이 손을 들어 그를 저지했고, 다른 손으로 면포를 잡았다. 허나, 손끝이 떨려와 차마 면포를 걷을 수 없었다. 이윽고 결심이 선 듯 면포를 걷었다. 제발 아니기를 간절히 바랐건만, 그 바람이 무색하게 그곳에 홍복이 있었다. 선은 지그시 눈을 감았다. 감은 눈자위며 꾹 다문 입술이 파르르 떨렸다. 겨우 마음을 추스른 선이 눈을 떠 그 눈에 홍복을 담았다.

"누구냐? 널…… 이렇게 만든 게 누구야? 말해봐. 말을 해, 홍복아."

허나, 죽은 자는 말이 없었다. 선의 손이 떨려왔고 눈에는 눈물이 차올라 일렁였다. 선은 애써 감정을 추스르며 면포를 덮었다.

"이 아인 제물이야. 부왕과 왕실을 능멸하고 국본인 내게 고통을 주기 위해 선택된 제물."

"저하……"

"그러니까 내가 곁에만 두지 않았어도, 벗으로 삼아 가까이 두지만 않았어도 이 아인…… 죽지…… 않았을 거다."

고통스러운 듯 겨우 말을 맺는 선을 보는 장 내관의 얼굴에는 안타까움이 그득했다.

"미안……하다."

장 내관이 울음을 터뜨렸으나 선은 애써 울음을 참았다.

"허나 지금은 널 위해 울어줄 수가 없다. 왕세자로서 할 일이 있어. 나중에 친구로 다시 올게. 다시 와서 제주는 꼭 내 손으로 부어주마."

선이 홍복 앞에 다짐을 두던 그때, 빈청에는 홍복의 죽음을 두고 노론과 소론 양쪽에서 소요가 일고 있었다.

"누굴까? 대체 어떤 놈이 신홍복의 사체를 어정에 유기한 것일까?"

영의정 김택의 집무실, 김택이 그리 운을 던졌다.

"다행히 수사권이 우리 노론의 손에 있어요. 당장 의금부 판사 홍봉한을 부르세요. 불러서 수사를 지시하시라구요."

김상로의 말에 민백상이 난색을 표했다. 그러다 자칫 맹의의 존재가 알려지기라도 하면 어찌하냐는 것이었으나 김택은 담담한 어조로 말했다.

"수사를 덮는 게 먼저야. 사체를 유기한 자는 그 다음에 찾아도 늦지 않아."

그 무렵, 좌의정 이종성을 필두로 한 소론 역시 같은 문제를 두고 다른 양상으로 대화를 이어나갔다.

"범인이 누굴까?"

조재호가 그리 중얼거렸으나, 신치운은 지금 중한 것은 범인이 누구인지가 아니라 범행 장소가 의릉임을 짚었다.

"통한을 품고 승하하신 경종대왕을 모신 의릉 말입니다."

"허면 노론은 지금 두려움에 떨고 있을 수도 있겠군."

신치운과 조재호의 대화를 듣던 이종성이 고개를 끄덕이며 과거를 더듬듯 운을 떼었다.

"삼십 년 전 금상과 손잡고 경종대왕께 한 짓이 있으니."

"공격이 최상의 방어, 갑진년 환취정21의 일을 저하께 낱낱이 고해야 합니다."

신치운의 말에 박문수가 딴죽을 걸었다.

"그걸 왜 우리가 고해야 하나?"

방 안의 모두가 박문수를 주목했다.

"범인을 잡아 자복을 받아야지요. 허니 우리가 해야 할 일은 오직, 이 사건이 은폐되는 것을 막는 일뿐입니다."

"말처럼 쉽진 않을 게야."

이종성이 회의적인 투로 말했다. 의금부 판사가 노론계 인사인 홍봉한이니 수사권은 노론에 있었다. 그가 노론에 불리한 일을 할 리 없었다. 조재호가 조심스레 운을 떼었다.

"쉽진 않을 것이나 불가능한 일도 아닙니다. 수사를 의금부가 아닌 우리 한성부에서 맡을 명분만 있다면 말입니다."

소론이 수사권을 노론이 아닌 자신들 쪽으로 끌고 올 방안을 골몰하고 있을 때, 김택은 홍봉한을 집무실로 불러 지침 하나를 내밀었다.

"덮으……라니, 자살로 덮어요? 왕실을 비방한 중차대한 사건을 어찌."

"못하겠다는 겐가?"

---

21. 환취정(環翠亭) : 갑진년에 경종이 승하한 곳.

"이번엔 죽은 놈이 예진화사에요. 아무리 솜씨를 발휘해도 저하께서 믿으려 하실 리가 없어요."

"허면, 그 손으로 국본의 명줄을 잘라."

"저하께 어찌 그리 불충한."

"불충? 자네가 그리 충성에 관심이 있는 줄은 몰랐구면."

홍봉한이 짐짓 당황한 채 그를 쳐다보았다.

"관심은 있는데 대상은 잘못 골랐어. 진짜 충심을 바쳐야 할 대상이 누군지 그새 잊은 겐가. 능참봉[22] 노릇이나 하던 무능하기 짝이 없던 자넬, 우리 노론이 세자의 장인으로 선택했어. 마음만 먹으면 버리는 건 일도 아니야."

김택의 말 한 마디 한 마디가 홍봉한의 숨통을 죄어오는 듯했다.

"토 달지 말고 시키는 대로 해. 못하면 그땐 진짜 이 손으로 사위의 명줄을 자르는 날이 올 수도 있으니까."

김택이 홍봉한의 팔을 움켜쥐었다가 휙 던지듯 놓았다. 홍봉한의 얼굴에 두려움이 깔렸다.

❋ ❋ ❋

창경궁의 홍화문과 명정문이 연이어 열렸고, 그 문을 통해 선이

---

22. 능참봉 : 능을 관리하는 일을 맡아보던 종9품 벼슬.

들어섰다. 장 내관과 강서원 등 동궁전 내관과 별감들이 뒤를 따랐고, 채제공이 다가섰다.

"중신들 모두 편전으로 불러."

세자의 부름에 궐내각사 빈청 회랑이 들썩였다. 노론, 소론 할 것 없이 모두 창경궁 시민당 편전 쪽으로 바쁜 걸음을 옮기던 그때, 이를 숨어서 보고 있던 정운이 박문수에게 다가갔다.

"저 대감. 홍복이 놈이 어찌."

"예가 어디라구. 썩 물러가거라."

정운이 뭐라 말을 더 붙여보려 했으나, 박문수는 싸늘한 표정으로 스쳐갔다. 도화서 한지창으로 돌아온 정운의 얼굴에는 황망함이 가득했다. 박문수라면 홍복의 죽음에 대해 무언가 들을 수 있을 거라 기대했으나, 결국 아무것도 얻지 못했다. 망연자실한 얼굴로 홍복의 화첩을 한 장 한 장 넘기던 그는 결국 화첩을 덮어버렸다.

창경궁 시민당 편전. 좌우로 도열해 앉은 대소 신료들 사이로 세자 선이 있었다.

"의릉에서 발생한 불미스러운 사태를 어찌 수습할 것인지 경들의 견해를 듣고자 하오이다."

"이미 의금부에 전담 부서가 꾸려지고 있사옵니다. 신속히 수사하여."

"불가하옵니다."

홍봉한의 말을 자르고 들어온 건 조재호였다.

"수사는 저희 한성부가 맡아야 하옵니다."

"말도 안 되는 소리. 역모를 어찌 한성부에서 수사를 한답니까."

"일단 살인사건으로 접근을 하자는 게지요. 섣불리 역모로 단정했다 무고한 희생자가 나오기라도 하면 그땐 어찌할 겝니까? 대감이 책임질 수 있겠소이까?"

조재호와 홍봉한의 설전에서 시작된 수사권 싸움은 삽시간에 소론과 노론의 싸움으로 번졌다. 김상로가 홍봉한 쪽에 힘을 실으며 말했다.

"역모는 의금부 소관이오. 몇 번을 더 말해야 하오이까?"

"의릉이 더럽혀진 건 망극한 일이나 역모로 단정할 근거가 별로 없어요."

소론계 인사인 좌의정 이종성이 조재호를 두둔하고 나섰고, 김상로는 눈빛을 번뜩이며 그 말이 역심이 될 수도 있음을 조심하라 경고했다. 듣다 못한 신치운이 비아냥댔다.

"또 버릇 나오시네. 불리하면 역도부터 만드는 버릇. 당색입니까, 아니면 가문 내력입니까?"

"네 이놈, 어디서 함부로 가문을 걸고 넘어져!"

"어디서 반말이야!"

김상로가 꾸짖듯 받아쳤고, 발끈한 신치운 역시 대들었다. 조재호 역시 격앙된 어투로 김상로를 포함한 맞은편 노론계 인사를 향해 말했다.

"부끄러운 줄 아시오. 노론이 은폐하고자 하는 진실이 대체 뭡니까?"

"그만!"

선의 일갈에 편전 안은 순식간에 조용해졌다. 선은 서늘한 눈빛으로 운을 떼었다.

"이 사람의 눈엔 그대들 모두가 역도요. 지금 이 시각…… 우리가 가장 중히 여겨야 할 것은 힘없는 백성 하나가 의문의 죽음을 당했다는 겁니다. 그 진실엔 관심이 없고 오직…… 오직 당리를 위해 주도권 다툼에만 여념이 없는 자…… 이자들이 역도가 아니면 대체 누가 역도란 말입니까!"

분기를 참지 못한 선은 편전을 박차고 나가버렸고, 그 뒤를 장 내관과 채제공이 따랐다.

춘당대[23]로 향한 선은 활에 화살을 재워 힘 있게 시위를 당겼다. 허나 분기를 억누르지 못해 손이 바르르 떨렸고 쉬이 시위를 놓지 못했다. 그나마 날아간 화살들은 과녁대의 홍심에서 벗어나 꽂히기 일쑤였다. 무재武才가 뛰어나기로 소문난 선답지 않은 실력이었다.

"이런 이런…… 이 꼴이 대체 뭐야."

그 소리에 선은 황망히 활을 거두었다. 왕은 안타까운 듯 혀를 끌

---

23. 춘당대 : 창경궁 후원의 석대. 연회를 베풀거나 활을 쏘던 곳.

끌 차며 선 가까이로 다가섰고, 선이 예를 갖추었다.

"눈이 어두워서 그런가. 홍심에 든 화살이 도무지 보이질 않는구나. 마음이 번다하냐?"

"신하들이 노엽습니다. 백성의 죽음 앞에서조차 당리만을 앞세우다니요."

"쓸모없는 놈들 같으니라구. 내 등극한 그날부터 삼십 년을 한결같이 패싸움 하지 마라, 탕평한 조정을 만들어야 이 나라에 내일이 있다, 그리 강변을 하였건만…… 번다할 만해. 노여울 법 하구나."

이 나라의 지존이 아닌, 오랜만에 보는 자애로운 아비의 모습에 선의 눈빛이 흔들렸다.

"허나…… 아무리 번다해도 그 마음…… 저리 함부로 뿌려두지 마라. 그건 왕재가 아니다."

왕은 활시위를 당겼고, 화살은 정확히 홍심 안을 명중했다.

"아바마마께선 그리 해오신 것입니까? 늘 그렇듯 번다한 어심을 숨겨오셨습니까?"

왕의 얼굴에는 쓸쓸한 웃음이 스쳤다. 모든 걸 다 가졌으나, 마음 둘 곳 한 자락 없는 쓸쓸한 군주의 자리가 갖는 무게감이 느껴졌다.

"외롭지…… 않으셨습니까?"

"그래도 너 하난 날 이렇게 알아주잖니."

선은 안타까운 눈빛으로 왕을, 제 아비를 보았다.

"복잡할 땐 말이다. 그저 원칙대로 하는 게 탈이 없어. 역모야 원래 의금부 소관 아니냐."

잠시 평정을 찾았던 선의 마음에 다시금 파문이 일었다.

"뭣보다 어정을 욕보인 건 왕실 자체에 대한 모욕이야. 허면 왕가의 사람이 직접 나서서 처결하는 것이 모양새도 좋지. 의금부 판사 홍봉한은 너의 장인이니 이 일을 맡기에 그보다 적임은 없다. 그렇지 않으냐?"

선은 대답을 주저했고, 채제공 역시 드러난 어심에 당혹스러운 낯빛을 감추지 못했다.

"어찌 대답이 없어."

"유념……하겠습니다, 아바마마."

왕은 옅은 웃음을 지으며 고개를 끄덕이고는 선의 한쪽 어깨를 단단히 잡았다.

그즈음, 창덕궁 후원의 연지에도 파문이 일고 있었다. 혜경궁이 섬섬옥수를 뻗어 고기밥을 주고 있었고, 그 옆에는 홍봉한이 있었다. 한없이 평화로워 보였으나, 두 사람 사이에 묘한 긴장이 흐르고 있었다.

"자살로 덮을 땐 덮더라도 사건의 전모는 제대로 파악하셔야 합니다."

"응당 그리 해야지요. 그래야 영상 김택이 사건을 덮고자 하는 이유를…… 알 수 있을 것이니 말입니다."

"대전까지 나서서 수사권을 의금부에 주라…… 저하를 압박하신 것을 보면 여긴 생각보다 큰 비밀이 숨어 있을지도 모를 일입니다."

"그 비밀이라는 것이,"

"대전과 영상 대감의 치명적인 약점일 수도 있지요. 약점을 틀어쥐고 여기에 차기 지존의 신망까지 더해보세요. 우리 풍산 홍씨 일문이야말로 실세 중의 실세로 부상할 것입니다."

홍봉한은 총명하고 영특한 딸이 새삼 대견한 듯 바라보았고, 혜경궁은 득의에 찬 웃음을 그 입가에 배어 물었다.

복잡한 표정으로 세자시강원으로 들어서던 선이 멈칫했다. 시선 끝에 박문수가 있었고, 그는 자리에서 일어나 예를 갖추었다.

"사부께선 또 어인 일이십니까? 오늘은 참 기묘한 날이로군요. 내 평소 존모해 마지않던 어른 두 분이 가르침을 청하지 않았는데도 번갈아 찾아주시니 말입니다."

박문수는 선을 바라볼 뿐 섣불리 말을 꺼내지 않았다. 선은 춘당대에서의 일을 곱씹듯 말했다.

"부왕께선 수사…… 의금부에서 맡는 게 순리라 하십니다. 크고 작은 이유를 들어 말씀을 하셨으나, 결국 노론의 손을 들어주라는 얘기지요."

"참으로 유감스러운 일이군요."

"사부의 요구는 무엇입니까? 수사권, 소론에게 주길 원하십니까?"

그 날선 시선을 물끄러미 바라보던 박문수가 천천히 운을 떼었다.

"저하껜 실망스럽기 짝이 없구요. 소신이 후학을 고작 이렇게 가르쳤단 말입니까."

속을 가늠할 수 없는 박문수의 말에 선의 눈빛이 흔들렸다.

"특별검험이라 하셨습니까?"

시민당 편전에 든 좌포청 포도대장 홍계희는 다소 얼떨떨한 얼굴로 선에게 물었다.

"이 사건은 중도적 인사가 맡아야 한다는 것이 내 생각입니다."

"그것이 소신이 선택된 이유의 전부입니까?"

그럴 리가 있겠냐며 옅은 미소를 짓던 선이 서안 위에 놓인 서류를 뒤적이며 말했다.

"포도대장께서 좌포청에 부임한 직후 검거율이 두 배로 뛰었더군요. 이 유능한 수사력이 그대를 선택한 가장 중한 이유입니다."

"유능하다 하신 수사력의 근간에는 고하도 없고 가림도 없는 이 사람의 방자한 습속이 있음을 알고는 계십니까?"

선은 홍계희의 당당한 포부가 내심 마음에 들었으나, 확답을 듣고 싶어 되물었다.

"수사에 성역을 두지 않겠다는 말입니까?"

"허락지 않으시면 수사를 맡을 의사가 없습니다."

선이 포도대장만 믿겠다 하자 홍계희는 자신이 아니라 증좌와 수사 결과를 믿으라 답하였다. 선은 미더운 얼굴로 미소를 머금었다.

과연 박문수의 천거를 받을 만한 자였다. 불편부당하고 깨끗한 자로 박문수가 어사로 암행하던 시절, 워낙 휘하 단속이 철저하여 홍계희의 임지에서만은 할 일이 없었다던 말이 다시금 떠올랐다.

그 즈음 영의정 집무실, 김택의 귀에도 홍계희가 특별검험을 맡을 것이며 그를 천거한 것이 박문수라는 얘기가 흘러 들어갔다.

"박문수 이놈…… 설마 이놈이 어정에 사체를……?"

중얼거리던 김택의 얼굴에 속을 알 수 없는 미소가 번졌다.

그 밤 김택은 왕의 침전인 동온돌을 찾았고, 난을 치며 김택의 말을 듣던 왕의 손길이 뚝 멈추었다.

"박문수라…… 농간의 중심에 박문수가 있다."

"동궁전의 행보…… 막아야 하지 않겠습니까."

"할 만큼 해봤지. 세자의 나이 어느덧 약관. 머리가 커서 그런가, 애비 말도 귓등으로 흘려치우면 그만이야."

슬쩍 한 발 빼는 듯한 왕의 말에 김택의 이맛살이 묘하게 찌푸려졌다.

"허면 구경꾼 노릇이나 하시겠습니까. 그러다 국본의 손으로 직접 맹의를 둘러싼 엄청난 비밀…… 그 비밀의 문을 열어젖히기라도 하면."

"그럴 수야 있나, 어디. 자식이 말로 해서 듣지 않으면 달초라도 해야지."

왕은 두루마리 문서들이 놓인 사각반을 김택 쪽으로 밀었다.

"가지고 가. 도움이 될 게야."

김택이 두루마리를 내려다보았고, 왕은 다시 여유로운 표정으로 난을 치기 시작했다.

그 밤, 선은 희우정에 들어 있었다. 단정하고 가지런히 정돈된 붓을 쭉 훑던 손이 미완인 채로 놓여 있는 예진24에서 멈추었다. 순간 옅은 미소를 머금은 채 예진을 채색하고 있는 홍복의 모습이 환영처럼 떠올랐다 사라졌다. 선의 얼굴에 잠시 떠올랐던 미소도 그와 동시에 지워졌다. 적막감과 두려움이 일었고, 선은 가만 벽에 기대어 섰다. 두려움과 혼란스러움이 크다 한들, 소중한 이를 황망히 잃어버린 슬픔보다 깊지는 않았다. 선은 그대로 스르르 주저앉아 한참이고 그렇게 있었다.

※ ※ ※

좌포청 포도대장 집무실. 홍계희가 중앙 자리에, 그 앞으로 민우섭과 변종인을 포함한 종사관들이 도열해 있었다.

"금일 오시를 기해 이곳 좌포청에 특검을 위한 도감을 설치한다."

포도대장 집무실은 특별검험도감 집무실로 그 현판을 바꿔 달았고, 좌포청 검험실에는 어의와 내의원 의관들이 들어섰다.

---

24. 예진(睿眞) : 왕세자의 얼굴을 그린 그림.

"이번 특검의 검시는 내의원에서 맡을 것이며, 도화서에 대한 탐문은 물론 신홍복 본가와 주변 탐문도 철저히 진행될 것이며, 기찰부서에선 목격자를 찾는 데 주력하라."

홍복의 처소 근처에 금줄이 쳐진 것은 물론 홍복의 집에도 포졸들이 들이닥쳤다. 저자 곳곳에는 홍복의 용모파기25가 나붙었고, 목격자를 찾는다는 방문이 그 옆을 채웠다.

"신홍복 사건, 특검을 한다네. 내 이럴 줄 알았지. 뭔가 복잡한 냄새가 난다 했어."

서가세책 지하공방, 조보26를 펴 읽어 내려가던 지담이 자신만만하게 내뱉었고, 일꾼들 역시 흥미로운 듯 지담 곁으로 모여들었다.

"아, 일들 안 해."

서균의 목소리에 일꾼들은 흩어졌고, 서균이 지담의 머리를 담뱃대로 콩 쥐어박았다.

"지담이 너, 그 조보 어디서 났어? 이번엔 또 어느 관아에서 쓱싹한 거야. 다신 이런 거 보지 마. 관심 끄라구."

"관심을 어떻게 꺼. 내가 유일한 목격잔데……"

"목격자? 그래서 뭐 증언이라도 하시게? 나 서지담, 불법으로 세책

---

25. 용모파기(容貌疤記) : 어떤 사람을 체포하기 위해 그 사람의 용모와 신체의 특징을 기록함. 또는 그 기록.
26. 조보(朝報) : 승정원(承政院)에서 처리한 일을 매일 아침 적어서 반포하던 일. 또는 그것을 적은 종이.

방 운영하는 서균의 딸이다. 여기 다 잡아가소, 포청 가서 나발이라도 불게?"

"아 글쎄, 나한테 다 생각이 있다니까."

"이건 시국사건이야. 왕실을 비방한 역적을 색출하는 일이라구. 시국사건은 피하고 보는 게 상책이야. 잘못 엮이면 역적으로 몰리는 건 시간문제니까."

지담이 떼를 쓰듯 매달려봤으나 서균도 이번 일만큼은 져줄 생각이 없었다. 슬쩍 눈치를 보던 지담이 조보를 냉큼 집어가려던 그때, 서균이 그를 턱 잡으며 으름장을 놓았다.

"썩 못 가."

지담은 하는 수 없이 조보를 내려놓고 방금 전까지 필사하던 책상 앞에 구겨지듯 앉았다.

좌포청 검험실. 검험대 위에는 사체가 면포로 덮인 채 놓여 있었다. 천을 벗기자 홍복의 모습이 드러났고, 그 앞에 어의와 의원들이 도열한 채 섰다. 홍계희가 어의에게 검험을 시작하라 일렀다.

"철관."

어의가 손을 내밀자 의관이 가늘고 긴 철관을 건넸다. 어의는 폐 쪽을 가늠하며 힘 있게 철관을 박아 넣었다. 뒤이어 관을 기울여보았으나 물은 흘러나오지 않았다.

"폐에 물이 없다."

"사인이 익사가 아니라는 뜻입니까?"

민우섭이 조심스레 묻자 어의는 고개를 끄덕였다. 한낮에 시작된 검험은 계속 이어졌고, 어느새 해는 기울어 저잣거리에는 붉은 빛이 깃들고 있었다.

목격자를 찾는 방 앞에는 여전히 사람들이 모여선 채 웅성이고 있었다.

"이거 아무리 봐도 날 찾는 건데…… 아무래도 내가 좌포청으로 떠야겠군."

서균이 잠시 출타한 틈을 타 공방을 빠져나온 지담이 호기롭게 중얼거렸다. 지담이 좌포청 쪽으로 돌아선 그때, 일전에 변종인과 눈길을 주고받던 흑표의 수하가 모습을 드러냈다.

붉은 해도 다 넘어가고 어둠이 내려앉은 밤길, 지담은 조심스레 걸음을 옮기고 있었다. 걸음을 빨리 하면 저쪽도 빠른 걸음으로 쫓아왔고, 걸음을 늦추면 저쪽의 속도 역시 느려졌다. 지담은 애써 침착함을 유지하다가 어느 순간 방향을 홱 틀어 내달리기 시작했다. 막 철시를 하고 있는 시전들 사이로 지담이 뛰어 들어왔고, 그 뒤를 사내들이 뒤쫓았다. 기세 좋게 도망치던 지담이 걸음을 멈추었다. 자신을 쫓아오는 사내들과 비슷한 행색의 무리들이 앞쪽에서 다가오고 있었다. 급히 뒤돌았으나 그곳 역시 한 무리의 사내들이 길을 막고 서 있었다. 지담은 바랑에서 화약과 유황가루가 든 호리병을 꺼내 화톳불 위로 던졌다. 펑 하는 폭음과 함께 희부옇게 연기가 피어올랐다. 매운 연기 탓에 사내들이 기침을 해댔고 그 틈을 타 지담은 시전 안으로 도망쳤다.

시전과 통해 있던 집의 담장에서 풀쩍 뛰어내린 지담이 겨우 안도의 숨을 내쉰 것도 잠시, 그 사내들과 다시 맞닥뜨려야 했다. 이미 막다른 골목, 지담이 긴장감에 꼴깍 마른침을 삼키며 뒷걸음질 치던 그때였다. 순식간에 지담 앞으로 사내들이 쓰러지는가 싶더니, 익숙한 사내의 모습이 보였다.

"두목!"

동방의 검계 수장 나철주였다. 나철주는 지담에게 찡긋 눈인사를 건네고는 달려드는 사내들을 하나둘 제압해나갔다. 사력을 다해 달려드는 저쪽에 비해 나철주의 움직임은 군더더기 없이 유려하면서도 신속하고 또한 정확했다. 예사롭지 않은 실력자임을 눈치챈 사내들이 슬금슬금 뒷걸음질 치더니 달아나기 시작했다.

자신들이 쫓던 지담을 나철주가 채어갔다는 이야기가 서방의 검계 두목인 흑표와 좌포청 종사관 변종인에게 전해졌다.

"천하의 나철주가 거긴 왜 나타나?"

변종인과 흑표의 머릿속이 복잡하게 뒤엉켜갈 즈음, 검계 동방의 근거지 광통교 보행객주에 나철주와 지담이 들어섰다. 양쪽으로 도열한 검계들이 나철주가 지날 때마다 고개를 숙여 예를 갖추었다.

"이건 검계 서방의?"

탁자 위의 암기[27]를 보며 지담이 물었다. 나철주가 고개를 끄덕였고, 지담이 암기 쪽으로 손을 뻗었으나 나철주의 손이 더 빨랐다.

"너 요즘 뭐 하고 다니냐? 뭘 하든 그 일에서 손 떼."

"알아서 해."

"말 들어. 여기서 더 깊숙이 개입하는 거 위험해."

"난 신홍복 살인사건의 유일한 목격자야. 그러니까 내가 나서야 된다구."

"서방은 도성 최대의 정치 검계야. 이 사건에 서방이 개입됐다면 널 노린 자들은 생각보다 훨씬 위험한 자들일 수도 있어."

지담이 어떤 아인지, 왜 이렇게까지 하는지 모르는 바 아니었으나, 서방과 더 이상 엮이는 건 막아야 했다. 허나 지담은 맹랑하게도 "수사라는 게 원래 위험한 놈 상대로 하는 거거든" 그리 툭 내뱉고는 방을 나섰다. 말은 호기롭게 내뱉었으나, 나철주의 방을 나서는 지담의 얼굴은 어두웠다. 아비 서균과 나철주의 걱정을 모르는 바 아니었고, 당사자인 그녀가 느끼는 두려움은 그보다 훨씬 컸으나, 이대로 젊은 화원의 억울한 죽음을 외면할 수만도 없었다.

❀ ❀ ❀

---

27. 암기(暗器) : 비밀 무기.

미명이 채 밝지도 않은 어둑한 새벽, 좌포청 검험실로 홍계희가 들어섰다. 검험이 막 끝난 듯 손을 씻고 있던 어의가 물기를 닦아내며 시장[28]을 건넸다.

"직접적인 사인은 익사가 아니라 경추절골. 목뼈가 부러져 죽었다는 얘긴데…… 허면,"

"자살이지요."

"이것 보시오, 어의영감. 이런 경우 백이면 백, 타살로 추정하지 자살로는,"

"임술년 삼월 이일, 오월 육일, 계해년 칠월 이십육일. 이날들 기억지 못하십니까?"

"……지금 뭐하자는 거야."

홍계희가 저도 모르게 주위를 살피며 소리 죽여 물었다.

"기억하고 계시군요. 영상께서 그러실 거라 하셨습니다. 포도대장께서 살려면 이 사건, 무조건 자살로 만들어야 합니다."

좌포청 집무실로 돌아와 어의가 건넨 밀서를 읽어 내려가던 홍계희가 거칠게 밀서를 구겼다.

그 시각, 좌포청 외삼문 근처에서는 번을 교대하느라 포청을 드나드는 다모(茶母)들로 분주했고, 그 어느 일각에서 다모 복색의 지담이 모습을 드러냈다. 그녀는 등청하는 다모들 사이로 자연스레 끼어들

---

28. 시장(屍帳) : 시체를 검안한 장부. 부검서.

었고, 여유로운 표정으로 출입패를 보이며 외삼문 안으로 들어섰다. 지담은 그 길로 좌포청 종사관 민우섭의 집무실을 찾았다.

"익명서라 했느냐?"

지담은 봉해진 서찰을 꺼내 내밀었다.

"예. 화급을 다투는 일이라며 꼭 민 종사관 나리께 전하라 하였습니다."

고개를 끄덕인 민우섭이 서찰을 집어들었고, 지담이 예를 갖추고 돌아섰다.

"잠깐, 너…… 누구야?"

정체가 발각될지 모른다는 불안감에 지담이 마른침을 삼켰다.

"다모들 내가 대충 다 아는데……."

"저…… 그게 어제 처음 배속되어……."

"신참이다. 이름? 이름이 뭐냐구?"

"지담…… 서지담이라 하옵니다."

여전히 의심스러운 듯했으나 민우섭은 그 이상 묻지 않았고, 지담은 긴장한 채 그의 집무실을 나왔다.

"빙충이, 상등신. 아무리 당황해도 그렇지. 게서 본명을 말하면 어찌해."

제 머리를 쥐어박으며 자학하던 지담은 맞은편 변종인의 모습에 슥 돌아섰다. 변종인이 그런 지담을 수상쩍게 보던 그때, 신흥복 사건의 주요 목격자인 주모와 날품팔이꾼, 능참봉 등이 나왔다.

"그래, 수고들 했어. 추가 진술이 필요하면 내 또 부름세."

변종인이 목격자들에게 말을 거는 사이, 지담은 좌포청 회랑을 벗어났다. 변종인은 그 길로 포도대장 집무실로 걸음을 옮겼다.

"목격자 진술을 적은 초招를 가져왔습니다, 대감."

조서를 들춰보던 홍계희의 손이 순간 뚝 멎더니, 변종인을 올려다보았다. 의뭉스러운 얼굴의 변종인이 뭐 잘못 된 게 있느냐 물었다.

"아니…… 없어. 아주 완벽해."

홍계희의 대답에 변종인의 얼굴 위로 묘한 미소가 스쳤으나, 같은 시각 지담이 건넨 익명서를 보던 민우섭의 얼굴에는 당혹감이 어렸다.

"사체가 최초로 발견된 곳은 어젯밤 술시29경 수표교. 사인은 경추절……골?"

민우섭은 익명서를 움켜쥔 채 포도대장 집무실로 달려갔다.

"신흥복이 어정에서 죽지 않았다?"

홍계희가 당혹스러운 듯 민우섭에게 되물었고, 민우섭은 익명서를 내밀었다. 익명서를 읽어 내려가던 홍계희가 멈칫하며 물었다.

"이게…… 뭐야?"

"제보가 사실이라면, 화원 신흥복은 수표교에서 살해된 후 어정에 유기된 겁니다. 죽여서 던졌으니 사인이 익사가 아닌 게지요. 게다가 제보자가 추정한 사인 역시 경추절골. 제보자 찾아야 합니다. 허면

---

29. 술시(戌時) : 오후 7시~9시.

수사가 급물살을."

"알았네. 검토해보지."

"명하시면 소직이 당장이라도,"

"검토해볼 테니 나가보라고!"

홍계희가 저도 모르게 발끈해 소리를 질렀다. 평소답지 않은 그의 태도에 당황한 민우섭의 얼굴이 굳어졌다. 민우섭이 집무실을 나가고도 한참 동안 김택의 밀서와 지담의 익명서를 두고 고민에 고민을 거듭하던 홍계희는 어렵사리 결심을 굳힌 듯, 김택의 밀서를 태웠다.

창덕궁 편전, 상선이 두루마리 문서를 사각반에 받쳐 든 채 들어섰고, 왕은 문서를 집어들었다. 문서를 읽어 내려가던 왕이 서탁에 문서를 턱 내려놓으며 중얼거렸다.

"홍계희가 밥값을 하는구먼."

그즈음 선 역시 시민당 편전에서 두루마리 문서를 펼쳐 들었다. 좌우로 도열해 앉은 대소 신료들 사이로 홍계희가 맞은편 용상에 앉은 선을 바라보고 있었다. 문서를 읽어 내려가던 선의 얼굴에 분기가 서렸다.

3

"자살이라니! 화원 신흥복이 자살을 했단 말입니까?"

안도하는 김택과 달리 박문수는 당혹스러운 표정을 감추지 못했다. 흔들리는 눈으로 홍계희를 보던 선이 헛웃음을 터뜨리고는 그에게 반문했다.

"우물에 뛰어들었는데 폐에 물이 없다. 이건 익사가 아니란 얘기에요."

"저희도 직접적 사인은 경추절골로 보고 있습니다."

"헌데 자살로 단정한 연유가 뭡니까? 검시 결과가 이와 같다면 죽여서 어정에 유기했을 가능성을 가장 먼저 고려했어야지요."

"흔한 경우는 아니오나, 우물로 뛰어드는 순간 먼저 경추가 절골되어 즉사를 하였다면 불가능한 일도 아닙니다."

선이 반론을 펼치려 하였으나, 홍계희는 선이 할 말을 먼저 꺼내며 그를 저지했다.

"그러나 특검에서도 검시의 결과만으로 자살과 타살을 확정할 수 없다고 판단, 목격자들의 증언 확보에 주력한 결과, 의릉을 향하는 신흥복의 행보가 수차례 확인되었습니다."

홍계희는 "해 떨어지기 전부터 술타령으로 나라님 욕을 지독하게 하더라"는 주모와 "하도 비틀거리기에 잡아주었으나, 제대로 가누지도 못하는 몸으로 의릉으로 갔다"던 날품팔이꾼 천승세의 진술을 언급했다.

"여기 적힌 이 비방들이 모두 사실이란 말입니까?"

차마 입에도 담기 힘든, 홍복이 했다는 세자와 주상을 향한 비방과 저주를 바라보는 선의 목소리가 떨렸다.

"그러하옵니다. 하여 특검에서는 화원 신흥복이 왕실을 비방코자 어정에 몸을 던져 자살한 것으로 결론짓고 수사를 종결하였습니다."

선은 기가 막혔다. 홍복이 그리 했다는 것도 믿을 수 없을 뿐더러, 박문수의 천거로 자신이 직접 임명한 홍계희가 저 같은 말을 하고 있다는 것도 참으로 끔찍했다. 그때였다.

"저하, 대전에서 급한 전교이옵니다."

문이 열리고 상선이 들어섰고, 왕의 전교가 담긴 문서를 든 장 내관이 그 뒤를 따랐다.

"역적 신흥복을 참시斬屍하여 그 목을 저자에 효수梟首하고 가산은 적몰籍沒할 것이며 가솔들은 모두 관비로 삼아 북삼도로 추방하라는 전교이옵니다."

"참시……라 했나, 지금?"

차마 듣고도 믿을 수 없어 되묻는 선에게 장 내관이 대전의 전교를 전했다. 선이 떨리는 손으로 전교를 펴 보았고, 중신들은 술렁였다. 소론은 회의가 끝나기도 전에 대전에서 전교가 내려오다니 이례적이라는 데에 입을 모았고, 노론은 어정에 비방을 하였으니 왕의 진노가 자심한 것도 무리가 아니라 수군댔다. 선은 무너지지 않으려 안간힘을 쓰며 두루마리를 내려놓았다. 홍봉한이 속히 처결을 하라 일렀으나, 선은 모두 물러가라 할 뿐이었다.

"수사가 모두 종결되었고, 신흥복을 어찌 처결할지 결정을 한 연후 회의를 파하는 것이."

"이 사람이 지금 그대들에게 부탁을 하고 있는 것으로 보입니까. 일단 모두 물러가 계시라구요."

선은 홍계희의 말마저 서늘하게 베어냈다. 술렁이는 중신들 사이, 김택과 홍계희의 시선이 마주쳤다. 김택이 짓는 묘한 미소에 박문수는 한숨을 내쉬었다.

"이건 조작이야."

부용재 뒤뜰, 단단히 화가 난 지담이 단장 중인 운심에게 소리쳤다.

"새빨간 거짓말이라구. 수표교에서 살해당하는 걸 내 눈으로 똑똑히 봤는데…… 자살? 이런 새빨간 거짓말이 어딨냐구."

"내가 속였니. 왜 나한테 들이대."

듣다 못한 운심이 톡 쏘아댔으나, 지담의 분노는 사그라질 줄 몰랐다.

"종사관 민우섭, 대쪽이라매? 대나무 백 개가 손잡고 와도 지들이 먼저 쩍쩍 갈라지고 말 거라매?"

"얘, 얘, 골 흔들려, 그만해."

"성님이야말로 고만해. 성님에 두목, 아부지까지 나서 하도 나서지 마라, 아무것도 하지 마라, 성화들 하기에 부실한 관원 나부랭이들에게 맡겨뒀더니 이 꼴이 뭐냐구!"

그 무렵, 민우섭 역시 홍계희의 집무실을 박차고 들어와 그에게 따져 물었다.

"자살이라니요. 이런 말도 안 되는 검안이 어딨습니까."

민우섭이 검안을 흔들며 따져 물었으나, 홍계희는 수사 결과를 종합해 숙의하여 작성한 거라 응수했다.

"숙의? 말 안 되는 소리 좀 작작 하십시오. 제보자가 나섰습니다. 허나 우린 조사 한 번 제대로 안 했어요. 이렇게 허술하게 수사를 해 놓고 숙의란 말이 가당키나 합니까."

"……익명서, 조작된 거면 어쩔 거야."

"조작 아닙니다."

"어떻게 확신해? 사인까지 똑같이 맞췄다 이거야. 익명서 받은 시각을 생각해봐."

홍계희의 말에 민우섭이 주춤했다. 익명서를 받은 것은 검험이 끝난 직후, 작정하고 꾸며대려 했다면 불가능한 시각도 아니었다.

"그랬다면 이유는 단 하나…… 노론이네 소론이네 하며 빈청에 버티고 앉아 패싸움이나 하고 있는 치들, 그놈들 농간이야. 이참에 정적들 제대로 후려갈기려고 발버둥 치는 거라구. 네가 원하는 게 뭐야? 그놈들 장단에 놀아나 춤이라도 추겠다는 게야."

"아뇨. 배운 대로 하겠다는 겁니다. 한 치의 의심이라도 있다면 끝까지 모든 조사를 마친 후 결론을 내려라. 이걸 가르치신 분은 다른 누구도 아닌 영감이십니다. 잊으셨습니까?"

잠시 흔들렸으나 홍계희가 가르친 신념을 그에게 비수처럼 내리꽂는 민우섭이었다.

'저하, 오늘 밤 수표교에서 세책 하는 대로 입궐을 하겠습니다. 긴히 드릴 말씀도 있구요. 명운을 좌우할 중요한 문제이니 소인이 늦더라도 절대 침수 드시면 아니 되옵니다.'

시민당 편전, 모두를 물린 후 선이 집어든 것은 홍복이 장 내관을 통해 건넸던 서신이다. 선이 서신을 툭 내려놓으며 기막힌 듯 헛웃음을 흘렸다.

"역적? 죽임을 당한 것도 분하고 원통한데 감히 역적으로 몰아."

흔들리는 눈빛으로 서신을 바라보던 선이 결심을 굳힌 듯, 왕이 있는 편전으로 걸음 했다.

"다시…… 수사하겠습니다."

"특검을 설치하고 그 수장으로 홍계희를 고른 것은 다른 누구도 아닌 바로 너다. 헌데 네 손으로 고른 검험관 하날 신뢰 못해?"

뼈가 아린 실책이었다. 아직 이 나라 조선에 공명정대한 검험관 하나는 존재할 거라 믿었고, 그가 진실을 밝혀줄 거라 믿은 것이 잘못이었다.

"스스로 죽을 이유가 없는 아입니다. 왕실을 비방할 연유는 더더욱 없습니다, 아바마마."

"네가 그걸 어찌 알아?"

"벗으로 여겨 아끼던 아입니다."

"화원 따위가 어찌 국본의 친구가 돼! 부실한 놈."

왕은 노기 띤 목소리로 서안 위에 놓여 있던 문서들을 집어 던졌고, 참담함에 선이 고개를 숙였다. 그를 멀거니 바라보던 왕이 분을 삭이고는 한 번 해보라는 듯 말했다. 생각지 못한 왕의 말에 선이 고개를 들었다.

"친구가 죽었다는데 그만한 정성은 보태야지."

감읍한 얼굴로 깊이 고개를 숙이고 편전을 나온 선은 장 내관에게 당장 수표교로 갈 것이니, 별감들을 모으라 일렀다.

그 시각, 지담은 수표교에 있었다.

"신홍복은 이곳 수표교에서 죽었어."

지담은 홍복이 서 있던 자리에서 그날 밤 자신이 본 것을 찬찬히 떠올렸다. 홍복이 떨어질 때, 그의 몸에서 떨어져 나간 것이 있었다.

지담은 빠른 걸음으로 다리 밑으로 내려갔다.

민백상에게서 왕이 세자에게 재수사를 허했다는 보고를 받은 김택은 궁궐 후원 쪽으로 향했다. 신록을 완상玩賞하고 있던 왕은 옅은 미소를 머금은 채 그를 맞았다.

"재수사라니요? 간신히 틀어막았는데 수사를 다시 허하시면 맹의, 지킬 수 있겠습니까?"

"지키는 거야 주인이 해야지."

왕이 여유로운 미소를 잃지 않은 채 김택의 어깨를 잡아주고 가려 할 때였다.

"어이, 이금."

자신의 이름을 부르는 김택의 목소리에 왕의 발걸음이 멈추었다.

"삼십 년 전, 환취정의 그날부터 우린 운명 공동체야. 잊었나?"

"이봐, 김택. 내가 아직도 골방에 처박혀 두려움에 떨던 연잉군 이금으로 보이나? 네 눈앞에 있는 자는 이 나라 조선의 지존이야. 삼십 년을 보고도 아직도 분간을 못해? 옛 정을 생각해서 한 번은 봐주지. 그러나 두 번은 안 돼. 두 번 다시 반말 짓거리를 늘어놓는 날엔 네놈의 세 치 혀, 내 손으로 직접 뽑아버리고 말 것이야."

그 말을 끝으로 후원을 나선 왕의 모습이 보이지 않을 때까지 김택은 그 자리에 붙박인 듯 그 모습을 눈에 담고 또 담았다.

"어찌하여 동궁전에 재수사를 허하신 겝니까?"

부용지를 거닐며 연꽃을 완상하고 있는 왕에게 상선이 물었으나,

왕은 묵연히 유영하는 잉어들을 바라볼 뿐이었다. 상선이 수사의 끝에는 맹의가 있다 그리 말했으나, 왕은 별 말 없이 고개만 끄덕였다.

"영상 김택에 대한 전하의 노여움 모르는 바 아니오나, 이번 일만큼은 김택과 뜻을 같이하는 것이 좋았습니다."

"자네는 왜 내가 김택과 뜻을 달리한다고 보나? 난 김택을 적으로 삼은 것이 아니야. 세자의 스승으로 선택을 한 게지."

그리 말하는 왕의 얼굴에 의미심장한 미소가 번졌다.

※ ※ ※

"까악!"

수표교 아래서 무언가를 한참 찾던 지담이 환호성을 내질렀다. 지담은 세책패를 주워든 채 득의양양한 미소를 지었다.

"신홍복이 어정에서 자살을 해? 그럼 여기 턱 버티고 있는 이 세책팬 뭔가. 이제 다 죽었어."

세책패를 손에 쥔 채 저잣거리를 걷는 지담의 발걸음은 꽃놀이라도 가는 양 가벼웠고, 콧노래까지 절로 나왔다. 그때 선과 별감들, 익위사들이 탄 말이 골목 안으로 휘몰아쳤다. 지담은 그들을 피하려다 휘청했고, 그 바람에 손에 쥐고 있던 세책패마저 떨어뜨렸다. 그들이 뽀얀 흙먼지를 일으키며 그곳을 지날 동안, 지담은 혹 세책패가 말발굽에 밟혀 깨어지는 것은 아닐까, 마음을 졸였다. 그들이 지나가

자마자 세책패를 집어들었다.

"무슨 말을 저리 심하게 몰아. 깨지는 줄 알고 십년감수했네."

지담과 엇갈려 수표교에 도착한 선은 별감들에게 이곳 수표교를 수사의 출발점으로 삼겠다 공표하며, 수표교 인근을 샅샅이 탐문하여 사건 당일 술시경 신홍복을 보았다는 목격자를 찾으라 일렀다. 또한 수표교 주변에 서가세책패와 서가세책이 그려진 방을 붙여 이를 집중적으로 찾으라 명하였다. 그즈음 세책패를 빤히 보던 지담 역시 선과 같은 생각을 하고 있었다.

"세책패가 수표교에 있었다면, 책은…… 책은 어디로 간 거지?"

빈청 누군가의 집무실. 책장을 넘기던 손이 멎는가 싶더니 서책이 덮이고, 그 위로 선명한 서가세책의 책인이 보였다. 사내가 족자를 슥 밀자 그 아래 숨겨져 있던 비밀금고가 모습을 드러냈다. 사내는 세책을 비밀금고 안에 넣고는 족자로 금고를 가렸다. 의미심장한 얼굴로 뒤를 돌아보는 사내는 다름 아닌 박문수였다. 박문수는 빈청을 나서 수표교로 향했고, 수사 지시를 하고 올라오는 선과 맞닥뜨렸다.

"사부께서 이곳 수표교까진 어인 행보십니까?"

"재수사…… 좋은 일이겠습니까?"

선이 당혹스러움을 삼킨 채, 무슨 뜻이냐 물었다.

"예진화사 신홍복…… 얼마나 아끼셨는지 모르지는 않습니다."

"사사로운 감정 때문에 수사를 재개한 것이 아닙니다. 의혹이 한두

가지가 아니에요. 일단 신홍복에겐 동기가 없어요. 왕실을 비방할 동기."

박문수가 대꾸 없이 선을 바라보았다.

"나는 신홍복이 이곳 수표교 인근에서 타살된 후, 어정에 유기되었을 가능성에 무게를 두고 있습니다."

"저하의 가설이 사실이라면 특검에서 제출한 수사 결과는 모두 거짓이 됩니다. …… 홍계희가 당했다 보십니까?"

"사부께서 그리 부실한 자를 천거하실 리 없지요. 깃털이냐 몸통이냐가 문제일 뿐, 조작에 깊이 개입을 했으리라는 것이 내 생각입니다."

선은 그에게서 시선을 거둔 채 현장을 보았고, 박문수 역시 그 시선을 따르며 물었다.

"어디까지 가실 수 있겠습니까? 신홍복이 역도가 아니라면 그를 역도로 몰아간 자들이 역도……. 홍계희마저 움직였다면 만만한 자들이 아니에요. 생각하시는 것보다 훨씬 더 강한 자들일 수 있습니다."

"무고한 백성을 죽이고 그도 모자라 역도의 누명까지 씌운 자들입니다. 그게 누구든, 얼마나 강하든, 끝까지 추적하여 반드시 그 죄를 묻고야 말 것입니다."

선은 이미 칼을 빼어들었고, 방해하는 자는 그게 누구든 베어버릴 각오를 하고 있었다. 박문수의 얼굴에 복잡다단한 심정이 스쳤다.

"박문수가 국본을 부추겨?"

왕의 목소리에는 분노가 서려 있었다. 상선이 고개를 숙이며 그러하다 대답했고, 왕은 여전히 노기 띤 목소리로 중얼거렸다.

"홍계희를 천거할 때부터 짐작은 하고 있었지만…… 박문수 역시 맹의가 다시 나타난 걸 알고 있었구먼."

맹의를 둘러싸고 일파만파 커져가는 전쟁에 상선은 불안했으나, 왕은 분노도 불안함도 억누른 채 계산을 하고 있었다. 그것은 김택 역시 다르지 않았다. 민백상은 은밀히 박문수의 최근 행보에 관한 보고를 올렸고, 김택의 눈에는 서늘한 불꽃이 일었다.

"맹의를 알지 못하면 이 같은 농간을 부릴 수가 없는데…… 대체 누가 그자에게 맹의를 알려준 게야."

민백상이 속히 알아보겠다 하였으나, 김택은 그를 저지하며 운을 뗐다.

"자넨 따로 해줘야 할 일이 있네."

민백상의 얼굴이 굳어졌다.

그 시각, 선은 좌포청 외삼문 안으로 들어서고 있었다. 채제공과 승정원 관원들, 내의원 의원들, 익위사들이 그 뒤를 따랐고, 홍계희가 부관 몇몇과 함께 막아서며 짐짓 태연히 물었다.

"저하께서 이곳 좌포청까진 어인 행보십니까?"

"신흥복 사건에 대한 재수사가 결정되었습니다. 하여 특검에 대한 압수수색을 실시할까 합니다."

특검에 대한 특검이었고, 이는 홍계희가 이끈 특검 자체를 받아들일 수 없다는 말과도 같았다. 홍계희의 얼굴이 미묘하게 굳었고, 선은 채제공에게 시작하라 일렀다. 승정원의 관원들은 특별검험도감에 있는 문서란 문서는 죄 쓸어 담았고, 의원들과 오작들은 관 속에 홍복의 사체를 넣고, 사체가 부패되지 않도록 힘썼다. 동헌 월대 위에서 특검이 작성한 문서들을 찬찬히 살피던 선이 곁에 서 있던 채제공에게 명했다.

"종사관 민우섭, 변종인을 포함, 특검에 참여한 관계자들을 모두 이곳으로 불러들여라."

소환 명부에 오른 대부분이 마뜩잖아 했으나, 민우섭만은 반색을 감추지 못했다. 신흥복 사건에 얽힌 수많은 의혹을 밝힐 기회가 드디어 온 것이라 생각한 것이다. 허나 집무실을 나서려던 그때, 본가에서 부리는 하인 하나가 가쁜 숨을 몰아쉬며 달려왔다.

"여…… 영감마님께서 위중하십니다요."

어찌해야 하나 잠시 고민하던 그는 본가 쪽으로 잰걸음을 옮겼다.

※ ※ ※

골목길로 들어선 장 내관이 숨을 몰아쉬며 부용재 뒷문 담장 쪽으로 은밀히 걸음을 옮겼다.

'광통교 부용재로 가거라. 사건 당일 서가세책에서 수표교로 나간

배달원이 살해 현장을 목격했을 가능성이 커. 그자를 찾아야 수사가 급물살을 탈 것이다.'

선의 말을 떠올리며 장 내관은 세책통에 서신을 넣고는 주위를 살핀 후 골목을 빠져나갔다. 잠시 후, 부용재 안쪽 담장에서 얼굴 하나가 쑤욱 올라왔다. 부용재 행수 운심이었다. 세책통에서 서신을 꺼내 읽던 그녀는 순간 불에 데기라도 한 듯 "엄마야!" 외마디 비명과 함께 서신을 떨어뜨렸다. 운심은 떨리는 손끝으로 다시 서신을 집어 들었다.

"이…… 이게 뭐야? 세자가 왜 지담이를 찾아?"

선이 자신을 찾고 있다는 것도 모른 채 지담은 도화서 안, 홍복의 처소를 은밀히 살피고 있었다. 서랍이며 문갑을 조심스레 열어보던 지담이 씁쓸한 듯 중얼거렸다.

"역시 없네. 허면 책은 범인이 가져간 건가. 누군가 신홍복의 행적을 알려줄 사람이……."

지담이 벌떡 자리에서 일어나 홍복의 처소를 빠져나갔다. 도화서 우물가에 붓을 빨거나 벼루를 씻어 말리는 화원들 몇몇이 보였고, 지담은 그중 한 화원에게 다가가 홍복이 생전 친하게 지냈던 이가 누구인지 물었다.

"정운이를 찾나? 홍복이 절친이라면 그놈일 텐데……."

"그 사람, 지금 어딨어요?"

"글쎄…… 아까부터 통 뵈질 않네. 헌데 넌 누군데 죽은 놈 들먹이며 정운일 찾어?"

"운심 성님이 좀 데려오라네요."

그는 운심이 정운을 왜 찾는지 물었고, 지담은 자기인들 어찌 알겠냐며 둘러댔다. 뭔가를 곰곰이 생각하던 화원이 묘한 웃음을 흘리며 중얼댔다.

"혹…… 들켰나?"

"들키다니요?"

"정운이 그놈 그…… 부용재 춘월이랑 정분났잖어. 운심이 그래서 찾는 거 아냐?"

생각지 못했던 이야기에 지담의 눈이 동그래졌고, 그 길로 부용재로 춘월을 찾아갔다.

그 무렵, 좌포청 특별검험도감에서는 선이 진술조서를 검토하며 홍계희를 기다리고 있었다. 이윽고 문이 열리고 홍계희가 들어섰다.

"소신을 보자 하셨다구요."

"불안하지 않습니까?"

서탁에 기대선 채 진술조서를 보던 선이 그리 물었으나, 홍계희는 자신이 불안해야 할 연유라도 있느냐 되물었다.

"언제나 그렇듯 자신만만하시네요."

선이 홍계희 쪽으로 한 걸음 더 가까이 다가가며 말을 이었다.

"혹시 바로잡고 싶은 거 없습니까? 그런 거 있으면 지금 말씀하시는 것이 좋은데."

부드럽고 다정한 목소리였으나, 그 눈빛만은 서늘했다.

"수사…… 충분했다고 보십니까?"

"물론입니다. 소신은 수사에 최선을 다했고, 그러므로 결과에 대한 확신도 있습니다."

"확신이라……."

중얼거리던 선의 얼굴에 장난기가 걷히는가 싶더니 진술조서를 들어 보였다.

"동참화사 허정운. 신홍복과 가장 오래 호흡을 맞춰온 동료이자 절친입니다. 헌데 이자는 신홍복이 왕실을 비방하는 걸 단 한 번도 들은 일이 없다고 진술을 했네요. 포도대장께서 채택한 증언과 정반대 진술을 한 셈인데…… 이런 경우 허정운을 불러 좀 더 구체적인 진술을 확보하는 게 기본 아닙니까. 이렇듯 부실한 수사를 해놓고 어찌하여 그토록 확신을 할 수가 있단 말입니까."

할 말은 많으나 할 수 있는 말은 없었기에, 홍계희는 그저 입을 꾹 다물었다.

"섣부른 확신은 오판을 부르는 가장 큰 함정입니다. 오판이 부르는 건 무고한 백성의 희생이구요. 이거 아주 끔찍한 일 아닙니까."

홍계희가 주먹을 꽉 그러쥐었다. 지금 선이 말하고 있는 건 평소 홍계희가 갖고 있는 소명이자 신념이었다. 일전에 민우섭이 그러했듯, 선의 한 마디 한마디는 홍계희를 한없이 비참하게 만들었다.

"그런데 말이죠. 오판보다 더 끔찍한 일이 뭔 줄 아십니까?"

홍계희의 인내심을 시험이라도 하듯, 선이 바짝 다가선 채 그에게 물었다. 홍계희는 애써 태연한 듯 선을 바라보았고, 선의 얼굴에 묘한 미소가 감도는가 싶더니 입술이 벌어졌다.

"답을 찾는 일은 포도대장의 몫으로 남겨두지요. 또 압니까, 답을 찾던 중 바로잡을 일이 떠오를지."

선은 특별검험도감을 나섰고, 홍계희는 그러쥐고 있던 주먹으로 서탁을 쾅 내리쳤다.

선을 기다리고 있던 채제공이 그에게 가까이 다가서며 홍계희를 만난 일은 어찌 되었느냐 물었다. 선은 한숨을 내쉬며 홍계희를 매수한 자가 누구인지 알아보라 일렀다. 홍계희는 분명 뭔가 알고 있었으나, 끝끝내 그 입을 열지 않았다.

"홍계희 역시 범인에게 당한 거 아닙니까."

"그같이 유능한 수사관을 속여 넘길 수 있는 자가 몇이나 될까."

"매수할 수 있는 자도 흔치 않습니다."

재물에도 관심 없고, 집권 정당에 충성하여 관직을 얻을 필요조차 없을 만큼 출중한 홍계희가 무엇으로 매수당했겠느냐는 게 채제공의 연유였다.

"그걸 알아내기 위해서라도 새로운 증좌를 반드시 찾아야겠지."

선은 좌포청 외삼문 쪽으로 향했고, 채제공이 그 뒤를 따랐다. 그 어느 일각, 정운이 그런 선을 바라보고 있었다. 정운이 선에게로 한 발짝 다가섰을 때였다. 홍복이 죽기 전, 세자를 만나러 간다고 했던 것과 그 다음 날 어정에 떠오른 홍복의 사체가 빠르게 그의 머릿속을 스쳐 지나갔다. 홍복의 사체가 담긴 관을 한참이고 바라보던 정운은 선에게서 돌아섰고, 이내 멀어졌다.

민우섭은 아비가 위중하다는 말에 한달음에 달려왔으나 민백상은 정정하기만 했다. 민백상은 당혹스러워하는 민우섭에게 문서 하나를 꺼내 내밀었다. 그것은 민우섭이 지담에게서 받은 익명서였다.

"이게 어찌 된 일입니까? 익명서가 어찌하여 아버지 손에 있습니까?"

민우섭은 흥분을 감추지 못한 채 따져 물었다.

"이건 신홍복 사건과 관련한 중요한 증거 자료입니다. 허면 다른 사건 기록과 함께 동궁전으로 넘어갔어야지요. 어찌하여 이것이…… 설마, 설마 아버지께서,"

"이 시각 이후로 신홍복 사건에서 손 떼!"

민우섭은 고집스럽게 그렇게는 못한다 받아쳤다.

"허면 이 애비를 고변이라도 할 셈이냐."

"공과 사를 엄격히 구분하는 것이 관원의 길이라 배웠습니다."

민백상의 눈이 분기로 차올랐고, 한참 아들을 바라보던 그는 결심을 굳힌 듯 운을 떼었다.

"좋다. 뜻대로 해. 단,"

민백상이 서안 위에 단도를 척 올려두었고, 민우섭의 눈은 당혹감에 일렁였다.

"네 손으로 직접 아비의 명줄을 끊어. 명줄이 끊어지고 난 연후, 그때 가거라."

민우섭은 하늘이 무너져내린 듯 가슴이 갑갑했다. 민백상 역시 아들의 손발을 이런 식으로 묶어두는 것이 탐탁지 않았으나 어쩔 수 없었다.

그 시각, 이 모든 판을 짜고 지시한 김택은 자신의 사랑에서 마치 칼을 벼리듯 난 잎의 먼지를 닦아내고 있었다. 그때 방문이 거칠게 열리더니 홍계희가 들어섰다.

"세자가 다녀갔다지."

"좌포청에 정보원이 변종인 말고 또 있군요."

"그게 내 힘이니까."

"허면 세자가 이 사람을 어찌 다뤘는지도 알고 계시겠군요."

홍계희의 목소리에는 분기가 서려 있었고, 김택은 분하면 꺾을 방책을 세우라 응수했다. 기막힌 듯 홍계희가 김택 맞은편에 앉으며 따지듯 물었다.

"방책을 왜 제가 세웁니까?"

"그야 우린 같은 배를 탔으니까."

"거래는 한 번뿐입니다. 뒤처린 직접 하세요."

단호하게 내뱉는 홍계희를 흘긋 보던 김택이 서안 위로 두루마리들을 툭 내려놓았다. 일전에 왕이 그에게 건네주며 도움이 될 거라 했던 문서들이었다.

"이 날짜들 다시 한 번 불러주길 원하나."

홍계희가 서안 위에 놓인 공문서들을 거칠게 밀쳐내며, 분이 서린 목소리로 받아쳤다.

"한 번. 판결이 잘못된 건 단 한 번뿐이었어요. 그 오류 때문에 하는 수 없이."

"두 번 더 위조문서를 만들 수밖에 없었겠지. 대쪽에, 완전무결한 목민관이라는 평판에 흠집이 나는 걸 원하진 않았을 테니깐 말이야."

은근한 협박으로 마수를 뻗쳐오는 김택을 잘라내기라도 하듯, 홍계희가 강한 어조로 받아쳤다.

"실수였습니다. 무엇보다 난 실수를 만회코자 할 수 있는 일은 다 했어요."

"알고 계시네."

"알고…… 계시다니요……?"

"순진한 거야, 순진한 척을 하는 거야?"

만인지상, 영상 김택 위에는 단 한 사람밖에 없을 터였다. 허나, 아들인 선에게는 특검을 열어도 좋다 허하고, 뒤로는 아들이 천거한 검험관인 자신의 약점을 틀어쥐고 겁박한다? 그 모순에 홍계희가 의심스러운 듯 물었다.

"전하……란 말입니까? 이 문서들이 진정."

"아니면, 이토록 위중한 문서가 정승집 서고에서 나왔을까."

홍계희는 평소 그답지 않은 얼빠진 얼굴로 김택을 쳐다보았다.

"수사 결과, 절대로 뒤집혀선 안 돼. 이것이 진짜 금상의 뜻일세."

흔들리던 홍계희의 눈빛이 차차 평정을 되찾았고, 이내 결심 하나를 굳힌 듯 그 눈에 김택과 눈앞에 놓인 문서들을 담았다.

김택이 민백상을 움직여 민우섭을 잡아두고 홍계희마저 포섭해나가던 그 무렵, 선은 세자시강원에서 현장에서 나온 물건들을 살피고 있었다.

"현장에선 세책패와 세책 둘 다 발견되지 않았습니다."

"이 안에 홍복이 물건으로 보이는 것도 없군."

선이 착잡하나 애써 담담한 어투로 중얼거렸고, 그때 강필재가 일군의 별감들을 대동하고 들어섰다. 기대감 어린 눈으로 어찌 되었느냐 묻는 선에게 강필재는 고개를 숙였다.

"사건 당일 홍복일 보았다는 자가 단 하나도 없다는 겐가?"

선은 장 내관에게 세책방에서 연통이 왔느냐 물었으나, 그 역시 말끝을 흐렸다. 쉬이 풀릴 거라 예상치는 않았으나 안개 속에 갇힌 듯 답답하기만 했다.

※ ※ ※

박문수는 황망히 자신의 집 마당을 가로질러 사랑채 쪽으로 걸음을 옮겼다. 미복 차림의 상선이 박문수를 보자 예를 갖추고는 조심스레 운을 떼었다.

"납신 지 반 시진도 넘었습니다."

박문수가 방으로 들어섰을 때, 왕은 한 손에 기보30를 든 채, 다른 손으로 바둑알을 옮기며 복기31를 하고 있었다. 박문수가 예를 갖추었고, 왕은 책과 바둑판을 번갈아보며 말을 건넸다.

"와 앉아. 바둑 한 판 두자고 들렀어."

박문수는 무거운 발걸음을 옮겨 왕 앞에 부복했다. 왕이 바둑합을 밀어주며 백을 잡으라 일렀으나, 박문수는 미동조차 없었다.

"이젠 그대가 과인보다 고수로 보여. 아니지, 고수가 되고 싶어 하는 겐가?"

"바둑으로 전하를 이길 생각은 없습니다."

"끝까지 가겠다는 겐가?"

서늘한 왕의 목소리에 박문수가 고개를 들어 왕을 보았다.

"여기서 멈춰. 죽은 놈 사체 어정까지 끌고 가 경고 한 번 했으면 됐어."

"지금이라도 늦지 않았습니다. 전하의 손으로 역사를 바로잡으셔야 합니다. 반성 없는 권력에겐 미래도 희망도 없음을 어찌 모르십니까."

"그대야말로 어찌하여 이토록 답답하게 나와. 과인이, 십 년 전 과

---

30. 기보(棋譜) : 바둑 두는 법을 적은 책.
31. 복기(復棋) : 한 번 두고 난 바둑의 경과를 검토하기 위해 두었던 대로 처음부터 놓아봄.

인이 왜 맹의를 없애라 했는지…… 무엇을 하고자 그토록 맹의를 없애고자 했는지 몰라서 이러는 게야?"

박문수는 묵연히 그를 보았다. 한때는 그의 꿈을, 그 마음을 진실로 믿은 적도 있었다. 허나 십 년 전 맹의가 불태워진 그 밤 이후, 박문수는 그의 어떤 것도 쉬이 믿을 수 없었다. 왕 역시 더 이상 그에게 믿음을 구걸하지 않았다.

"그대는 과인을 이길 수가 없어."

"국본에게 진실을 알릴 수는 있습니다. 운 좋으면 김택 정도는 저승길 길잡이로 삼을 수 있겠지요."

"그러다 엉뚱한 자를 길동무로 삼을 수도 있어."

"지금…… 무슨 생각을 하고 계십니까?"

"권력은 칼이야. 도전해오는 자가 있으면 그게 누구든 가리지 않고 베어버리는 아주 위험천만한 물건이지."

"전하……!"

"이 이상 국본을 격동시켜선 안 돼. 멈추지 않으면 그 다음은 전쟁이야. 용상을 둔 전쟁에 후학을 내몰고 싶은가. 허면 그 다음은 어찌 될까. 감당할 자신이 없으면 진실놀음…… 이쯤에서 접게."

"……"

"아무래도 오늘은 틀렸어. 바둑은 다음번에 두어야 할 듯싶으이."

왕은 다시금 온후한 얼굴로 자리에서 일어나 사랑을 나섰다.

왕이 오랜 벗에게 서늘한 경고를 건네고 돌아선 그 즈음, 선은 여전히 세자시강원에 틀어박힌 채 무언가를 그리고 있었다. 크고 시원한 눈이며, 그 눈 위로 고운 아치를 그린 눈썹, 오뚝한 콧대에 도톰한 입술. 그건 누가 봐도 지담이었다. 허나, 지담을 본 일이 없는 채제공과 장 내관으로서는 알 길이 없는, 웬 낯선 계집일 뿐이었다.

"지금 누굴 그리고 계신 겁니까?"

"세책방 아이."

선은 완성된 그녀의 용모파기를 장 내관에게 전했고, 장 내관은 희우정으로 달려가 선이 그린 지담의 얼굴을 전면 화판에 붙였다. 화원들이 일제히 지담의 용모파기를 그리기 시작했다. 선은 지담이 서가세책과 연결해볼 수 있는 유일한 끈이라 판단했고, 그녀를 찾는 것이 결국 서가세책과 홍복의 죽음까지도 밝힐 수 있는 길이 되리라 믿었다. 지담을 찾는 건 동궁전뿐만이 아니었다.

"당장 계집을 끌고 와."

홍계희가 집무실로 들어서며 변종인에게 그리 명했으나, 변종인은 쭈뼛대며 계집의 종적이 묘연하다 말끝을 흐렸다.

"미행을 붙여두었다 하지 않았는가."

"아무리 따라 붙여도 광통교 부근만 가면 쥐도 새도 모르게 사라지는 통에……"

"허면 별 수 없지. 세책방을 모두 털어볼 수밖에."

동궁전과 좌포청이 서로 다른 속셈으로 자신을 찾고 있다는 것도 모른 채, 지담은 서가세책의 지하공방에 앉아 골똘히 생각에 잠겨 있었다.

"세책패, 세책표, 세책명부. 세책패를 신흥복이 지니고 있었다는 게 증명되려면 여기 있는 걸 죄다 내밀어야 되는데……."

"아예 이 애비 모가질 내밀지 그러냐?"

지담은 등 뒤에서 들려온 목소리에 화들짝 놀라 휙 돌아보았다.

"너 이거 내밀면 어찌 되는지 몰라? 세책방은 그날로 끝장이야, 끝장."

책을 만드는 장인들과 배달을 준비하는 일꾼들 너머로 아비 서균이 보였다. 그들을 위험으로 내몰 수는 없었기에 지담은 한숨을 내쉬었다.

그 밤, 도성 내 세책방이란 세책방은 모두 기습적인 단속을 맞았다. 유기전과 도자기전, 지전 등으로 위장한 세책방들을 죄 뒤집어 엎으며, 변종인과 그 수하들은 지담과 비슷한 아이가 없는지 샅샅이 살폈다. 좌포청 종사관과 포교들이 세책방을 급습, 단속한다는 소식은 부용재의 운심과 보행객주의 나철주에게도 금세 흘러 들어갔다.

"단속이라니?"

"단속은 핑계고 아무래도 지담일 잡으러 다니는 거 같아요."

장삼의 보고를 들은 나철주는 방을 박차고 나갔다.

그 무렵 지담은 오늘 낮 부용재에서 춘월이 했던 말을 떠올리고 있었다.

'신 화원, 자살할 사람 아니래. 살해당한 게 분명하대. 다음은 자기 차례일지도 모른대.'

아버지와 세책방을 생각하면 이쯤에서 접어야 했으나, 신홍복을 죽인 자들이 허정운을 노리고 있는 거라면 어떻게든 막아야 했다.

"어떡하지. 아…… 미치겠네, 정말."

그때 서균의 집 대문을 거칠게 두드리는 소리가 들렸다. 심상치 않은 기운에 지담은 발소리를 최대한 죽인 채 지하공방 쪽으로 향했다. 대문 안이 수상할 정도로 조용하자 변종인은 수하들을 시켜 대문을 부수라 하였다. 같은 시각, 지하공방의 서균은 장인들과 일꾼들에게 판을 접으라 일렀다. 서균이 줄을 잡아당기자 숨겨 있던 가벽이 모습을 드러냈다. 그때 변종인이 이끄는 무리가 대문을 부수고 마당으로 뛰어 들어와 뒤뜰 쪽으로 걸음을 옮겼다. 뒤뜰에 깔린 멍석 옆으로 나무토막이 보였다. 변종인이 실수로라도 그를 건드리면 멍석이 치워지고 지하공방으로 들어가는 문이 드러날 터. 담장 밖 변종인을 지켜보고 있던 나철주의 눈빛이 흔들렸다. 허나 그것도 잠시, 나철주는 평정을 되찾고 장삼, 이사와 지붕 위에 매복시켜 놓은 수하들의 위치를 확인했다.

토막 근처로 다가가던 변종인이 그 부근을 그대로 지나치는가 싶더니 휙 돌아섰다. 나무토막을 수상쩍게 여긴 그가 토막을 발로 툭 차자 멍석이 도르르 말리며 공방으로 들어가는 문이 드러났다. 문은 닫혀 있었으나, 주변이 어스름한 까닭에 문틈 사이로 새어나오는 불빛이 선명히 보였다. 변종인은 나무문을 열어젖히고는 안으로 들어섰다. 그들이 마주한 것은 홀로 서책을 보고 있는 서균이었다. 세책과는 거리가 먼, 은밀하고 고급스러운 서고와 여유롭기 이를 데 없는 서균의 모습에 변종인은 당혹스러움을 감추지 못했다.

"무슨 일이십니까?"

"세책방을 운영하고 있다는 첩보를 입수했네."

"세책이라니요? 무슨 근거로."

"지하에 만든 이 수상쩍은 고방은 뭐야? 난 세책 만들기 딱 좋은 곳으로 보이는데."

변종인은 벽 쪽으로 스윽 다가섰고, 벽 뒤에 숨어 있던 지담과 일꾼들은 일순 긴장한 채 마른침을 삼켰다.

"듣자니 여식이 하나 있다던데…… 어디 갔나?"

"그만 돌아가주시겠습니까."

변종인이 홱 돌아서더니 서균의 먹살을 틀어쥐며 대답하라 윽박질렀다.

"여식이야 어딜 갔든, 그건 나리께서 계관할 일이 아니지요."

"대답 안 해."

"지금 당장 영상 대감께 인편을 좀 넣어주십시오."

변종인은 서균의 입에서 나온 '영상 대감'이라는 말에 순간 흠칫했으나, 그도 잠시 서균의 머리채를 잡아 서탁 위에 처박으며 네놈이 뭔데 영상 대감을 들먹이냐며 따졌다.

"소인이 누구인지는 대감께서 알려주실 것입니다."

"니 입으로 직접 말해. 네놈의 정체가 뭐야?"

서균은 자신은 책쾌며 고방은 희귀본을 보관하는 지하수장고라 설명했다.

"장안 세도가에서 주문받아 청국에서 들여온 겝니다. 적게는 수십 냥, 내일이면 영상 대감 저로 갈 저 서책처럼 수백 냥을 호가하는 경우도 있습니다. 그러니 수장고가 필요할 수밖에요. 이런 고가의 서책들을 사랑에 늘어놓고 도적떼를 불러들일 수는 없는 일 아닙니까."

"그러니까 세책방 주인이 아니라 책쾌시다? 그건 우리가 직접 확인해보면 알겠지."

변종인의 지시에 수하들은 고방 안을 뒤지기 시작했고, 변종인은 다시금 벽 쪽으로 다가섰다. 수상쩍게 바라보던 변종인이 벽을 발로 강하게 찼다. 벽 안쪽에서는 그 진동을 최소화하려 지담을 포함한 일꾼들이 인간 띠처럼 늘어서 그를 밀어냈다.

❁ ❁ ❁

부용재 행수 운심이 담장 밖으로 나왔을 때, 그 앞에는 선과 장 내관이 서 있었다.

"뉘신지……."

"예를 갖추게. 세자 저하시네."

운심이 화들짝 놀라 머리를 조아렸으나, 선은 기왓장을 바라보다 그를 들추며 말했다.

"세책통이 없는 걸 보니 오늘도 무사히 거둬간 모양이군."

운심이 무슨 말씀을 하시는 겐지 모르겠다 눙쳤으나, 선은 여유로운 미소로 받아쳤다.

"얘기가 길어질 모양이야. 전두32를 두둑이 준비하길 잘했어."

선은 운심을 스쳐 부용재 안으로 들어섰고, 그 뒤를 장 내관과 운심이 따랐다.

선이 부용재 안으로 들어선 그때, 서가세책의 지하공방에도 누군가가 들어서고 있었다. 연신 벽을 걷어차는 변종인 탓에 벽은 금방이라도 부서질 듯했다. 지담이 초조한 듯 마른침을 삼키던 그때였다.

"아버지."

소녀의 목소리에 모두가 돌아보았다.

"아……버지? 진정 니가 이 집 여식이란 말이냐?"

"그러하옵니다."

다소곳한 소녀의 대답에 변종인은 일전에 지담의 얼굴을 본 적 있는 최 포교를 쳐다보았다. 최 포교가 고개를 가로저었으나, 변종인은 작게 고개를 끄덕이고는 서균 쪽으로 다가섰다.

---

32. 전두(纏頭) : 광대, 기생 등에게 그 재주를 칭찬하여 사례로 주는 돈.

"내 오늘은 돌아간다만 이게 끝이라고 생각하면 오산이야. 네놈이 세책방을 한다는 증좌가 단 하나라도 나오는 날엔 너와 네 가솔들은 물론 부리는 자들과 그 가솔들까지 모조리…… 내 기필코 이 손으로 물고를 내고야 말 것이다."

변종인이 수하들을 이끌고 공방을 나섰고, 그제야 서균은 안도의 한숨을 배어 물며 벽 쪽을 쳐다보았다. 벽 뒤에 숨어 있던 일꾼들과 지담 역시 한숨을 내쉬었다.

그 무렵, 부용재에서는 선이 지담의 용모파기를 펴 물끄러미 보고 있었다.

"자넨 이 아일 알아."

담담히 용모파기를 바라보던 운심은 탐나는 미색이긴 하나 아는 얼굴은 아니라 답했다. 선은 흥미롭다는 듯 말을 이었다.

"이 아인 단속에 한 번도 걸린 일이 없어. 사내도 아닌 계집이 포교들 여럿을 번번이 따돌리고 사라진다. 이게 가능한 일이라 보나? 누군가 돕지 않았다면 절대로 가능한 일이 아닐세. 난 그것이 이곳 부용재 기녀들이라 보는데…… 자네 생각은 어때?"

운심이 고개를 들었고, 선의 얼굴에는 일말의 기대감이 어렸다.

"저하께서 뭐라시든 제 대답은 같습니다."

"이보게."

입을 꾹 닫은 운심을 어찌하지 못한 채, 선은 씁쓸히 방을 나섰다. 어느새 대문 근처까지 다다랐고, 운심이 동기 아이 하나와 함께 그를 배웅했다. 대문이 닫히자 어둠 속에 숨어 있던 강필재와 강서원이 모습을 드러냈다.

"분명히 뭔가 아는 것 같은데……."

운심이 미심쩍은 듯 선이 중얼거렸고 강필재가 나섰다.

"허면 소인이 남아 이곳 부용재를 감시해보는 것은……."

"그거…… 나쁘지 않겠군."

강필재는 뿌듯한 듯 순박한 웃음을 흘렸다.

한편, 선을 배웅하고 돌아온 운심은 방금 전까지 선이 있던 방으로 들어서 옆방 문을 거칠게 열어젖혔다. 방 안에서는 홍계희가 여유롭게 술을 마시고 있었다.

"그만 돌아가주시겠습니까."

"세책방 계집에 대해 아는 것이 정말 아무것도 없는 게냐?"

"저하께 한 얘길 영감께도 반복해야 합니까."

세자를 대할 때나 좌포청 포도대장인 자신을 대할 때나 기생답지 않게 대쪽 같은 구석이 있는 계집이었다. 운심을 보던 홍계희가 픽 웃음을 흘리며 자리에서 일어섰다. 그대로 그녀 곁을 스쳐 지나는가 싶더니 운심의 어깨를 잡으며 나지막이 말했다.

"난 오늘 부용재에 온 일이 없다. 만에 하나 동궁전에서 딴소리가 흘러나오면 그땐 네년의 세 치 혀, 내 손 안에 있을 거다."

언질을 준 홍계희가 방을 나섰고, 운심은 입술을 꼭 깨물었다. 홍계희가 부용재 뒷문으로 나오자 변종인이 수하들을 이끌고 다가섰다. 그때, 골목길 쪽으로 들어서던 강필재가 그들을 피해 급히 몸을 숨겼다. 홍계희가 단속은 어찌 되었냐 물었고, 강필재는 그 얼굴을 확인하려는 듯 고개를 살짝 빼었다. 마침 홍등 쪽으로 홍계희가 돌아섰고, 강필재는 그 얼굴을 제 눈에 새기듯 보고 또 보았다.

※ ※ ※

변종인과 그 수하들이 휩쓸고 간 공방은 그야말로 난장판이었다. 서균이 넋이 빠진 듯 앉아 있었고, 나철주는 뒷정리를 하고 있는 지담을 말없이 바라보았다. 서균은 여전히 멍한 얼굴로 나철주를 보며 운을 떼었다.

"자네가 나서지 않은 건 잘한 일이야. 공연히 일만 더 커졌을 게야."

"아무튼 무사하시니 다행입니다."

나철주의 말을 듣는 둥 마는 둥 서균은 지담을 바라보며 말했다.

"당분간 저 녀석 자네가 좀 맡아줘."

지담이 획 돌아보았으나, 서균은 지담이 뭐라 하기 전에 담담히 말을 이었다.

"잘 숨어 있어. 나설 생각 따윈 하지 말고…… 알아들었지?"

지담이 고집스럽게 입을 다물었으나, 이번에는 아무리 딸밖에 모르는 서균이라도 적당히 봐주거나 넘어가줄 생각이 없는 듯 재차 대답을 강요했다.

"알았어요. 알아들었다구요."

지담이 툴툴대며 나가자 나철주가 따라나섰다. 지담의 뒷모습을 한참이고 바라보던 서균의 눈에 안타까움이 스쳤다. 툇마루에 앉아 하늘에 걸린 달을 바라보던 서균이 깊은 한숨을 배어 물었다. 마침 마당으로 들어서던 운심이 곁으로 다가오며 말을 걸었다.

"저희 동기 아이가 실수는 안 했나요?"

"아니…… 아주 잘했어. 요즘 애들은 다른 거 먹나. 너 나 할 것 없이 대담해."

운심이 지담을 찾았으나, 서균은 대꾸 없이 곰방대만 재떨이에 털 뿐이었다. 타 들어가는 건 저 연초가 아니라 아비의 속이리라. 운심이 짐짓 엄한 투로 말했다.

"제대로 야단 좀 쳐두시죠. 저리 설치고 다니는 거 문제예요, 문제."

"문제라니, 우리 지담이가 뭐가 어때서. 억울하게 죽은 피해자와 그 유족이 안타까워서 진실 밝히겠다는데 뭐가 문제야. …… 지담인 문제없어. 문제가 있다면 자식 놈 귀한 뜻 하나 지켜주지 못하는 무능한 아비가 문제고, 진실이나 정의 따위엔 관심조차 없는 이 험한 세상이 문제인 게지."

그 무렵 지담 역시, 목멱산 초가의 마당 평상에 앉아 아비가 보던 달을 바라보았다. 방에서 나온 나철주가 지담의 곁으로 와 앉았다.

"내 주인한테 얘기 잘 해놨으니 잠잠해질 때까지 여기서 지내."

허나 지담에게는 가닿지 않는 듯, 그녀는 제 생각에 빠져 입엣말을 중얼거렸다.

"허정운이랬나, 춘월이 정인…… 괜찮을까?"

"당자 걱정이나 하시지."

나철주가 평상에 벌러덩 드러누우며 그리 대꾸했다. 지담이 그제야 나철주를 보며 말했다.

"죽음이 또 다른 죽음을 부르게 하지 말라. 내가 새로 쓴 소설 서문이야. 멋지지?"

"괜찮네."

"주인공 광문인 더 괜찮어. 힘도 좋고, 용기백배에 뭣보다 진짜 정의로워. 자신에게 아무런 이익이 되지 않더라도 심지어 죽음의 위험이 닥쳐도 물러서지 않지. 억울한 죽음이 또 다른 억울한 죽음을 부르는 거…… 광문이에겐 이게 제일 참을 수 없는 일이거든."

나철주는 재잘거리는 지담을 말없이 바라보았다. 아주 잠시, 신이 난 듯 재잘거리던 지담의 얼굴에 다시 그늘이 졌다.

"그런데 난 뭘까. 비겁하게 여기 숨어서……"

"광문인 가짜잖냐. 이야기책 속에 살잖어."

"피해자들은 다 진짜라는 게 문제야. 억울하게 죽은 신흥복…… 언제 죽을지 몰라 공포에 떨고 있을 허정운…… 이 사람들은 다 진짜라구."

캄캄한 하늘을 바라보는 지담의 눈에 분기와 슬픔이 일렁였다.

그 밤, 오래도록 세자시강원의 불빛은 꺼질 줄을 몰랐다. 선과 채제공은 문서더미에 파묻힌 채 문서를 살피고 또 살폈다. 압수수색 목록을 찬찬히 보던 선이 채제공에게 물었다.

"압수한 물목 중 홍복이 화첩은 없었나?"

"없었습니다."

"신홍복 처소 수색 제대로 한 거 맞아?"

채제공이 다시 한 번 확인해보겠다 대답했고, 선은 다시 문서에 눈길을 주었다. 시간이 흘러 채제공마저 자리를 비우고 선만이 남아 있었다. 그가 수북하게 쌓인 문서를 보고 또 보는 사이, 새벽 미명은 창살문을 비집고 들어오기 시작했다.

❀ ❀ ❀

"어찌 되었느냐?"

선이 기대감 어린 얼굴로 강필재와 강서원에게 물었으나, 두 사람은 들고 있던 지담의 용모파기를 흘긋 보며 고개를 내저었다.

"안다고 나서는 이가 하나도 없습니다."

"단 한 명도 없어?"

강서원은 그것이 자신의 죄이기라도 한 듯 고개를 숙였고, 강필재가 조심스레 운을 떼었다.

"이 아이가 세책방 아이라 하셨지요. 그렇다면 나서지 않는 게 말이 될 듯도 합니다."

강필재는 지난밤 대대적인 세책 단속이 있었음을 고했다. 선의 얼굴에 분기가 어리는가 싶더니 어디론가 급히 걸음을 옮겼다. 좌포청 홍계희의 집무실 문이 거칠게 열리고, 선이 들어섰다. 때 아닌 세자의 등장에 홍계희가 당혹스러운 얼굴로 일어섰다. 선은 홍계희에게 따져 물었다.

"단속이라니요?"

선이 지난밤 불시에 세책방을 단속한 연유가 무엇이냐 따졌으나, 홍계희는 단속이란 게 원래 불시에 하는 것이라 되받았다.

"재수사를 방해할 목적이었던 게 아니구요?"

"방해라니요?"

그 순간, 선의 눈에 홍계희가 미처 치우지 못한 지담의 용모파기가 눈에 들어왔다. 선은 서탁 위의 용모파기를 집어 홍계희 앞에 들이대며 위압적으로 물었다.

"이 아일 잡으려 한 연유가 뭡니까?"

"잡으면 안 될 이유라도 있습니까?"

"이 사건의 중요한 참고인이에요. 헌데 왜,"

"세책과 관련하여 수배자 명부에 있어 잡고자 한 겁니다. 세책방 단속에 흔히 동원되는 방법이지요. 뭣보다 소신은 이 아이가 저하께서 간절히 찾고 계신 참고인이란 사실은 바로 지금, 이 자리에서 알았습니다."

순간 선의 얼굴에 당혹감이 어렸고, 홍계희는 그 틈을 놓치지 않았다.

"소신이 저하께 이토록 지독한 의심을 받아야 하는 연유가 무엇입니까? 혹 소신이 올린 수사 결과가 저하께서 원하시는 답과 달라서는 아닙니까?"

분했으나 심증만으로 노회한 수사관인 홍계희를 무턱대고 찾아온 것은 어리석은 짓이었다. 하여 더더욱 물증과 증좌, 지담이 필요했다. 선은 입을 꾹 다문 채, 홍계희의 집무실을 박차고 나왔다. 선이 복잡다단한 얼굴로 세자시강원으로 돌아왔을 때, 주모와 날품팔이꾼 천승세, 능참봉 서직수가 바짝 긴장한 채 별감들의 안내를 받으며 궁을 빠져나가고 있었다.

"목격자들 그냥 돌려보내는 연유가 뭔가?"

선의 물음에 분주하게 문서를 들고 나가려던 채제공이 멈칫했다.

"대답해. 연유를 묻고 있지 않나."

"위증의 징후를 발견하지 못했기 때문입니다."

선이 그게 말이 되느냐 되물었고, 채제공은 안 될 연유가 무엇이냐 반문했다.

"홍복인 의릉에 가지 않았어."

"피해자, 아니면 죽은 예진화사 신흥복. 객관적인 명칭을 사용해주십시오. 그렇게 이름 부르지 마시구요."

선이 무슨 뜻이냐 물었고, 채제공은 수사는 객관성이 생명이라 대꾸했다.

"내가 객관성을 잃었다고 보나?"

"아니라면 이젠 신흥복이 수표교가 아니라 의릉으로 갔을 가능성도 염두에 두셔야 합니다."

"말이 되는 소리를 해."

"수사는 단서를 토대로 추리를 해서 결론을 내리는 것입니다. 저하처럼 결론을 내려놓고 원하는 답을 찾는 것이 아니구요."

"신흥복에겐 동기가 없어."

"왕실을 비방했다 진술한 증인이 있습니다."

"비방한 바 없다 증언한 자도 있지. 허정운."

한 치의 양보도 없이 팽팽한 언쟁이 오갔다. 선이 나지막이 한숨을 내쉬고는 운을 떼었다.

"이미 도화서로 사람을 보냈어. 그러니까 지금부터 확인을 해보자구."

채제공이 무어라 말하려던 그때, 강필재가 들어섰다.

"저하…… 도화서에서 화원들이 왔습니다."

선은 화원들이 기다리고 있는 다른 방으로 걸음을 옮겼다. 웅성이며 모여 있던 장 화원과 예진화사들이 일순 입을 다물었고, 방 안을 휘 둘러보던 선이 의아한 듯 물었다.

"허정운…… 허정운은 어디 있나?"

"그것이…… 종적이 묘연하여……."

말끝을 흐리는 장 화원에게 선이 그것이 무슨 뜻이냐 물었다.

"홍복이 놈 죽은 이후 내둥 안절부절못하더니 재수사를 한다며 동궁전 별감들이 다녀간 이후론 아예 코빼기도 뵈질 않습니다요."

"설마……."

선이 흔들리는 눈빛으로 채제공과 강필재 쪽을 돌아보았다. 채제공 역시 선과 같은 생각을 한 듯 운을 떼었다.

"허정운 이자, 신흥복 사건과 뭔가 연관이 있군요. 가장 유력한 용의자일 수도 있습니다."

"즉시 동참화사 허정운 수배해!"

선의 명령에 채제공과 강필재가 짧게 고개를 숙이고는 그 길로 세자시강원을 나섰다.

※ ※ ※

으슥한 밤, 부용재 뒷문 쪽. 살짝 문을 열어 고개만 낸 채 주변을 살피던 춘월은 아무도 없음을 확인한 후 정운의 봇짐을 들고 나와 잰걸음을 옮겼다. 부용재 골목을 빠져나와 다른 골목길로 접어든 그 때, 누군가와 맞닥뜨린 춘월이 그 자리에 멈추어 섰다. 그 시각, 춘월과 약속한 곳에서는 정운이 초조한 듯 서성이고 있었다. 그때 끼익 하는 소리와 함께 문이 열렸고, 정운이 홱 돌아섰다. 굳어버린 얼굴로 도망치려던 정운의 팔을 강하게 휘어잡은 건 박문수였다.

"이거 놔. 놓으라구, 이거."

정운이 뿌리치며 쏘아댔으나 박문수는 미동도, 대꾸도 없이 그를 바라보았다.

"당신이지? 당신이 홍복일 죽인 거지? 죽여서 어정에 던진 거지?"

"그래 맞아."

선선히 인정하는 박문수의 말에 정운의 얼굴이 질렸다. 홍복이 죽기 전, 박문수를 찾아가 맹의에 대해 고했던 그 밤이 떠올랐고, 이제는 홍복에 이어 제 차례가 되었다는 생각에 손끝부터 떨려왔다. 허나 박문수는 잡고 있던 정운의 팔을 놓아주었다.

"그러니까 지금 즉시 동궁전으로 가거라. 가서 니가 알고 있는 모든 것을 고해. 동궁전으로 가서 날 고변하라 이런 말이다."

생각지 못한 박문수의 말에 정운의 얼굴 위로 당혹감이 어렸다.

"네가 아는 진실을 모두 저하께 고하거라. 뒤는 나에게 맡기면 된다. 서두르거라. 자칫하면 너에게마저 화가 미칠 수도 있음이야."

박문수의 모든 수를 헤아릴 수는 없었으나, 지금 그의 말대로 하는 것이 홍복과 정운 자신 모두를 위하는 길이라는 것쯤은 직감할 수 있었다.

그 시각, 김택 역시 사랑채 뜰에서 정운에 대한 보고를 듣고 있었다.

"맹의를 알고 있는 자가 또 있었다. 동참화사 허정운…… 생각보다 쓸모 있겠어. 이놈을 속히 잡아들여. 국본의 손에 떨어지기 전에 기필코 우리가 먼저 손에 넣어야 돼."

어둠 속에 숨어 있던 그림자가 깊이 고개를 숙이더니 모습을 감추었고, 김택은 싸늘한 얼굴로 그보다 더 서늘한 미소를 머금었다.

불이 꺼진 도화서 안으로 소리 없이 스민 그림자는 정운이었다. 그는 그림이 쌓여 있는 서탁으로 다가섰고, 서방의 검계 흑표와 수하들 역시 도화서 쪽으로 접근 중이었다. 정운은 떨리는 손으로 그림을 뒤적였다. 그중 한 장을 꺼내 달빛이 스미는 창가로 가져가 들창에 비추었다. 달빛에 희미하게 떠오른 건 반차도였다.

"동궁전으로 갈 때 가더라도 홍복이가 반차도에 남긴 놈이 누군지 그놈을 먼저 찾아야 돼."

그리 중얼거리던 정운이 반차도를 다시 제자리에 두고는 화실을 벗어났다. 화실을 빠져나온 정운이 별재의 집무실 쪽으로 향하던 그때, 누군가 정운의 팔을 휙 잡아채 전각 사이 후미진 곳으로 끌었다. 겁에 질린 정운의 눈에 별감의 복색이 들어왔다. 동궁전 별감 강필재였다. 강필재는 턱 끝으로 어딘가를 가리켰고, 흑표를 포함한 서방의 검계들이 정운을 찾아 헤매고 있는 것이 보였다. 잔뜩 겁에 질린 정운에게 강필재가 나직이 물었다.

"동참화사 허정운이오?"

"그렇······소만."

"내 안전하게 동궁전으로 인도하리다."

"저하께서······ 보내셨단 말이오?"

강필재는 예의 순박한 미소를 머금은 채 고개를 끄덕였고, 정운은 그제야 간신히 경계의 빛을 거두었다.

다음 날, 궁궐 내에는 세자의 친국을 위한 임시 국청33이 꾸려졌다. 월대 위에는 어좌가 놓여 있었고, 그 좌우로 동궁전 별감들과 익위사들이 시립했다. 중앙에는 정운이 오라 지워진 채 꿇려 있었고, 그 주변으로는 고신을 위한 형틀과 형구가 놓여 있었다. 국청이 열린다는 소식은 창덕궁 편전의 왕과 영상 집무실의 김택에게도 전해졌다. 이 또한 박문수의 농간이라는 생각에 왕이 파르르 떨었고, 김택 역시 초초한 듯 서성이고 있던 그 무렵, 박문수는 마지막을 각오한 듯 담담히 국청을 기다리고 있었다.

정운이 겁에 질려 떨고 있던 그때, 선이 국청 안으로 들어섰다. 모두가 선에게 예를 갖추었으나, 선의 시선은 허정운만을 향해 있었다. 드디어 홍복의 누명을 벗기고, 진실의 문을 열 수 있을 거라는 기대감에 선의 얼굴에 옅은 미소가 스쳤다.

---

33. 국청(鞫廳) : 역적 등 나라의 큰 죄인을 심문하기 위하여 왕명에 의해 임시로 설치한 기관.

4

"무슨 짓인가. 오라는 뭐고…… 저 형구들은 다 뭐야."

정운을 살피던 선이 그에게 지어진 오라며 주변에 있는 형구들이 못마땅한 듯 물었다.

"허정운은 신홍복 살인사건 용의잡니다."

"오라 풀어."

채제공이 저지하려 했으나 선은 흔들림 없이 오라를 풀어주고 의자를 가져다주라 일렀다.

"용의자라 해도 아직은 죄인이 아니야."

채제공이 고개를 끄덕이자 강필재가 오라를 풀어주었다. 강서원이 의자를 놓았으나, 정운은 선뜻 앉지 못했다. 선이 층계를 내려와 정운에게 다가서며 일어나 편히 앉으라 하였다.

"아닙니다요."

"괜찮아."

여전히 두려운 듯한 얼굴로 자신을 보는 정운에게 선은 고개를 끄덕였다. 정운은 천천히 일어나 의자에 앉았고, 선이 그 앞에 선 채 물었다.

"재수사가 결정된 직후 도화서를 떠난 연유가 무엇이냐?"

정운은 쉽사리 입을 떼지 못한 채 바들바들 떨었다. 선이 그를 살피며 무엇이 두려웠느냐 물었으나, 정운은 겁에 질린 채 말을 아꼈다.

"신홍복이 죽은 것을 보았느냐? 아니, 죽인 자를 아느냐? 답을 해. 신홍복이 어찌 죽었느냐?"

"죽여주십시오, 저하."

자백인 것인가. 정운의 말에 숨이 턱 막히는 듯했으나, 선은 담담히 물었다.

"니가…… 죽였느냐? 죽여서 어정에 던졌어? 그래서 도망을 쳤던 것이냐?"

"아니, 아니옵니다. 저하."

비명에 가까운 부정이었다. 정운은 떨리는 손으로 품에서 서신들을 꺼내 선에게 건넸다. 서신을 펴보던 선이 낯익은 홍복의 서체에 멈칫했다.

"이게 뭐야? 여기 적힌 게 다 무엇이야? 대답해. 대체 이게 다 뭐냐고?"

"홍복이 놈이 소인에게 보낸 서신이옵니다."

"허면 이게…… 여기 쎄어 있는…… 이게 다……."

"모두 사실이옵니다. 홍복이 놈 무참한 역심을 품고 매일매일 저하와 또한 왕실을 비방해왔사옵니다."

순간 온몸의 힘이 빠져나간 듯 선이 비틀했다. 그는 눈물을 삼키며 정운을 보았다.

"아니, 아니지. 넌 그렇게 답해선 안 돼. 홍복인 역심을 품은 바 없다, 왕실을 비방한 일이…… 아니 비방할 생각 따윈 꿈에서도 할 수 없는 놈이다, 그렇게 말을 해야지. 니가…… 다른 누구도 아닌 니가 특검에 그리 진술을 했어. 그러니까 진술 번복하지 말고."

"죽여주십시오, 저하."

"허면 도망은…… 도망은 왜 친 게야? 여기 이 비방이 모두 사실이라면 어찌하여 도망을 친 것이냐?"

"발각될까 두려웠습니다. 역심을 알고 있었던 것이…… 알고도 고변치 않았던 것이 발각되어 저 또한 역도로 몰릴까 두려워……."

선은 다른 서신을 집어들고 빠르게 펴보았다. 읽다 내려놓고 다른 서신, 또 다른 서신을 확인했다. 그때마다 분기는 자심해졌고, 끝내 서신이 놓인 목반을 엎어버렸다. 나부끼는 서신들을 뒤로한 채 선은 국청을 벗어났다. 그런 선을 안타깝게 바라보던 정운의 눈이 강필재와 마주쳤다. 정운의 눈에 억울함과 분기가 어리는가 싶더니 이내 눈물이 차올랐다.

지난밤, 동궁전으로 데려다주겠다던 강필재가 그를 데려간 곳은 서방의 근거지였다. 정운은 의자에 포박당한 채, 자신의 형 성운에게

서 눈을 떼지 못했다. 겉모습은 장정이었으나, 정신지체 탓에 어린아이와 다를 바 없는 형은 겁에 질려 울고 있었다. 강필재는 성운 앞에 칼끝을 겨누었다. 칼은 허공을 갈랐고 놀란 정운이 성운에게 다가가려 했으나, 의자에 묶여 있어 그만 의자와 함께 나동그라졌다. 그 앞에 성운의 머리채가 툭 떨어졌다. 두려움에 떠는 정운에게 강필재는 칼끝으로 성운의 목을 스윽 그으며 경고했다.

"다음엔 이 목이다."

성운의 목에서 피가 배어 나왔고, 정운은 땀과 눈물이 범벅된 얼굴로 그를 보았다.

끔찍했던 지난밤을 떠올리며 정운이 강필재를 노려보았으나, 그는 정운을 무시한 채 돌아섰다. 강필재, 동궁전 별감이자 김택의 사랑뜰에 드리웠던 그림자였다. 그림자의 주인 김택은 그 시각 부용정에서 왕과 마주 앉아 장기를 두고 있었다.

"이제 한 고비 넘은 듯하구만."

"장군입니다, 전하."

"솜씨가 여전히 녹슬지 않았어."

김택은 싸늘한 웃음으로 응수하며, 끝까지 왕을 호위하는 충직한 선비를 잡았다. 차를 음미하던 왕이 그 모습을 보며 서늘한 미소를 지었다.

그 무렵, 마지막의 마지막까지도 각오한 채 담담히 국청 결과를 기다리고 있던 박문수는 국청에서 일어난 일에 기함했다. 그 길로 북문 쪽으로 달려갔고, 그곳에서 넋 빠진 얼굴로 궁을 나서는 정운을 만났다.

"이게 어찌 된 일인가? 자네 대체 무슨 짓을."

"대감하곤 아무 할 말도 없습니다."

박문수가 그를 붙잡았으나, 정운은 불에 덴 것처럼 팔을 홱 뿌리치고 황급히 도망쳤다. 박문수는 쉬이 달랠 길 없는 복잡다단함에 그저 한숨을 배어 물었다.

세자시강원 일실, 선은 모아 쥔 손에 턱을 괴고 앉아 있었다. 그 옆으로 서신들이 펼쳐져 있었고, 채제공은 그 앞에 마지막 장을 올려놓으며 말했다.

"첫 번째 서신이 작성된 것이 이 년 전입니다. 그 후로도 이 많은 서신들이 작성되었습니다. 모두 저하와 왕실을 비방하고."

듣기 괴로운 선이 그만하라 일렀으나, 채제공은 기어이 홍복의 유서와 수결을 바라는 문서까지 그 앞에 드밀었다.

"수결을 하신 연후 물러가겠습니다."

"물러가. 물러가라고!"

"확신은 오판을 부르는 가장 큰 함정이다. 그리 말씀하신 분은 다른 누구도 아닌 저하십니다. 신홍복은 역도가 아니다, 절대로 역심을 품을 리 없다, 저하의 그 모든 확신이 저하를 함정에 빠뜨린 것입니다. …… 수결을 하세요. 여기서 더 역도를 두호하신다면 그

땐…… 저위마저 위험해질 수도 있습니다."

붉어진 눈시울로 채제공을 노려보던 선이 헛헛한 웃음을 지으며 물었다.

"저위? 그대는 내가 무엇을 잃었다고 생각해? 저위보다 더한 걸 잃었단 생각은 안 드나."

지금 채제공 앞에 있는 이는 이 나라 조선의 세자가 아니었다. 사랑하고 믿었던 벗을 잃고, 하여 모든 것을 걸어 그의 마지막을 지켜주려 했으나 끝내 배신당한 사내일 뿐. 선은 그대로 문을 박차고 나갔다. 선은 말에 올라 궐을 빠져나갔다. 전각들을 스쳐갈 때마다 어린 시절부터 함께였던 홍복과 자신의 모습이 스쳤다. 세책을 하러 갔던 광통교 일각이며 부용재 근처며 함께한 추억들을 스칠 때마다 칼끝에 베이듯 아려왔다.

선이 괴로운 마음으로 도성 안을 헤매던 그때, 부용재에서는 김택이 자축연을 열고 있었다. 춘월의 생황笙簧과 무기들의 춤이 어우러졌고, 김택의 곁에서 운심이 술을 따랐다. 김택과 민백상, 홍계희 등은 승리감에 젖어 주거니 받거니 술잔을 기울였다. 저자 일각에는 겁에 질린 채 떨고 있는 형 성운을 부축해 걷는 정운이 있었고, 숲길에는 여전히 말을 달리는 선이 있었다. 홍복의 따뜻했던 눈이며, 선하고 소박했던 그림체며…… 더할 나위 없이 따뜻한 위로가 되어주었던 홍복은 아무리 떨쳐내려 해도 쉬이 떨쳐지지 않았다.

주홍빛 황혼이 내려앉은 강가에 다다라 선은 말을 멈추었고, 멍하니 강물을 보았다. 품속에 지니고 있던 홍복의 편지를 꺼내 보았다. 홍복이 장 내관에게 건넸던 그 서신이었다. 선이 서신을 거칠게 구겨 강물 위로 던졌다. 더 없이 쓸쓸하고 쓸쓸한, 자조적인 웃음이 얼굴 위로 피어올랐다. 선은 물기 어린 웃음을 웃고 또 웃었다. 사위가 어둑해질 때까지 한참이고 그곳에 그렇게 서 있었다.

멀리서 인경[34] 소리가 들려올 무렵이 되어서야 궐로 돌아온 선은 동궁전 쪽으로 무거운 발걸음을 옮겼다. 그 앞을 막아선 건 그의 아비이자 이 나라의 임금이었다.

"이 시각까지…… 밖에 있었던 게냐."

선이 황망히 시선을 떨어뜨렸고, 왕은 그 속을 알 만하다는 듯 안타깝게 보았다.

"마음이 번다하면 몸이라도 괴롭혀야지. 허나 한 번이면 족해. 두 번은 하지 마라."

"……."

"선아, 제왕의 길이 예비된 자들에겐 말이다. 절대로 허락되지 않는 호사가 있어. 바로 친구를 갖는 일이지. 죽게 외로워도 절대 마음을 열어선 안 돼. 아무도 믿어선 안 되니 군주에겐 친구란 없다."

아비를 바라보는 선의 눈에 눈물이 차올랐고, 그런 아들을 바라보는 부왕의 눈에도 물기가 어렸다. 부왕과 헤어진 후, 선은 터벅터

---

34. 인경(人定) : 조선 시대에 통행금지를 알리기 위해 밤마다 치던 종.

벅 걸음을 옮겨 희우정으로 향했다. 어둠 속에 묵연히 앉아 있던 선이 아랫입술을 꾹 깨물었다. 그가 그렇게 울음을 삼키고 슬픔을 잠재우는 사이, 새벽의 미명이 밝아오고 있었다. 밤새 한숨 이루지 못한 선이 초췌한 얼굴로 희우정을 나섰을 때, 그 앞에는 부왕이 뒷짐을 진 채 서 있었다. 뒤에서 들려온 기척에 왕이 돌아섰고, 선과 왕은 서로를 바라보았다.
 "수결……하겠습니다."

 창덕궁 편전. 용상에는 왕이, 맞은편에는 선이 앉아 있었다. 자신 앞에 놓인 문서를 바라보던 선이 마음을 추스르고는 붓을 들어 수결했다. 왕은 그런 선이 안쓰럽고 안타까웠으나 이 모든 것이 정치를 배워가는 길, 피할 수 없는 수순이었다. 선의 수결이 이루어짐과 동시에 집행 역시 급물살을 탔다. 저자 일각에서는 홍복의 어미와 누이 고은이 오라를 진 채 끌려갔다. 병약한 어미는 제 몸을 가누지 못해 넘어지고 쓰러졌다. 안타까움에 더는 볼 수 없던 지담이 그들에게서 돌아섰다.
 부용재 뒤뜰, 운심은 세자가 두고 간 지담의 용모파기를 불속에 던져 넣었다. 뒤이어 품속에서 세자가 세책통에 넣었던 서신을 꺼냈다.
 "태워버리면 그만이야. 이젠 다 끝난 일이야."
 스스로에게 다짐하듯 그리 말하며 서신을 불속으로 던져 넣으려 할 때, 누군가 편지를 낚아채었다.

"지담아."

"지금…… 뭐하는 거야? 용모파기는 왜 태우구…… 그건 또 뭐야?"

운심이 뭐라 답하기도 전에 지담은 낚아챈 서신을 펴 읽어 내려갔다.

'나 왕세자 이선은 간곡하게 당부하노니…… 신흥복의 죽음에 대해 아는 바가 있는 자는 속히 입궐하여 진실을 고하라.'

지담의 눈이 일렁였고, 운심은 난감한 듯 지담의 시선을 흘긋 피했다.

"어떻게 이럴 수가 있어? 대체 이걸 왜 감춘 거야."

"잊구 말어. 이제 다 끝난 일이야."

"신흥복 어머니와 누이가 관비로 끌려갔어. 근데 뭘 끝내, 어떻게 끝내!"

흥분한 지담을 보며 운심이 끝내지 않을 거면 어쩔 거냐고 되물었다.

"억울하고 분한데 그저 구겨져 있긴 싫어. 부딪혀보지도 않고 포기하는 건 비겁해서 맘에 안 들어. 지금 우리에겐 말이야, 우리네 현실에는 성님, 이야기책만큼이나 아니 그보다 더 절실하고 극적인 반전이 필요해. 반전이 필요하다구."

간절한 지담의 말에 운심의 마음이 흔들렸다.

사흘 후, 궁궐 근처에는 각 상단의 일꾼들이 사옹원[35]에 납품할

---

[35] 사옹원(司饔院) : 어선 및 대궐의 음식에 관한 일을 맡아보던 관아.

물품들을 나르느라 분주했다. 그 한 켠에서 일꾼들이 오동나무 궤를 들고 궁 안으로 들어갔고, 그들 중 하나가 먼발치에 서 있는 운심과 눈을 마주쳤다. 일꾼들이 궁 안으로 들어가자 운심은 복잡다단한 속을 달랠 길 없어 그저 한숨만 내쉬었다. 궐 안 세답방36에서 상궁과 무수리들이 일을 마치고 우르르 빠져나가던 그 무렵, 상단의 일꾼들이 제법 큰 궤를 들고 들어섰다. 상궁 중 하나가 상단 일꾼에게 물었다.

"자네들 누군가?"

"한 상궁 마마님께서 주문하신 오동나무 궤입니다요."

상궁이 고개를 끄덕이며 두고 나가라 허하고는 자리를 비켜주었다. 주변이 조용해진 후, 일꾼이 궤를 톡톡 두드리며 중얼거렸다.

"우리가 할 수 있는 일은 여기까지요. 무사하길 빌겠소."

"고맙소."

궤 안에서 소녀의 목소리가 흘러나왔다.

❀ ❀ ❀

궁궐 후원 일각에서는 밤이 깊도록 선과 익위사들의 대련이 이어지고 있었다. 선이 있는 힘껏 공격했으나 익위사들은 방어에만 주력

---

36. 세답방(洗踏房) : 궁중의 육처소(六處所)의 하나. 빨래, 다듬이질, 다리미질 따위를 맡음.

할 뿐 공격하지 않았다. 막을 수 있다면 막고, 그렇지 못할 경우는 그대로 목검을 맞았다. 익위사들의 소극적인 대련에 선의 분노는 자심해졌다. 선은 익위사 중 최고수인 우익위를 집중적으로 공격했으나, 방어가 원칙이었기에 우익위도 속수무책으로 밀릴 수밖에 없었다. 결국 우익위의 손에서 목검이 떨어지자 선이 가쁜 숨을 몰아쉬며 차갑게 내뱉었다.

"인정이나 예우 따윈 필요 없다고 했을 텐데…… 진검 가져와."

장 내관이 만류하려 했으나 선은 그를 제지하며 말을 이었다.

"명을 듣지 못하였는가."

선의 일갈에 익위사들이 검 두 자루를 가져왔고, 선은 한 자루를 우익위에게 내밀었다.

"난 손 속에 일말의 인정도 두지 않을 생각이다. 살고 싶으면 덤벼라."

우익위가 검을 받았고, 선은 주저 없이 칼을 빼어들었다. 쩡 하는 검명이 허공을 베었다. 달빛 아래 검명만이 울려 퍼졌고, 선과 우익위의 대련은 일진일퇴, 단 한 치의 양보도 없는 접전을 이어갔다. 먼 발치에서 그를 보는 채제공의 얼굴에 안타까운 빛이 어렸고, 박문수가 다가와 서며 물었다.

"오늘도인가?"

"예. 석강을 마치기가 무섭게 저녁 수라도 거르시곤 줄곧……."

"속히 심신을 수습하셔야 할 터인데……."

"쉬운 일이 아닐 것입니다. 소직은 문후부터 석강까지 일상적인 업무나마 문제없이 해내시는 것을 다행으로 여기고 있습니다."

늙은 스승의 눈에는 혹독하게 정치를 배워가는 후학이 안타까웠고, 그가 이런 희생을 감내하면서까지 배워야 할 만큼 정치가 옳은 일인가 싶어 혼란스러웠다. 스승의 입가에 깊은 한숨이 머무는 사이, 선과 우익위의 접전은 더더욱 치열해졌다. 땀이 비 오듯 흘러내렸으나, 선은 쉬이 검을 내려놓을 생각이 없어 보였다.

그즈음 세답방 쪽에 내려둔 궤의 뚜껑이 열렸고, 궤에서 모습을 드러낸 것은 다름 아닌 지담이었다. 무수리들이 빨래를 하려고 내어놓은 빨랫감들을 뒤적이는 지담의 눈에 난감한 빛이 스쳤다.

"이걸 어째, 왜 다 높은 사람들 옷뿐이냐구."

울상을 짓던 지담은 그중 가장 얌전한 옷 하나를 집어들었다. 얼마 가지 않아 세답방 문이 열렸고, 옷을 갈아입은 지담이 방에서 나왔다. 궁궐 평면도를 꺼내 위치를 가늠해본 후 다시 품속에 넣었다. 지담은 보는 눈을 피해 동궁전 쪽으로 걸음을 옮겼으나, 워낙 넓은 데다가 어둑하여 분간이 가지 않았다. 다시 품에서 평면도를 꺼내 보았고, 그 탓에 누군가 다가오고 있음을 감지하지 못했다.

"마마. 저건 마마의 의대가 아닙니까?"

지담의 복색에 당황한 김 상궁이 혜경궁에게 물었고, 혜경궁 역시 어이없는 듯 바라보다 지담 쪽으로 걸음을 옮겼다. 혜경궁이 지담의 팔을 강하게 낚아채며 물었다.

"넌 누구야? 소속을 대. 어느 전의 누구기에 감히 웃전의 옷을."

찰나의 순간, 지담은 혜경궁의 팔을 뿌리치고 도망치기 시작했다. 혜경궁이 당장 잡으라 일렀고, 궁녀들이 지담의 뒤를 쫓았다. 전각을 휘어든 지담은 다른 궁녀들과 마주쳤고, 다시 돌아서 달리며 문을 빠져나갔다. 추격을 따돌리며 어둑한 전각 하나를 휘어드는 순간, 누군가 그녀를 휙 잡아챘다. 놀란 지담이 돌아보았고, 그 누군가의 얼굴에도 당혹감이 어렸다.

"아니 너는……"

"반편이?"

선이 난감한 듯 지담을 보았고, 지담 역시 얼어붙은 채 그를 올려다보았다. 침묵을 먼저 깨뜨린 건 선이었다.

"너 지금 여기서 뭐하는 거야? 대체 궁엔 어떻게……"

"그러는 댁네는 예서 뭐하는 게요?"

선이 어디서부터 어떻게 설명을 해야 할지 몰라 망설이던 그때, 지담이 혼란스러움을 추스르며 자신을 동궁전으로 데려다 달라 청했다. 동궁전의 주인은 더더욱 당혹스러웠다.

"동궁전은 왜?"

"저하를 만나야 하오. 꼭 전할 말이 있소."

선의 눈빛이 흔들린 것도 잠시, 그는 이쪽으로 다가오는 궁인들의 기척에 지담의 손을 꽉 잡은 채, 그녀를 끌고 동궁전 쪽으로 걸음을 옮겼다. 그 즈음 혜경궁 역시 동궁전 근처로 다가오고 있었다. 혜경궁은 싸늘한 눈빛으로 동궁전 별실을 응시했다.

"속히 열어."

혜경궁이 노기 띤 얼굴로 그리 명했으나, 별실 앞을 막아선 최 상궁은 완강한 얼굴로 아니 된다 하였다.

"자네가 뭐라 하든 이번엔 내가 아니 돼."

최 상궁이 아니 된다 재차 말했으나, 혜경궁의 발길을 돌려세우기에는 무리였다.

"연유가 뭐야? 수상한 계집이라도 감춰둔 겐가."

혜경궁은 그대로 문을 활짝 열어젖혔다. 허나, 이내 그 얼굴에는 당혹감이 스쳤다. 그녀의 눈에 들어온 것은 뜨거운 김이 오르는 욕조에 몸을 담근 채 앉아 있는 선이었다. 백단향이 타 들어가는 가운데 선은 덤덤히 물었다.

"이건 또 무슨 법돕니까."

지엄한 궁중의 법도도 법도거니와 일단 눈 둘 곳이 마땅치 않은 혜경궁이 시선을 내리깔았다. 그런 혜경궁을 흘긋 보며 선이 말을 이었다.

"같이할 생각으로 왔다면 들어오세요. 아니라면 그 문은 닫아주시는 것이 어떻습니까."

혜경궁이 문을 쾅 닫고 돌아섰고, 선은 욕조 밖으로 나와 병풍 위에 걸린 구름무늬 창의氅衣를 집어들었다. 병풍 뒤에 쪼그리고 앉아 있던 지담의 얼굴은 흙빛으로 질려 있었다. 반편이가 세자였다니 난감하기 짝이 없었다. 선은 병풍을 등진 채 창의를 입으며 말했다.

"발각되었으면 죽음을 면키 어려웠을 거다. 엄혹한 법도와 냉혹한 사람들로 넘쳐나는 곳, 그리 험하디 험한 곳이 바로 궁이다. 헌데 너는 나에게 무엇을 전하고자 이런 험지에 단신으로 뛰어든 것이냐?"

"진실입니다."

마음을 추스른 지담이 병풍 밖으로 나와 서며 말했고, 선은 그녀 쪽을 돌아보았다.

"수표교…… 신홍복 살해 현장에서 발견된 것입니다."

지담이 건넨 세책패를 내려다보는 선의 얼굴이 아득해졌다. 일전에 홍복과의 일이 떠오른 것이다. 선은 세책패의 '책 서^{書}'를 '그림 화^{畵}' 자로 판각했고, 화들짝 놀란 홍복이 이를 빼앗으며 이리 훼손하면 안 된다 우는 소리를 했다. 선은 싱긋 웃으며 훼손이 아니라 창조적 변형이라 받아쳤다. '화원이 지니는 세책패니 화가세책, 그럴듯하지 않으냐' 농을 걸었었다. 선은 떨리는 손으로 지담이 내민 세책패를 받아들며 중얼거렸다.

"수표교에 갔었구나. 그랬을 거다. 그렇게 하는 것이 당연해. 한 번 약조를 했으면 무슨 일이 있어도 꼭 지키는 놈이었으니까."

끝없는 자책이 밀려들었다. 그런 놈이라는 걸 알고 있었는데, 그렇듯 잘 알고 있었는데 왜 끝까지 믿어주지 못했던 것인지. 세책패를 보던 선이 나가려다 멈칫하며 지담에게 물었다.

"이름이…… 무엇이냐?"

"지담, 서지담이라 하옵니다."

선은 고개를 끄덕이고는 애써 슬픔을 억누른 채 방을 나섰다. 동궁전에 들어서서도 무너지지 않으려 안간힘을 썼으나 끝없이 허방을 짚는 마음을 이기지 못하고 털썩 주저앉았다. 허나, 이리 무너질 수는 없었다. 아직, 아직은 아니었다.

빈궁전에서는 혜경궁이 방 안을 서성이고 있었고, 그때 김 상궁이 들어섰다.

"세답방엔 다녀왔는가? 거기 무슨 증좌."

혜경궁이 멈칫했다. 김 상궁 손에 방금 전까지 지담이 입고 있던 옷이 들려 있었다.

"어찌 된 일이야. 그게 어찌 자네 손에 있어?"

"세답방에 다시 돌아와 있었습니다."

기가 막힐 노릇이었다. 웃전의 눈치를 살피던 김 상궁이 조심스레 말을 올렸다.

"짓궂은 나인 하나가 장난삼아 주워 입었다 일이 커지니 벗어두고 달아난 게 아니겠습니까."

"문제는 단 한 명의 눈에도 띄지 않고 감쪽같이 사라졌다는 게야. 대체 무슨 재주로 그같이 신출귀몰할 수 있단 말인가."

혜경궁의 머릿속에 이런 저런 생각이 오갔으나 이렇다 할 답은 쉬이 떠오르지 않았다.

그 시각, 동궁전 별실에는 욕조와 병풍 등이 치워진 채였고, 지담 역시 제 옷으로 갈아입고 선 앞에 단정히 서 있었다.

"동참화사 허정운이 신흥복은 타살이라 말한 것이 사실이냐?"

"다음은 자신의 차례일지도 모른다…… 두려움에 떨었다고도 했습니다."

허정운을 만나서도 똑같이 진술할 수 있겠느냐는 선의 물음에 지담은 필요하다면 증언한 자를 그 앞에 앉힐 수도 있다고 답했다. 선이 고개를 끄덕였다. 잠시 후, 선과 지담은 궁궐 후미진 담장 쪽으로 다가섰다.

"문을 통해 궁을 빠져나가단 자칫 의심을 살 수도 있다. 그러니,"

선의 말이 채 끝내기도 전에 지담은 고개를 끄덕이고는 담을 훌쩍 뛰어넘었다. 그 모습에 선은 실소를 배어 물었고, 그 역시 담을 넘었다. 두 사람이 도화서 정운의 처소 안으로 들어섰을 때, 정운은 눈을 뜬 채 벽에 기대 앉아 있었고, 그 옆으로는 피가 낭자했다. 바닥에는 유서가 나뒹굴었고 정운 옆에는 단도가 떨어져 있었다. 선이 정운에게 다가가 그의 어깨를 붙잡았다.

"어이…… 이봐 허정운."

정운은 힘없이 쓰러졌고, 선의 얼굴에는 짙은 당혹감이 어렸다. 지담이 정운의 인영혈人迎穴을 짚었고 선이 일말의 기대감 어린 눈빛으로 그녀를 보았으나, 지담은 고개를 가로저었다. 선의 입술 사이로 한숨이 새어나왔고, 지담 역시 울컥했다. 그가 죽을지도 모른다며 울먹이던 춘월이 떠올랐고, 이 기막힌 사실을 어찌 전해야 하나 막막했다. 선 역시 어찌할 바 모르는 건 매한가지였으나 마음을 추스르고 주변을 살폈다. 그의 죽음이 헛되지 않도록 뭐라도 찾아야 했다. 지담이 바닥에 뒹구는 유서를 집어들었다.

"신흥복의 역심을 막지 못한 죄 큽니다. 그 책임을 죽음으로 지려 하오니……"

"아니. 진짜 유서는 이거야."

피로 써 내려간 글씨, 화부타도火卩他刀.

"죽기 직전 피로 쓴 것입니까?"

지담이 글자를 협서에 옮겨 적으며 물었고, 선은 자살을 결심한 자가 이런 걸 남길 리 없다 단언했다. 지담 역시 같은 생각이라는 듯 고개를 끄덕였다.

"누군가 살해한 연후 자살한 것으로 위장을 해둔 것이군요."

"그 사실을 알리고자 이 아인 이걸 남긴 것이고 말이다."

나지막이 한숨을 내쉬며 협서를 접던 지담이 낯익은 단도에 멈칫했다. 그녀가 떨리는 손으로 단도를 집어들었으나, 선은 여전히 글씨에 눈길을 둔 채였다.

"화부타도…… 무슨 뜻일까? 칼을 가리키는 것 같긴 한데……"

"설마 이걸 가리키는 건……"

선이 그제야 글씨에서 시선을 거둔 채, 지담이 들고 있는 단도를 보았다.

"제가 이 칼의 주인을 압니다."

지담은 애써 차분히 말했고 선의 눈이 흔들렸다.

잠시 후, 동방 검계들의 근거지인 광통교 보행객주의 문이 부서질 듯 열리며 선과 지담이 들어섰다. 동방의 수하들이 달려들어 막았으나 선은 그들을 제치고 나철주의 처소로 향했다. 또 한 무리의 검계들이 선을 막아섰으나, 선은 그조차도 제쳤다. 뛰어난 무재를 지닌 데다 친구를 잃은 분기까지 실리니 아무리 동방의 검계라 해도 그를 감당하기 쉽지 않았다. 지담이 선 쪽으로 다가가려 할 때, 장삼이 나타나 막아서며 물었다.

"이…… 우짠 일이여? 저놈 저 뭐 허는 놈이냐고?"

"두목은?"

지담이 복잡한 속을 애써 감추며 물었고, 장삼은 턱 끝으로 어딘가를 가리켰다. 그곳에는 막 나타난 나철주가 선을 막아서고 있었다. 선이 서늘한 눈빛으로 동방의 수장이냐 물었다.

"그렇소만, 뉘신지?"

대답이 떨어지기가 무섭게 선의 주먹이 나철주의 얼굴 쪽으로 날아들었고, 나철주는 본능적으로 그를 피했다. 허나 선은 틈을 주지 않은 채 그를 걷어찼고, 나철주가 중심을 잃고 휘청거렸다. 선은 상대가 무너진 틈을 놓치지 않고 날카로운 공격을 퍼부었으나, 상대는 나철주였다. 접전에 접전이 이어졌고, 나철주가 선의 팔을 틀어쥔 채 따져 물었다.

"합을 주고받을 때 주고받더라도 존성대명 정도는 밝히는 게 예일 것 같은데."

"신흥복 왜 죽였어? 연유나 밝혀."

나철주의 손을 홱 뿌리치며 선이 물었으나 나철주는 당혹스러운 듯 무슨 말이냐 되물었다.

"너희가 신흥복을 죽인 사실을 허정운이 알게 됐나? 그래서 허정운까지 죽인 거야?"

"어디서 무슨 말을 듣고 와 이러는지 모르지만 우린 그런 일 없어. 딴 데 가서 알아봐."

그때 지담이 다가가 피 묻은 단도를 들어 보였다.

"허면, 이 단도는 어찌 된 거야. 검계 동방의 암기가 왜 현장에 떨어져 있었던 거냐구?"

"……일이 그렇게 된 거였군."

나철주가 알 만하다는 듯 중얼거렸고 선과 지담의 얼굴에는 더더욱 짙은 의혹이 드리웠다. 나철주는 지담과 선을 자신의 처소로 안내하고는 장삼에게 일러 이사를 데려오라 일렀다. 잠시 후, 나철주의 방으로 귀에 면포를 동여맨 이사가 들어왔다. 이사의 얘기를 듣던 지담이 미간을 살짝 찌푸렸다.

"단도를…… 잃어버렸다구?"

대답은 이사가 아닌 나철주의 입에서 흘러나왔다.

"시키지도 않았는데 귀까지 자르려던 통에 우리도 난감해하던 중이다."

"검계가 무기 잃었으면 모가지 날아간 거하고 맞먹는 건데…… 이만 벌은 받아야지요."

이사가 나가고, 나철주가 선에게 대답이 되었느냐 물었으나 선은 답하지 않았다.

"언놈인지는 모르지만 동방의 무기를 훔쳐 범행에 사용한 후 현장에 던져둔 모양이야."

"만에 하나 살인으로 밝혀지면 동방에 덮어씌우겠다?"

두 사람의 대화를 듣던 선이 나철주에게 물었다.

"그대들 동방을 노리는 검계들 중 화부타도라는 칼을 쓰는 자가 있는가?"

"화부타……도, 금시초문이오."

선은 자리에서 일어나 단도를 챙겨 방을 나섰다. 따라 나가려는 지담을 나철주가 막아섰다.

"이제 내가 대답을 들을 차례다. 저치 누구야? 죽은 신흥복하고 얼마나 죽고 못 살던 사이길래 이 밤중에 들이닥쳐 저리 생난리를 친 거냐고."

"그게 말이지 두목……"

지담은 어떻게 설명해야 좋을지 몰라 말끝을 흐렸고, 그녀의 침묵이 길어지면 길어질수록 나철주의 미간은 찌푸려졌다. 잠시 후, 묵연히 어둑한 허공을 바라보고 있는 선 곁으로 나철주가 다가와 섰다.

"소인이 몰라 뵙고 무례를 범하였습니다."

"아니, 사과는 이쪽에서 해야지. 나야말로 초면에 결례가 많았네."

"사과는 필요 없습니다, 저하. 소인이 그만큼 아끼는 수하를 잃었다면 상대를 이미 저승에 보내버렸을 것입니다. 합을 겨루던 중 자연히 알아지더군요. 지극히 아끼던 자가 아니라면 손 속에 물기가 그리 가득할 리 없지요. 망자를 한 번…… 만나보시겠습니까?"

나철주의 말뜻을 쉬이 헤아릴 수 없었던 선은 목멱산 기슭에 이르러 홍복의 봉분을 보고서야 그 말을 이해할 수 있었다.

"자네에게…… 뭐라 고마움을 표해야 할지 모르겠군."

"그러실 거 없습니다. 저 녀석이 하도 애달아하기에 묻어준 것일 뿐, 뭐 대단한 뜻을 품고 한 것은 아니니까요."

나철주가 지담을 흘긋 보며 그리 대꾸했고, 선은 고개를 끄덕이고는 다시 봉분 쪽을 보았다. 그를 바라보는 것만으로도 안타까움이 전해져 지담 역시 눈가가 발개졌다. 나철주가 선 앞으로 술병을 내밀었다.

"한 잔 부어주시겠습니까. 제주는 아직 부어주지 않았습니다."

나철주가 내민 술병을 받아들고 봉분 앞으로 간 선은 술병째 제주를 부었다. 봉분 위로 흩어지는 것은 술이 아니라 선의 눈물과도 같았다. 참아보려 했으나 선의 손끝이 떨려왔고, 이내 그 뺨을 타고 눈물이 흘러내렸다.

그 무렵 희우정, 홍복의 초상 위로 눈물이 툭 떨어져 내렸고, 그림

속 홍복이 울고 있는 것처럼 보였다. 왕은 홍복의 초상을 보며 눈물 짓고 있었다.

"세자가 이 아일 그린 게 이 년 전이던가."

상선이 고개를 끄덕였고, 왕은 아득한 눈으로 이 년 전을 떠올렸다.

유난히 추웠던 그 겨울, 선은 왕의 선위파동을 막고자 정전 앞에 대죄한 채 있었다. 선은 살을 에는 추위에 부르트고 찢어진 손으로 정전 앞에서 읍소를 이어갔고, 왕은 그 밤 간신히 선위하겠다는 뜻을 철회했다. 정전 앞을 떠나온 선이 찾은 곳이 이곳 희우정이었다. 추위에 얼어붙고 부르튼 손으로 선은 홍복을 그리며 씁쓸한 미소를 지었다. 열린 문틈 사이로 보았던 그 미소가 왕의 눈에 선했다.

"엄동설한, 그 혹독한 선위파동을 견디고 그 언 손으로 세자는 이 아일 그렸다. 모진 고초 뒤끝인데 어찌 그리 기꺼운 얼굴을 하고 있었을까. 그 얼굴은 마치…… 괜찮다, 괜찮다…… 든든한 친구 하나 있으니 다 괜찮다, 그리 말하는 듯 보였어."

"어리실 적엔 꽃과 나비를 자주 그리셨는데……."

"사람에겐 도무지 마음 붙일 길이 없었을 테니까. 궁살이라는 게 원래 그렇게 생겨 먹었잖어. 선이 이놈…… 진심을 준 건 아마도 그 화원 놈이 처음일 게야."

상선은 묵연히 왕을 바라보았고 왕은 씁쓸한 미소를 지었다.

"화원인 아비에게서 태어났으면 어땠을까. 허면 그 아빈 너 좋아하는 그림이나 실컷 그리며 재미지게 살아라…… 그리 가르쳤겠지. 허나 군왕인 아비는 친구를 버리는 법부터 가르치는군. 군왕이라는 족속들…… 참으로 모질어. 아주 모질고 진저리나는 족속들이야, 모두."

오래된 가신은 세자보다 자신의 주군이 안타까웠다. 슬픈 아비이자 외로운 군주의 입가에 물기 어린 웃음이 피어올랐다.

지담과 선은 보행객주와 목멱산을 거쳐 도화서로 되돌아왔다. 현장은 두 사람이 보행객주로 가기 전과 다름없었다.

"다행히 아직 아무도 현장을 발견치 못한 모양이군."

선이 단도가 떨어져 있던 그 자리에 단도를 놓으려 할 때, 지담이 현장을 보전해야 하는 연유를 물었다.

"범인이 성공했다고 믿게 해야지."

"차라리 제가 나서서 증언을 하겠습니다. 신흥복이 수표교에서 살해당하는 걸 보았다 그리 증언을 하고,"

"그리하면 이젠 니가 표적이 될 거다. 지금으로선 널 증인으로 내세울 수도, 내놓고 수사를 할 수도 없어. 허면 저쪽에서 또다시 한 발 앞서 갈 게야. 그것이 지난 두 번의 수사를 통해 얻은 교훈이다. 당분간은 은밀히 움직이는 것이 좋아. 범인에게 더는 시간을 벌어줄 의사가 없으니까."

지담이 고개를 끄덕였고 선은 결기 어린 표정으로 화부타도, 정운이 피로 쓴 마지막 전언을 가슴에 새기며 그 흔적을 지웠다. 멀리서 파루37 소리가 들려왔으나 아직 동은 터오지 않은 새벽, 선은 복잡다단한 생각에 젖은 채 걷고 있었고, 그 뒤를 지담이 따르고 있었다.

"화부타도. 동방의 단도가 아니라면 의미하는 바가 무엇일까. 마지막 순간까지 망자가 무엇을 알리고자 했던 것일까."

"허정운은 신흥복이 위험천만한 문서를 가졌다 했답니다. 입에 담기 두려운 비밀이 담긴."

"비밀이 뭘까. 무엇을 알고 있었기에 죽임을 당한 것일까."

지담은 화부타도가 그 비밀과 연관이 있는 것이 아닐까 추측했고, 선은 고개를 끄덕였다.

"일단 네가 알고 있는 모든 걸 하나도 빠짐없이 소상히 들을 필요가 있겠다. 지금 당장 나와 함께 궁으로 돌아가자. 내 은밀히 입궐할 길을 열 것이니."

"아니, 그보다 더 좋은 방도가 있습니다."

지담은 먼저 걸음을 옮겼고, 선이 그 뒤를 따랐다. 앞장서 걷던 지담이 걸음을 멈춘 곳은 자신의 집 담장 앞이었다. 지담은 담장을 넘으라는 듯 손짓했고, 선이 뜨악한 얼굴로 주변을 살피며 물었다.

"여긴 또 어딘데 월담을 해야 하느냐."

"궁보다는 안전한 곳이니 심려치 마십시오."

---

37. 파루(罷漏) : 통행금지의 해제를 알리기 위해 종을 치던 일. 오경 삼점(五更三點)에 종을 서른세 번 쳐서 알림.

그리 대답한 지담이 담을 넘었고, 못 말리겠다는 듯 선 역시 담을 넘었다.

아지토我知土. 한쪽 벽에는 갖가지 시형도38와 망자의 그림, 지담이 소설을 쓰는 데 필요한 사항들을 적은 쪽지들, 주인공 광문과 피해자들의 그림 등이 즐비했다. 그뿐인가. 서가에는 《경국대전》과 《속대전》 등의 법전은 물론 《무원록》, 《세원록》, 《평원록》 등의 법의학 서적들이 가득 꽂혀 있었으며, 서탁 위에는 갖가지 조보며 포도청등록, 형조판결문 등 공문서 사본들이 잔뜩 깔려 있었다. 그 모두를 둘러보는 선의 얼굴에는 놀라움을 넘어선 경이로움까지 비쳤다.

"여긴 뭐하는 곳이냐?"

"저만 아는 비밀의 방이지요."

"비밀로 하지 않을 수 없겠어. 이 방에 결코 있어선 안 될 문서들이 이리 휴지조각처럼 굴러다니니 말이다. 아녀자에게 이 모든 것이 다 무슨 소용……."

그리 중얼거리던 선이 멈칫하더니 휙 돌아서 시형도며 쪽지들이 다닥다닥 붙은 벽 쪽으로 다가섰다. 선은 그중 쪽지 하나를 툭 떼어내 읽어 내려갔다.

"광문…… 광대 겸 사설포교. 키는 육 척 장신에 재담꾼."

선이 휙 돌아서며 빙애거사냐 물었고 지담은 고개를 끄덕이며 세

---

38. 시형도(屍型圖) : 시체를 검시할 때 살펴보아야 할 인체의 76군데를 표기해놓은 그림.

책표를 들어 보였다.

"이권二卷이 나가기도 전에 범인을 맞춘 독자가 신기하기도 하고 노엽기도 하여 직접 배달을 나갔다가……."

"흥복이의 마지막을 보게 된 것이로구나."

지담이 고개를 끄덕였다. 자신의 호기심 때문에 흥복을 사지로 내몬 것은 아닐까 하는 생각에 선의 마음이 또 한 번 울컥했으나, 이내 마음을 추슬렀다.

"하온데 저하, 신흥복의 유류품 중 《문회소 살인사건 제일권》은 없었나요?"

지담의 질문에 선이 고개를 가로저으며 화첩도 사라졌다고 답했다.

"흥복인 늘 화첩에 그림과 함께 일기를 남기곤 했어. 그러니 비밀을 알게 되었다면 화첩에 남겼을 가능성이 가장 높은데……."

"허면 범인이 빼돌렸을 가능성도 있겠군요."

"이제 니가 알고 있는 것을 소상히 좀 들어볼까."

지담은 선에게 수사 내용을 정리한 서책을 건넸고, 선은 찬찬히 읽어 내려갔다.

"변종인은 증언을 묵살하고 민우섭은 익명서를 묵살했다."

"이 사건을 자살로 조작하는 데 좌포청이 조직적으로 개입된 것만은 분명한 듯 보입니다."

선은 고개를 끄덕이며 일전에 박문수가 했던 말을 떠올렸다.

'홍계희는 노론, 소론 어느 쪽으로도 치우치지 않는 불편부당한 인

사이니, 특검의 수장으론 그만한 자가 없습니다.'

선은 굳은 표정으로 일어섰고, 지담에게 곧 다시 오겠다는 말을 남긴 후 아지트를 나섰다.

"어깨에 수심이 한 짐입니다, 어르신."

사랑 앞을 서성이던 박문수가 나철주의 목소리에 뒤돌아보았다. 박문수가 사랑문을 열고 들어갔고, 나철주가 뒤를 따랐다.

"내 집엔 함부로 발길을 주어선 안 된다, 그리 다짐을 두었건만."

"신흥복 죽인 놈들이 대체 누굽니까?"

"어허. 그 이름 또한 함부로 입에 올려선 안 돼. 넌 신흥복을 모르는 거다."

허나 두 사람은 신흥복이 죽던 밤, 현장에 있었다. 다리 위에서 흥복이 떨어뜨린 세책보를 집어든 박문수는 사체 쪽으로 다가섰다. 급히 흥복의 인영혈을 만져보았으나, 이미 숨이 끊어진 채였다. 박문수가 신흥복의 눈을 감겨주었을 때, 그 뒤로 나철주가 다가섰다. 두 사람은 그렇게 그 밤, 의릉 어정까지 함께였다.

"무엇보다 그날 밤 넌, 아무것도 하지 않았어."

박문수가 그리 말했으나, 나철주는 이제 다 틀렸다는 듯 지난밤 세자가 보행객주로 들이닥쳤던 일을 털어놓았다.

"저하께서 어찌하여 너를……."

그때 밖에서 거칠게 문 두드리는 소리가 들려왔고, 박문수와 나철주의 얼굴이 굳어졌다. 박문수가 사랑 밖으로 나갔을 때, 선은 이미 중문을 넘어서 사랑 근처까지 다다라 있었다.

"저하께서 이 시각에 어인 행보십니까?"

선은 대꾸 없이 사랑 쪽으로 들어섰고, 박문수가 흔들리는 눈빛으로 그를 뒤따랐다. 선은 지난밤의 일을 그에게 털어놓았고, 박문수의 얼굴이 경악에 질렸다.

"지금…… 뭐라 하셨습니까?"

"허정운 또한 살해당했다 했습니다. 물론 결과는 자살로 발표될 테지만."

박문수의 얼굴 위로 회한과 자책이 어렸고, 그를 묵연히 보던 선이 말을 이었다.

"사부를 만나러 오는 길에 열심히, 아주 열심히 생각이란 걸 해봤어요. 사부께서 홍계희를 천거하신 연유가 뭘까. 신홍복 살인사건을 자살로 은폐하기 위해서였나. 어디까지 갈 수 있겠는가, 수사 현장까지 찾아와 그리 물은 연유는 또 뭘까. 나를 잡을 수 있겠느냐, 신하란 자가 감히 국본을 떠보고 조롱하기 위해서였던 것은 아닐까."

선은 박문수를 가늠해보려 했으나, 박문수는 일말의 동요조차 보이지 않았다.

"이제 사부의 차렙니다. 어찌하여 그토록 부실한 답을 낸 것이냐 후학에게 꾸지람을 내리셔야지요."

박문수는 그저 입술을 꾹 다문 채, 선을 바라볼 뿐이었다.

"사부는 아니에요. 은폐나 조작이라는 말 따윈 사부와 어울리질 않아요. 지인지감[39]이 아무리 일천해도 그 정도는 압니다."

"……저하."

"신흥복과 허정운이 보았다는 비밀문서는 무엇입니까? 무엇이기에 그들이 죽어야 했습니까? 홍계희가 주범입니까, 아니면 배후가 있습니까? 말씀을 하세요, 사부! 진실은 무엇입니까?"

"진실을 알면 감당하실 수 있겠습니까?"

"나는 이 나라 조선의 국본입니다. 백성의 무고한 죽음 앞에서 침묵할 수는 없어요. 침묵하는 바로 그 순간부터 난, 국본의 자격도 나아가 이 나라 조선의 스물두 번째 군주가 될 자격도 모두 잃게 되는 것입니다."

허나 박문수는 또 한 번 침묵을 지켰다.

"진실이 무엇입니까? 아무리 무거운 진실이라 해도 감당해낼 것입니다."

"송구하오나 저하. 저하의 뜻이 이토록 간절하셔도 소신이 드릴 수 있는 말씀은 오직 하나뿐입니다. 진실은…… 저하의 손으로 직접 찾으셔야 하옵니다."

"사부!"

"진실을 찾길 원하신다면 말이지요. 지금 이 시각 이후 아무도 믿

---

39. 지인지감(知人之鑑) : 사람의 성품이나 능력 따위를 잘 알아보는 식견.

어서는 아니 됩니다. 그것이 비록 저하의 앞에 앉은 이 못난 스승이라 할지라도 말입니다."

선은 깊은 한숨을 배어 물었고, 잠시 후 그의 사랑채를 나섰다. 선은 그의 심중만큼이나 아득한 새벽안개가 깔린 길을 지나 궐 쪽으로 걸음을 옮겼다. 박문수는 선의 모습이 멀어져 아주 보이지 않을 때까지 그 자리에 붙박인 듯 서 있었다. 선을 보내고 돌아온 박문수가 나철주를 그대로 지나쳐 사랑 안으로 들어서려 할 때, 그 발길을 잡아채듯 나철주가 물었다.

"어찌하여 저하께도 진실을 말하지 않으십니까. 최소한 이 사건이 그대로 묻히는 걸 막고자 대감께서 무슨 일을 하셨는지 그 진실이라도 밝히고,"

"심증은 진실이 아니야. 저하와 또한 너까지 그토록 밝히라 한 진실…… 그 진실을 누구보다도 간절히 원하는 건 바로 나야. 그래서…… 망자에게 못할 짓인 걸 뻔히 알면서도 사체를 어정에 유기하기까지 했어. 허나 난 아무것도 건진 바가 없다. 적을 만만히 본 죄로 정운이 놈, 그 아까운 목숨 하나만 더 날렸을 뿐이라구."

질긴 침묵 속에 감추고 있던 절절한 속내가 그제야 터져나왔다.

"단순한 살인사건이 아니야. 국운을 좌지우지할 수도 있는 엄중한 사건이다. 이런 일에 섣불리 심증을 보탤 수는 없어. 확실한 물증을 잡을 방도가 무엇인지 생각할 시간이 필요해."

"언제까지 생각만 하고 계실 겁니까. 우리 동방의 단도가 허정운

살해 현장에 떨어져 있었습니다."

그제야 박문수는 선이 왜 동방의 근거지로 쳐들어갔는지 알 듯했으나, 다른 의혹은 더 짙어져만 갔다.

"서방 놈들이 우리에게 죄를 뒤집어씌울 요량으로 벌인 일이라면 제 선에서 해결할 수 있습니다. 허나, 어르신과 저의 관계를 아는 자가 저지른 소행이면 어찌 됩니까. 허면 이젠 우리가 저들보다 먼저 움직여야 합니다, 어르신."

나철주를 응시하던 박문수가 작게 고개를 끄덕였다.

※ ※ ※

이른 아침, 도화서 정운의 처소에서는 변종인이 수하들과 함께 현장 감식을 하고 있었다. 감식을 마치고 나온 변종인이 장 화원에게 다가가 유서를 주며 자못 비통한 표정을 지었다.

"유서, 유족들에게 전하고 사체 가져가도 좋다고 하게."

허나, 돌아서기가 무섭게 홀가분한 표정이 되는 변종인이었다. 그것은 궁으로 행차하는 김택 역시 마찬가지였다.

도화서 정문 앞에 가마니에 둘둘 말린 정운의 사체를 진 지게꾼이 나왔다. 그 뒤로 정운의 늙은 어미와 형 성운이 통곡하며 따랐고, 장 화원을 포함한 몇몇 화원이 안타까운 듯 그를 지켜보았다. 그 어느 일각, 박문수 역시 안타까운 얼굴로 고인을 향해 깊이 고개를 숙였다. 정인의 부고를 접한 춘월의 방에는 생황이 널브러져 있었고, 술병들이 나뒹굴었다. 춘월은 혼절한 듯 누워 있었고, 지담은 이불을 꺼내 덮어주었다.

춘월의 처소 앞 툇마루에 앉아 있던 운심에게 약첩을 든 서균이 다가왔다.

"기회 봐서 달여 먹여. 산 사람은 살아야지."

약첩을 받아든 운심이 자리를 뜬 후, 지담이 춘월의 방에서 나와 툇마루에 걸터앉았다. 뭐라 말조차 걸 수 없어 서균은 그저 옆에 나란히 앉았다.

"이불…… 덮어줬어. 해줄 수 있는 게 그거밖에 없드라구."

서균은 지담을 그저 안타까운 눈빛으로 바라보았다.

"아부지…… 사람이 뭐야. 사람답게 사는 건 어떻게 하는 거야."

"담아……."

"억울하게 정인 잃은 친구 위해 뭘 해야 사람이지? 적어도…… 이불 덮어주는 것보단 더 많은 일을 해야…… 할 수 있어야 그래야 사람 아냐."

지담이 아비의 품에 안겨 서러운 눈물을 쏟아내던 그때, 궐 안 부용정에서는 왕이 부용지에 드리운 연꽃을 바라보고 있었다. 김택이 다가와 예를 갖추었다.

"연꽃을 완상하고 계셨습니까. 언제 봐도 탐스럽기 그지없군요."

"더러운 진창을 밟고선 대가지."

"삼십 년 전, 우리가 맹약한 그날부터 진창을 감당하는 것은 오직 소신의 몫이었습니다. 오늘도 다르지 않습니다. 일은 깔끔히 마무리 지었습니다. 이제 맹의에 대해 지껄이는 자는 아무도 없을 것입니다."

"고맙네. 그대 덕에 과인이 한동안은 저 연꽃 노릇이나 하며 용상에 죽칠 수 있겠어."

"이젠 연꽃이 아니라 잉어가 되셔야지요. 이제야말로 신등과 더불어 비틀어진 정사를 바로잡아야 할 때가 아니옵니까."

"잉어라…… 그 또한 나쁘지 않겠군."

"홍계희부터 시작하시지요."

왕의 얼굴에 더없이 따뜻한 웃음이 피어올랐고, 그것은 김택 역시 다르지 않았다. 허나, 이것이 상대의 가장 차가운 얼굴임을 두 사람은 잘 알고 있었다.

세자시강원에서는 선이 신흥복 사건의 특검 기록을 살피고 있었고, 간밤의 이야기를 전해들은 채제공이 기함한 채 되물었다.

"허정운 또한 살해되었다 하셨습니까?"

선은 무겁게 고개를 끄덕이고는 채제공에게 명부를 건네며 운을 떼었다.

"당시 특검에 참가했던 관원들 명부야. 변종인, 민우섭 이 두 명의 종사관부터 은밀히 내사해. 이 수사는 보안이 생명이야. 그대 외엔 그 누구도 이 사실을 알아선 아니 되네."

"알겠습니다. 헌데…… 참으로 납득할 수가 없군요. 대체 어떤 간 큰 놈이 저하를 상대로 이렇듯 엄청난 사기극을 벌일 수 있단 말입니까."

"적어도 종이품 포도대장 정도는 마음대로 주무를 수 있는 자겠지."

채제공의 얼굴에는 깊은 수심이 내려앉았고, 선 역시 복잡다단한 듯 한숨을 내쉬었다.

그때 대전 내관이 들어와 선을 찾았다. 선이 부용정으로 갔을 때 그곳에서는 연희가 벌어지고 있었다.

"왜 그러고 섰어. 이리 와 앉아."

부왕의 말에 선은 적당한 곳에 자리를 잡고 앉았다.

"포도대장 홍계희에게 아비를 대신하여 어사주 한 잔 부어주라고 불렀어. 이 사람 이거 단단히 틀어진 모양이야."

"틀어……지다니요?"

"사직소 하나 달랑 들고 와 낙향을 윤허해달라고 아주 생떼를 쓰고 있어."

왕이 홍계희를 흘긋 보며 그리 말했고, 선은 애써 담담히 홍계희를 바라보았다.

"저하의 명으로 특검을 맡아 왕실의 명예를 지키고자 동분서주하였으나 소신의 미거함으로 인해 의혹과 불신을 자초하고 말았으니, 공무를 감당할 자질이 없다 판단하였을 뿐이옵니다."

선의 얼굴 위로 보일 듯 말 듯 쓴 미소가 걸렸다.

"선아, 홍계희 병조판서 만들어줘. 이자도 이젠 판서 한 번 할 때 됐어. 일단 어사주 한 잔 내려. 충심을 몰라준 주군을 용서하라, 사과하는 뜻에서 말이야. 이만 일로 이렇듯 유능한 신하를 잃을 수는 없는 일 아니냐."

선이 지그시 이를 악물었으나 왕은 채근해왔고, 홍계희가 슬쩍 고개를 들었다. 그 얼굴에 비웃음이 스쳤고 선의 입술이 작게 떨렸다. '수사 결과에 대한 확신이 있습니다' '좌포청이 조직적으로 개입했다는 증좌입니다' '이 아이가 저하께서 간절히 찾고 계신 참고인이란 사실은 바로 지금, 이 자리에서 알았습니다' '저의 증언을 막기 위해 세책 단속 또한 감행한 듯 보입니다' 선의 머릿속에서 홍계희와 지담이 했던 말이 뒤엉켰다. 선은 어사주를 내리려는 듯 술병을 들었으나, 술병은 홍계희의 잔이 아닌 기둥에 부딪혀 깨어졌다. 사방으로 사금파리들이 튀었고, 선은 술상마저 엎어버린 채 홍계희에게 달려들었다. 홍계희가 손 써볼 틈도 없이 그 목을 짓밟은 선에게 격노한 왕의 호령이 이어졌다. 허나 선은 아랑곳하지 않고 홍계희의 목을 짓밟은 발에 힘을 주었다.

"죽어라 이놈. 죄 없는 백성을 핍박하고 사지로 몰아넣은 죄를 내 기필코 죽음으로 묻고야 말 것이야."

5

"아비의 명을 듣지 못하였느냐."

부왕의 목소리에 선은 아득한 상념에서 벗어났다. 술상은 멀쩡했고, 비웃음을 머금은 홍계희 역시 그대로였다.

"무얼 주저하는 게야. 어사주조차 내릴 수 없다는 게냐."

"그럴 리가 있겠습니까. 포도대장같이 유능한 신하를 잃지 않을 수만 있다면 열 잔이라도 내려야지요. 받으세요, 영감. 아니, 이젠 대감이라 불러드려야 하나요."

"저하, 그 무슨 망극하신 분부십니까."

"병판으로 제수하는 교지, 내 친히 써드리지요. 그러니 이 사람의 부덕을 널리 헤아려주십시오."

"성은이 망극하옵니다, 저하."

선이 미소 띤 얼굴로 왕을 보았고, 왕 역시 미소 지은 채 고개를 끄덕였다. 선은 부용정을 떠나는 그 순간까지 얼굴에서 미소를 잃지 않았고, 그런 선의 모습에 왕과 홍계희는 제법이라는 듯 무언의 눈빛을 마주했다. 허나, 부용정을 벗어나기가 무섭게 선의 얼굴은 차갑게 굳어졌다. 선은 분기를 누그러뜨린 채 세자시강원으로 향했고, 채제공에게 민우섭이 사직소를 낸 연유가 무엇인지 물었다.

"자세한 내막은 더 알아봐야겠으나 신흥복 사건 처리를 두고 포도대장과 분란이 있었던 것은 분명한 듯 보입니다."

"분란이라니?"

"익명서에 제보된 내용을 제대로 수사해야 한다 강하게 주장하였으나 묵살당했다 합니다."

그리고 보니 특검에 대한 압수수색을 하던 날, 민우섭은 그 자리에 없었다. 채제공은 민우섭이 선이 부르기 직전 좌포청을 빠져나갔음을 고했다.

"빠져나가다니 무슨 연유로?"

"직속 부하는 부친이 위독한 걸로 알고 있더군요."

민우섭의 부친이 누군지 묻는 선에게 채제공은 부제학 민백상의 이름을 전했다.

"지난 수일간 아주 강건하게 빈청과 편전을 종횡무진 오간 그 민백상 말입니다."

채제공이 비꼬듯 말하였고, 선 역시 기가 막힌 듯 헛웃음을 지었다.

"민백상조차 은폐에 가담을 했다면 노론이 이 사건의 배후일 수도 있다는 것인가."

"민우섭을 속히 불러보시는 것이 어떻습니까. 불러다 제대로 심문을 하세요. 그래야 이 사건의 배후에 부제학 민백상이 있는지, 혹 노론 전체가 개입된 건 아닌지."

"아니, 아직은 아니야. 좀 더 신중할 필요가 있어. 섣불리 움직였다간 저쪽에 준비할 시간만 벌어줄 수도 있을 것이니 말이야."

선이 자신이 가진 패와 저쪽이 지녔을 패를 헤아리느라 골몰하고 있을 그 무렵, 부용재에서는 주안상을 앞에 둔 채 한담이 이어지고 있었다. 김택을 중심으로 노론의 주요 인사들이 자리를 채워 앉았고, 그때 문이 열리며 운심이 방 안으로 들어섰다.

"대감…… 오셨습니다."

운심의 뒤로 모습을 보인 것은 홍계희였다. 김택이 환히 웃으며 그를 맞았다.

"아이쿠…… 이거 주인공이 오셨구먼."

홍봉한이 일어나 자리를 만들어주었고, 홍계희는 그가 만들어준 자리에 앉았다. 민백상 역시 승차를 축하한다 말을 건넸고, 홍계희는 덤덤히 그 인사를 받았다.

"진즉이 이리 되었어야지. 뼛속부터 노론인 사람이 어찌 그리 오래 방황을 해."

김상로의 말에 홍계희가 겸연쩍은 듯 웃었고, 그를 흐뭇하게 바라보던 김택이 운을 떼었다.

"이제 홍 판서처럼 유능한 사람이 병판의 자리에 올랐으니, 골치 아픈 문제가 일사천리로 해결이 나겠구먼."

김택의 말이 선뜻 와 닿지 않는 듯 홍계희가 그를 쳐다보았다.

"우린 균역법에 대한 전면 개정을 원하네. 폐지를 하면 더욱 좋고."

"균역법은 탕평책과 더불어 전하께서 필생의 대업으로 삼고자 하는 중대삽니다."

"군주의 실책을 바로잡는 것도 신하된 자의 마땅한 도릴세. 균역법은 개국 이래 최고의 악법임을 모르는가. 반상에 차등을 두는 것은 개국 이래 사백 년간 계속되어온 이 나라 조선의 전통이고 질서야. 그 질서를 바로잡는 것은 이제 자네 손에 달렸네."

김택은 홍계희 같은 부류를 잘 알고 있었다. 원리원칙과 질서, 그것이 최우선이었고 조금이라도 그 질서가 무너지고 어그러지는 것을 참지 못했다. 또한 그 무엇도 절대 매수할 수 없으나, 책임감을 심어주고 신의로 못 박으면 옴짝달싹 못한다는 것도.

※ ※ ※

"지금 뭐라 했나. 균역법을 뭐가 어쩌고 어째."

신치운의 이야기를 듣던 박문수가 자리에서 벌떡 일어났다.

"노론에서 폐지를 추진할 모양입니다."

"어림없어. 전하께서 균역법에 얼마나 공을 들이셨는데."

"허면 시행을 앞둔 이 엄중한 시국에, 갑자기 병판을 갈아치운 연유가 무엇이란 말입니까."

이런 일이 올 줄 몰랐던 것은 아니었으나, 알고 맞는 매라 하여 아프지 않을 리 없었다. 박문수는 분기를 삼킨 채 동온돌로 걸음 했다.

"균역법을 흔든다. 자넨 김택이 그렇게 나올 줄 몰랐는가?"

"다음은 이조전랑 통천권을 달라 할 것입니다. 그 다음은 한림 회천권40을 요구하겠지요."

"아, 달라는데 줘야지."

기가 막힌 듯, 왕을 보던 박문수가 이 나라 조선이 노론만의 나라가 되길 원하느냐 물었다.

"과인이 원하는 바가 뭔지 몰라? 몰라서 그 따위 망발을 일삼는 게야. …… 그리 억울하고 안타까우면 십 년 전, 일을 좀 제대로 처리하지 그랬나. 그때 맹의만 제대로 없앴어도 오늘과 같은 일은 일어나지 않았을 것이 아닌가."

박문수는 헛헛한 얼굴로 십 년 전, 왕과 마주했던 그 밤을 떠올렸다.

왕은 탕탕평평한 조정을 원했고, 그러자면 자신의 발목을 잡고 늘어지는 족쇄, 맹의부터 제거해야 했다. 곪은 상처를 치료하자면 흉하고 괴로워도 그를 찢고 실체를 드러내야만 했다. 왕은 박문수를 불러 이십 년 전, 후계를 약속하는 위험천만한 문서에 수결을 했노라 털어놓았다.

---

40. 이조전랑 통천권, 한림 회천권 : 조선시대 관직에 대한 인사권.

"권좌가 탐나서 수결을 한 것이 아니야. 권좌가 없으면 목숨을 부지할 수가 없어서…… 그래서 하는 수 없이 수결을 한 게야. 왕세제 시절 과인이 얼마나 모질고 가파른 시간을 감내해왔는지 그대가 누구보다 잘 알고 있지 않은가."

왕은 용상에서 내려와 박문수 앞에 꿇어앉듯 앉으며 간절히 청했다.

"이봐, 문수…… 그대의 손으로 부디 맹의를 찾아주게. 찾아서 기필코 없애야 돼. 그래야 탕평한 조정이 있고 탕평한 조정이 있어야 이 나라 조선에 태평성대가 또한 있음을 명심해야 할 것이야."

십 년 전 일이었으나, 흐느끼던 왕의 목소리는 마치 어젯밤에 들은 것처럼 귓가에 또렷했다. 박문수는 아득한 상념을 떨쳐내며 운을 떼었다.

"맹의를 찾기 위해 소신이 할 수 있는 일은 다 했습니다. 백방으로 탐문하여 저 간 큰 자들이 승정원 한복판에 맹의를 봉인했음을 알아내 고하지 않았는지요. 허나, 소신은 맹의를 없애는 것에는 동의한 바 없습니다. 그럼에도 그날 밤, 소신이 전하께 맹의가 승정원에 봉인되어 있음을 고한 그 밤, 원인 모를 화재가 발생했습니다."

박문수는 다시 생각해도 괴로운 그 밤을 떠올렸다.

"과연 누가 승정원에 불을 질렀을까요. 승정원 전체를 모두 태워서라도 맹의를 없애고 싶은 욕망이 불러온 화가 아니겠습니까."

"승정원 화재는 방화가 아니라 실화야. 이미 십 년 전 사실 관계가 확인된 일 아닌가."

"언제까지 손바닥으로 하늘을 가리려 하십니까."

"닥치지 못할까!"

"신흥복, 허정운…… 십 년이 지난 지금, 또다시 두 명이 목숨을 잃었습니다. 그 넌덜머리나는 맹의 때문에 말이지요."

분기를 추스른 왕은 십 년 전 그때처럼, 박문수 앞에 꿇어앉듯 앉으며 그의 손을 잡았다.

"그러니까 지금이라도 늦지 않았어. 그대의 손으로 맹의를 찾아주게. 찾아서 이번에야말로 확실히 없애버려."

"허면 이번엔 또 얼마나 많은 사람이 죽어야 합니까. 승정원이 불타고 사백 년간 쌓여온 역사가 불타고 그로 인해 관원들과 궁인들이 목숨을 잃었습니다."

왕이 서늘해진 시선으로 박문수를 보았으나, 그는 그 눈을 피하지 않았다.

"이건…… 해법이 아닙니다. 맹의가 발목을 잡아 이 나라 정사가 단 한 걸음도 앞으로 나갈 수 없다 해도 그토록 무모한 방식은 해법이 될 수 없는 일입니다. 십 년 전에도, 또한 오늘에도 말이지요."

왕이 박문수의 손을 휙 놓으며 서늘한 눈빛으로 물었다.

"반성 없는 권력은 희망도 미래도 없다고 했던가. 그래 좋아. 그대가 말하는 반성은 도대체 어떻게 하는 거야? 세자에게 권좌라도 물려줄까? 허면 그놈이, 그 부실한 놈이 대체 뭘 할 수가 있어. 저 악귀 같은 놈들을 상대로 제대로 싸워볼 수나 있을까. 그러다 엉뚱한 놈 손에 권좌가 떨어지기라도 하면 그땐 어쩔 거야. 자네가 책임질 수 있나?"

박문수는 권좌보다 중요한 것이 이 나라 정사를 바로잡는 일이라 항변했으나, 왕은 권좌가 자신의 손에 있어야 정사를 바로잡을 수 있다고 응수했다.

"그것도 아주 강력하고 튼실한 상태로 이 손 안에 있어야 돼. 그래야 이 나라에 희망도 있고 미래도 있는 게야."

완강한 왕의 어심에 박문수는 마치 단단한 벽 앞에 선 듯 막막했다. 캄캄한 저 밖의 어둠보다도 이 나라 조선의 미래가 더 암담하게 느껴졌다.

❀ ❀ ❀

"확인이라니요? 서고에서 뭘?"

선이 왕실 서고 안으로 들어섰고, 그 뒤를 채제공이 따르며 물었다. 선은 말없이 궤를 꺼내 서탁 위에 쏟고는 그중 서신과 유서를 찾으며 중얼거렸다.

"허정운이 위증을 한 것이 분명하다면…… 허면, 이 서신과 유서는 대체 어찌 된 것일까."

"저하께서 신흥복의 필체와 똑같다고 하지 않으셨습니까."

서신과 유서의 필체를 뚫어져라 살피던 선이 뭔가에 생각이 미친 듯 서고를 나섰다. 그 일각, 서고 쪽으로 다가오던 강필재는 서고에서 나오는 선과 채제공을 보고 황급히 몸을 숨겼다. 그들이 사라지자마자 서고로 들어선 강필재가 서신과 유서를 찾았으나 이미 궤는 비어져 있었다. 난색을 짓던 그는 그 길로 김택의 사랑을 찾았다.

"서신과 유서가 사라지다니?"

"소인이 서고로 들기 직전 세자가 서고에서 나온 것으로 보아."

"동궁전에서 가져갔다는 게야?"

김택이 눈을 가늘게 뜨며 혹 동궁전에서 뭔가 새로운 정보를 얻어낸 것이 아닐까 의심했으나, 강필재는 허정운까지 죽고 없는 마당에 어디서 누굴 통해 정보를 얻겠냐며 일축했다.

"계집은 어찌 되었어? 아직도 찾질 못한 겐가?"

"계집을 의심하십니까?"

"어느 구름에 비가 들었을지 어찌 알아."

김택은 일단 동궁전을 보다 주밀히 살피라 일렀다.

"우리의 행보를 막으려는 자가 있다면 그게 누구든 제거해야 할 것이니 말이야."

강필재가 고개를 숙였고, 김택은 불길한 예감에 미간을 살짝 찌푸렸다.

"이리 오너라아~ 이리 오너라아."

대문 밖에서 들리는 익숙한 목소리에 설마 하며 나와본 지담은 선의 모습에 기함했다. 선은 당당히 대문 안으로 들어섰고, 그 뒤를 채제공이 따랐다. 놀란 가슴을 진정시키고, 뒤따라 들어온 지담이 선의 앞을 가로막고 섰다.

"이, 이게 무슨…… 오시는 길 가르쳐드렸잖아요."

"군자는 대로행이라 했다. 도적떼처럼 담 넘어 다니는 거 성미에 맞질 않아."

"하지만 아부지가 아시면 그나마 돕던 것도,"

"그대가 이 아이 아비 되는가?"

지담을 보던 선이 그녀 어깨 너머에 시선을 둔 채 그리 물었다. 지담이 화들짝 놀라 뒤돌아봤을 때, 그곳에는 서균이 서 있었다. 선이 서균과 따로 얘기를 나누었음 했고, 서균은 지담의 아지토로 그를 안내했다.

"비밀……수사관이라 하셨습니까?"

"그대의 여식은 뛰어난 소설가이기도 하지만, 수사관으로서의 자질 또한 훌륭해 보이거든. 내 그 귀한 재주를 좀 얻어 쓰고자 하는데 허락해줄 수 있겠는가?"

"낭중지추, 주머니 속 송곳 같은 아이라 늘 걱정스럽고 두렵기는 했으나 계집이니까, 계집인데 제 놈이 할 수 있는 일이 뭐 그리 대단히 있을까 싶어 안심을 했더랬습니다."

딸의 재주를 알면서도 딸이기에, 계집이기에, 그 재주는 그대로 묻힐 거라 씁쓸한 위안을 했었다.

"저는 지담이 아닙니다. 자식의 재주가 아무리 출중해도, 또 저하께서 아무리 귀히 쓰겠다 하셔도 자식을 험지로 내몰고 싶지 않습니다."

선은 씁쓸한 미소를 지었다. 지담이 욕심나기는 하나, 자신의 욕심만으로 그에게 무리한 요구를 할 수는 없는 일이었다. 밖에서 서성이던 지담 역시 한숨을 배어 물었다.

"허나…… 사람으로, 그저 사람답게 살겠다는 자식의 뜻을 꺾고 만데서야 부모랄 수도, 사람이랄 수도 없는 노릇이니…… 어찌 막을 수가 없겠군요."

지담의 뜻과 그녀가 가진 재주와 재능을 누구보다 잘 알면서 언제까지고 숨기고 감춰둘 수만은 없는 일이었다. 춘월의 방을 나와 툇마루에서 지담이 보인 자책과 무기력함 또한 다시는 보고 싶지 않았다.

"여식의 안전은 너무 심려치 말게. 지담이 그 아인 책임지고 내 손으로 지켜낼 것이니 말일세."

선은 서균의 결심이 얼마나 어렵고 대단한 것인지, 또 얼마나 고마운 것인지 잘 알고 있었다. 또한 더 이상 지담은 물론 그 어떤 누구도 헛되이 목숨을 잃는 일 따위는 없어야 했다.

서균이 선을 미덥게 바라보던 그 무렵, 장 내관은 그 선 때문에 혜경궁의 못마땅한 시선을 받고 서 있었다. 혜경궁은 장 내관에게 선이 오늘 석강을 파한 연유를 물었으나 장 내관은 운조차 떼지 못했다.

"어찌 대답을 못하는 게야?"

"감환이 자심하신지라……."

"미행을 나가신 게 아니구?"

소원 문씨가 옆에서 톡 끼어들었다. 혜경궁이 그녀를 경계하며 예까지 어인 행보냐 물었고, 소원 문씨는 걱정이 되어 나와봤다며 운을 떼었다.

"듣자니 저하께서 이즈음 궁 밖 출입이 잦으시다던데…… 어디 안 좋은 곳이라도 출입하시는 것은 아닌지…… 일이 더 커지기 전에 웃전께 고해 조치를 취하는 것은 어떻습니까."

"저하께서 감환으로 옥체 미령하시다 한 말을 듣지 못하신 겝니까. 공연히 넘겨짚어 함부로 모함하지 마세요. 태중에 있는 아기씨께 해롭습니다."

"이것 보세요, 빈궁."

"빈궁마마! 소원은 정사품, 빈궁은 정일품. 생각시로 들어와 나인으로 잔뼈가 굵은 소원께서 내명부 품계를 망각하시다니요."

혜경궁의 엄한 꾸지람에 소원 문씨가 움찔했고, 혜경궁은 오금을 박듯 말을 이었다.

"궁살이 오래오래 하고 싶으면 이리 동궁전이나 기웃거리실 시각에 법도라도 한 자 더 익혀두시는 것이 어떻습니까."

소원 문씨는 분기에 파르르 떨며 혜경궁을 노려보았으나 그 이상 더 할 수 있는 것은 없었다. 그 길로 동온돌로 달려가 혜경궁과 있었던 일을 고해 바쳤고, 왕이 껄껄 웃음을 터뜨렸다.

"그러게, 이기지도 못할 거…… 깍쟁이한테 덤비긴 왜 덤비누."

"이기지 못하다니요. 전하만 계시면 신첩은 천하무적이옵니다."

"천하무적?"

"아무 때나 세자를 오라 가라 하실 수 있는 분은 오직 전하 한 분뿐이시옵니다. 하오니 지금 당장 이리로 세자를 불러주시어요. 당장 부르라 명을 하오리까?"

"……싫다."

"전하께옵서도 빈궁의 편이십니까? 신첩이 억지를 부리고 있다, 그리 여기십니까?"

"아니…… 허나, 지금은 때가 아니야."

왕이 묘한 미소를 지었으나 그도 잠시 그 눈빛은 서서히 싸늘해졌다.

❀ ❀ ❀

"동궁전의 행보가 수상하다니요?"

홍봉한의 물음에 혜경궁은 지난밤 동궁전으로 낯선 계집이 들었음을 알렸다. 홍봉한이 혜경궁을 마뜩잖게 보았다.

"투기는 금물입니다, 마마."

투기라니, 당치 않았다. 기가 막힌 듯 혜경궁이 뭐라 받아치려 했으나, 홍봉한이 먼저였다.

"저하의 연치 어느새 약관. 물론 보위에 오르시기 전에 후궁을 보시는 것이 권할 일은 아닙니다만, 마마께서 갑론을박 하실 일도 아니지요."

"궁인들 중 후궁을 보고자 하신다면…… 쌍수 들어 환영이야 못 하겠으나 적어도 이리 걱정을 하진 않을 것입니다."

"설마 저하께서 근본 모를 계집을 궁 안으로……"

"소원 문씨까지 냄새를 맡은 듯하니, 이제 웃전이 아시는 것은 시간문젭니다."

홍봉한 역시 심각성을 깨달은 듯 낯빛이 어두워졌다. 혜경궁이 믿을 만한 자들을 물색해달라 청했고, 홍봉한은 고개를 끄덕였다.

선은 지담과 함께 있었으나, 혜경궁이 의심하는 것과는 전혀 다른 일을 하고 있었다. 지담이 서신 하나를 집어든 채 돋보기로 면밀히 살피고 있었고, 선은 숨죽인 채 그녀를 보았다. 한참 들여다보던 지담이 서신을 내려놓으면 운을 떼었다.

"이거 위서네요, 위서. 솜씨 좋은 모필가가 조작을 한 겝니다."

"모필가라는 게 진짜 있는 게냐? 네 이야기책에만 나오는 것이 아니고?"

"이거 왜 이러십니까. 제 소설은 탄탄한 취재가 생명입니다, 생명."

채제공이 서고에서 가져온, 홍복이 이 년 전에 썼다는 서신을 집어들며 물었다.

"허면 이것은 어찌 된 것이냐? 위서라면 단 시간에 조작되었을 것이 분명한데…… 이 같은 세월의 흔적을 어찌 만들어낼 수 있단 말이냐."

"궁금하십니까?"

선과 채제공이 고개를 끄덕였고, 지담은 쉬운 일은 아니나 불가능한 일도 아니라고 답했다. 지담은 물이 담긴 놋대야에 붉은 가루를 타고는 흰 종이를 대야에 담갔다. 종이의 색깔이 조금씩 변해갈 즈음, 지담은 그를 건져내어 줄에 매달았다. 시간이 흐름에 따라 종이는 세월의 흔적이 얼핏 묻은 듯 빛바랜 종이로 변했고, 지담은 그 종이를 서탁에 놓았다. 채제공이 서고에서 가져왔던 서신을 곁에 놓고 면밀히 살폈다.

"저야 뭐, 전문가가 아니니 꾼들이 보면 금세 탄로가 날 겁니다. 허나 이쪽은 솜씨가 보통이 아니에요. 의심을 갖고 살폈으니 추정을 하는 거지, 이 정도면 웬만한 전문가도 알아보긴 힘들 것입니다."

"모필가를 찾아야 돼. 그가 범인을 잡을 수 있는 열쇠를 쥐고 있어."

"도성 안에 이 정도 솜씨를 가진 자는 셋뿐입니다. 물론 제가 알고 있는 범위 내에서지만."

"그들이 누구냐. 속히 말해보거라."

"춘화쟁이 방응모, 훈장질 하는 소첨지, 날품팔이꾼 천승세. 이렇게 세 사람."

"잠깐, 지금 천승세라 했느냐?"

그리 묻는 선의 눈빛이 흔들렸다. 최근 들어본 적 있는, 아니 본

적 있는 이름이었다. 잠시 골똘히 최근의 일을 곱씹던 선은 목격자 진술조서를 떠올렸다. 분명 날품팔이꾼 천승세라는 이름과 함께 그 밑에 찍힌 거친 손도장이 있었다. 얼굴까지는 또렷이 기억하지 못했으나, 일전에 주모, 능참봉 서직수와 함께 궁으로 와 조사를 받았던 것은 분명했다. 홍복이 어정으로 가는 것을 보았다고 증언한 목격자 가운데 천승세가 있었던 것이다.

"천승세를 찾아야 돼. 그자에게 범인을 잡을 열쇠가 있어."

채제공과 지담이 긴장 어린 얼굴로 선을 보았다.

저잣거리의 후미진 골목 안으로 술에 취한 채 비틀대며 걸어오는 사내가 있었다. 천승세였다. 그는 어느 집 담벼락에 서서 오줌을 누었고, 그런 천승세 옆으로 다른 취객 하나, 아니 취객으로 가장한 강필재가 다가섰다.

"당분간 술 마시지 말라고 했지."

강필재의 서늘한 목소리에 천승세가 긴장한 채 그를 보았다.

"아무래도 감이 안 좋아. 문제가 될 만한 증거, 모두 없애버리고 바로 도성 떠. 어디 가서 달포쯤 숨어 있어. 조용해지면 다시 기별을 할 테니까."

강필재는 바지춤을 추스르는 척하며 골목을 빠져나갔고, 천승세 역시 술이 확 깬 듯 빠르게 바지춤을 수습하고는 잰걸음을 옮겼다.

※ ※ ※

신치운의 집 사랑채 기둥에 화살 하나가 빠르게 날아와 꽂혔다. 기척에 나와본 신치운은 기둥에 박힌 화살을 보고 눈이 휘둥그레졌다. 주위를 살핀 후 화살을 뽑아 종이를 펼쳤다. 충격을 받은 듯 잠시 굳어 있던 그는 박문수의 집으로 향했다.

"맹의라 했나, 지금."

"역시…… 알고 계셨습니다. 헌데 어찌, 어찌하여 소직 등에게 숨기신 갭니까."

박문수는 신치운에게 그리 감정적으로 대처할 일이 아니라 하였으나 신치운은 더 발끈했다.

"감정적이라니요. 무신년 억울하게 죽어간 동지들의 원혼을 생각하셔야지요."

"이 사람아."

"맹의, 기필코 손에 넣을 것입니다. 손에 넣어, 피의 복수를 시작할 것입니다."

사세는 그야말로 일촉즉발로 흐르고 있었다. 박문수는 곧 불어닥칠 피비린내 나는 전쟁이 두려운 듯 눈을 질끈 감았다.

신치운이 돌아간 후, 얼마 지나지 않아 박문수의 집으로 나철주의 수하 장삼이 찾아왔다. 장삼은 나철주가 보행객주로 와주셨음 한다는 말을 전했고, 박문수는 광통교로 향했다. 나철주는 장삼과 이사를 시켜 알아본 바, 이번 일에 서방의 검계, 그중에서도 실질적인 수장인 그림자가 깊숙이 관련되어 있는 것 같다 전했다.
"이 모든 연쇄살인의 주범이기도 하겠지."
"그림자만 잡으면 배후를 밝히는 것 또한 어렵지 않겠지요. 문제는 그림자의 얼굴을 아는 자가 거의 없다는 겁니다. 딱 한 놈, 아무 때나 그림자를 만날 수 있는 놈이 있는데, 천승세라고…… 날품팔이꾼 행세를 하고 있으나 변신의 귀재인데다가 도성 최고의 모필갑니다."
"모필가 천승세라…… 소재는 파악됐고?"
나철주는 고개를 끄덕였고, 두 사람은 보행객주를 나서 천승세의 집으로 향했다.
천승세의 집으로 향하고 있는 것은 그들만이 아니었다. 이미 상단 객줏집을 수소문해 천승세의 집을 알아낸 지담, 선, 채제공 역시 천승세를 찾아가고 있었고, 또 한 사람, 강필재 역시 천승세를 쫓고 있었다. 증거가 될 만한 것들을 모두 불태운 후, 간단한 짐을 꾸려 나오는 천승세 앞을 채제공이 막아섰다. 뒷걸음질 치던 천승세가 등을 휙 돌렸으나 그 앞에는 선이 가로 막고 있었다. 앞뒤로 막힌 형국에 난감해하던 천승세가 순간 봇짐 안을 뒤적거리더니 허공에 암기를 뿌렸다. 아슬아슬하게 피한 선이 돌아서는 순간, 천승세가 낫을 들고 선에게 달려들었다. 가까스로 피했으나 천승세는 연이어 선을 공격해왔다. 방어하며 천승세의 허점을 찾던 선은 한순간에 천승세의 등 쪽으로 가 그의 팔을 잡아 비틀었다. 그 바람에 천승세가 쥐고 있던 낫이 툭 떨어졌고, 지담은 그가 다시 줍지 못하게 발로 치워버렸다. 그 순간, 선은 묘한 기척에 숨을 멈추었다. 누군가 다가오는 소리가 들렸으나, 땅을 차며 오는 소리는 아니었다.

"엎드려!"

그리 말한 선이 지담을 제 품으로 끌어당겨 안은 채 바닥을 뒹굴었다. 허나, 허공에서 날아온 암기에 선의 오른쪽 팔이 거칠게 쓸리며 피가 튀었다. 지담의 얼굴이 새파랗게 질렸다.

"저하!"

그 틈에 천승세가 달아나려던 순간, 날아온 화살이 그의 가슴에 꽂혔다. 선은 자객의 시야를 가릴 수 있는 벽 쪽으로 지담과 채제공을 밀어붙였고, 천승세까지 안전한 곳으로 피신시켰다.

"누구냐…… 널 노린 자가 누구야?"

"가……앙……."

이미 피를 많이 쏟은 데다 고통이 극심한 듯 천승세의 눈빛은 불안하게 흔들렸고, 입술을 달싹이는 것조차 힘겨워 보였다.

"대답을 해!"

선이 채근했으나 천승세의 목소리는 점점 잦아들었다. 선이 그를 놓치지 않으려는 듯 천승세에게 더 바짝 다가갔다.

"강? 허면 이름은…… 이름은 어찌 되느냐?"

이름을 말할 듯 입을 달싹거리던 순간, 다시 화살이 날아들었다. 때마침 박문수와 나철주가 그곳에 도착했으나 이미 시위를 떠난 화살을 막아 세울 방도는 없었다. 선이 살기에 뒤를 돌아보았고, 화살은 선을 아슬아슬하게 빗겨 천승세의 가슴에 꽂혔다. 자객의 위치를 확인한 나철주가 은밀히 그를 쫓았고, 박문수 역시 어디론가 바삐 걸음을 움직였다.

선이 천승세를 흔들었고, 채제공과 지담은 선의 곁으로 달려왔다. 강필재가 지담을 겨냥해 활시위를 잡아당기던 순간, 어디선가 날아온 암기에 팽팽히 당겨진 시위가 툭 끊어졌다. 복면을 쓴 강필재가 신경질적으로 고개를 돌렸을 때, 그의 눈앞에 나철주가 버티고 서 있었다. 성가시게 됐다는 듯 강필재가 도망치려 했으나, 나철주는 어느새 그 앞을 가로막았다. 강필재와 나철주, 두 사람은 누가 먼저랄 것도 없이 칼을 빼어들었다. 강한 금속음을 내며 허공에서 두 사람의 검이 만났다. 일진일퇴, 승패를 가늠할 수 없는 접전에 접전이 이어졌다. 강필재가 잠시 균형을 잃자 나철주는 그 틈을 놓치지 않고 파고들었다. 그 서슬에 강필재의 복면이 찢어졌고, 얼굴이 드러나려는 찰나 강필재는 필사적으로 도망쳤다. 그 뒤를 나철주가 쫓았으나 골목을 돌아든 순간, 강필재는 사라지고 그가 떨어뜨리고 간 복면만이 바닥에 놓여 있었다. 복면을 집어든 나철주의 손 위로 피가 묻어났다. 상대는 얼굴 쪽에 부상을 당한 것이 분명했다.

그 시각, 숨이 끊어진 채 축 늘어진 천승세를 놓고 일어서려던 선이 저편에 떨어져 있는 화살에 멈칫했다. 그는 채제공에게 불발된 화살을 증거물로 보관하라 이르고는 걸음을 옮겼다. 그런 선의 앞을 채제공이 막아섰다.

"저하."

"범인을 쫓아야 돼."

"안 됩니다. 속히 환궁하여 시료를 받으셔야 합니다."

암기를 맞은 부위에 출혈이 멎지 않아 도포는 이미 흥건히 젖어 있었다. 채제공이 자신의 술띠를 풀어 선의 팔을 지혈하였다.

"일단 인근 사가로 피신을 하시지요. 속히 익위사를 불러 시위케 할 것입니다."

지담 역시 채제공의 의견에 동조하듯 고개를 끄덕였다. 선은 잠시 망설였으나 이대로 범인을 놓칠 수 없었기에 채제공에게 지담을 지켜달라 부탁하고는 자객이 사라진 방향으로 달려갔다. 채제공과 지담이 선의 뒤를 쫓았다. 자객의 뒤를 쫓아 들어온 길에서 선은 나철주와 마주쳤다. 선이 얼떨떨해하며 어쩐 일인지 물었으나, 나철주는 선뜻 답하지 못했다. 그 모습이 선에게는 더더욱 의심스럽게 비쳤다. 나철주 역시 이 이상 시간을 끌었다간 의심만 더할 거란 걸 알았기에 운을 떼었다.

"지나던 중 우연히 자객을 목격한지라…… 저하께서 당하신 줄은 몰랐군요."

"그대 역시 자객을 놓친 모양이군."

여전히 의심스러운 듯한 눈빛으로 선이 중얼거렸고, 그때 선을 뒤쫓아온 지담과 채제공이 다가섰다. 지담 역시 선이 그러했듯 나철주를 보고 의아한 듯 물었다.

"두목. 두목이 여기는 어쩐 일로."

"우연히 지나던 길에 우릴 봤다는군."

선의 대답에 지담 역시 석연치 않은 얼굴로 고개를 끄덕였다. 선이 나철주를 물끄러미 보며 자객과 합을 겨루었느냐 물었고, 나철주는 그러하다 답했다.

"합을 겨루던 중 그댈 따돌렸다면 저쪽 역시 상당한 고수일 가능성이 있겠군."

나철주가 만만한 자는 아니었다 답했고, 선은 자객에게 뭔가 특이한 점은 없었는지 물었다.

"특이한 점은 없고⋯⋯ 저쪽이 부상을 입었습니다."

나철주가 주운 복면을 선에게 내밀었고, 선은 그것을 받아들어 살폈다.

"왼쪽 눈 옆으로 자상이 남았을 것입니다."

"본의 아니게 만날 때마다 은혜를 입는군. 고마우이."

나철주가 정중히 예를 갖추었고, 선은 걸음을 돌려세웠다. 그 뒤를 채제공이 따랐으나, 지담은 나철주에게 정말 우연이냐 나지막이 따져 물었다. 지담이 그리 묻는 연유를 모르는 바 아니었으나 나철주는 말을 아꼈다.

"이곳 칠패는 서방의 구역이야. 동방의 수장이 적진을 우연히 지나가? 날더러 그걸 믿으라구?"

나철주가 뭐라 하려던 그때, 선이 지담 쪽을 흘긋 돌아보았다. 그와 눈이 마주친 지담이 잠시 망설이다 운을 떼었다.

"지금은 시간 없으니까 나중에 얘기해."

지담은 서둘러 선과 채제공이 있는 곳으로 걸음을 옮겼고, 그를 바라보는 나철주의 얼굴에는 그늘이 드리웠다. 그 어느 일각, 박문수 역시 상처 입은 채 멀어져가는 선을 안타깝게 바라보았다.

지담이 선을 데리고 간 곳은 아지트였다. 그녀는 서탁 위에 화로와 면포, 청주 등을 차례로 내려놓았다. 채제공은 오늘 밤 일어난 일이 생각할수록 황망하고 분기마저 치솟는지 어찌할 바 모르고 이리저리 서성였다.

"어찌 이런 위험천만한…… 당장 환궁을 하세요. 환궁해서 내의원 입진入診을 받으셔야 합니다."

"입진 받으면 오늘 밤 나의 행적이 모두 노출돼. 허면 비밀수사, 더는 진행할 수 없어."

"수사…… 중단하시면 됩니다. 저하의 안전이 심각하게 위협을 받았습니다. 자객이 활을 한 치만 빗겨 잡았어도 이 나란 왕세자를 잃었을 것입니다."

채제공이 평소의 그답지 않게 펄쩍 뛰며 흥분을 감추지 못했으나, 지금 선에게 이깟 일은 아무것도 아니었다.

"홍복이 처소에서 화첩이 사라졌어. 사건 현장에선 세책이 사라졌구. 헌데 우린 그 연유조차 몰라. 오리무중으로 헤매다 간신히 천승세란 끈 하나 잡았어. 결정적 증좌를 건질 수도 있었지. 헌데……."

채제공이 눈앞에서 증좌를 날린 게 그리 분하냐 물었고, 선의 눈빛이 전에 없이 서늘해졌다.

"증좌보다 사람의 목숨을 날린 게 분해. 또 다른 목숨을 날릴까 그것이 두렵고!"

채제공이 주춤했고 선은 어지러운 마음을 추슬렀다.

"수사…… 중단 못해. 아니 안 해."

"저하……."

"우리가 세운 가설이 맞으면 어떻게 되는 거지. 신흥복과 허정운이 음모로 죽었고, 음모를 기획한 자들은 변종인, 민우섭 같은 하급 관원은 물론 종이품 포도대장조차 쉬이 움직일 수 있는 자들이라면……. 사람 목숨을 휴지 쪽만큼도 귀히 여기지 않는 자들이 빈청에 줄줄이 버티고 앉아 정치를 하고 있다는 거라고! 백성을 하늘로 알고 섬겨야 한다, 이런 공허한 문구 늘어놓겠다는 게 아냐. 적어도 백성의 목숨이 자신의 목숨만큼은 귀해야 되는 거 아닌가. 그래야 정치할 자격이라도 주어지는 거 아니냐고."

채제공의 눈빛이 흔들렸고, 그는 선을 바라보며 지담에게 말을 건넸다.

"시료, 실수 없이 잘할 수 있겠지?"

"최선을 다하겠습니다."

선이 팔에 묶은 술띠를 풀며 시작하라 일렀고, 채제공은 가위로 선의 옷을 찢어 상처 부위를 드러냈다. 생각보다 상처가 크고 깊어 지담이 멈칫했으나, 선은 괜찮다는 듯 고개를 끄덕여 보였다. 지담이 긴장감에 마른침을 삼키고는 상처 위로 청주를 부었다. 쓰라린 고통에 선이 미간을 찌푸렸고, 지담은 그런 그를 안쓰럽게 보았다. 채제공 역시 차마 볼 수 없어 시선을 돌렸고, 그의 눈에 서탁 위에 올려둔 자객의 복면이 들어왔다.

복면의 주인 강필재는 그 시각 김택의 사랑에 들어 있었다. 김택에게 오늘 밤에 있었던 일을 고했고, 굳은 얼굴의 김택이 그 계집이 확실하냐 물었다.

"틀림없었습니다."

"허면 천승세보다 먼저 계집을 없앴어야지."

"세자가 끼어드는 통에……."

일이 꼬인다는 듯 김택이 한숨을 내쉬었고, 강필재는 당장 세자의 수사를 막아달라 청했다.

"내놓고 하지도 않는 수사를 무슨 수로 막아."

"천승세까지 수사망을 좁혔다면 우리 서방이 드러나는 것은 시간문제. 허면 대감 또한 무사치는 못할 것입니다."

"침착해. 승산은 아직 우리 쪽에 있으니까."

강필재가 저쪽에는 범행 현장을 본 목격자가 있다 하였으나, 김택은 여전히 차분했다.

"허나 범인의 얼굴은 보지 못했지. 우리는 계집의 얼굴을 알고 있는데 말이야."

싸늘하게 중얼거리는 김택의 얼굴 위로 의미심장한 미소가 피어올랐다.

시료가 끝난 후 채제공이 피 묻은 면포 등을 들고 밖으로 나갔고, 지담은 선의 다친 팔에 면포를 감아주며 괜찮으냐 물었다.

"견딜 만하다."

그리 말하며 애써 미소를 짓는 선의 모습에 지담의 마음이 아려왔다. 선은 지담 쪽으로 돌아앉으며 운을 떼었다.

"여기까지다. 너는 여기까지로 충분해. 이 시각 이후 넌…… 수사에서 빠지는 것이 좋겠다."

"그래야죠."

선은 의외로 선선히 대답하는 그녀가 낯설어 물끄러미 쳐다보았다.

"우리 행적이 노출됐으면 다음 표적은 저일 가능성이 제일 높은데…… 빠져야죠. 안전을 위해 응당 빠져야 되구 말구요."

"긴 말이 필요 없어 좋구나. 허면,"

"허나, 수사를 위해선 빠질 수가 없습니다."

선의 얼굴 위로 황당함이 스쳤다.

"제가 미끼가 되겠습니다. 범인을 유인하기엔 그보다 좋은 방도는 없지요. 그러니……."

"고맙다. 진실을 위해 단신으로 궁으로 뛰어든 용기에도, 범인을 유인하겠다 한 용맹에도 감사한다. 허나 네 뜻을 받아줄 수는 없구나. 아무리 범인을 잡고 싶어도 그런 험지로 널 몰 순 없어."

"하오나 저하."

"더는 안 돼. 이제 더는…… 더는 아무도 잃고 싶지 않다. …… 도와줄 수 있겠지?"

간절한 선의 눈빛에 지담은 그 어떤 말도 할 수 없었다. 선은 그녀의 어깨를 가볍게 두드리고는 아지토를 나섰다. 그를 따라 나온 지담 앞에 묵연히 서 있는 서균과 채제공이 보였다. 선이 서균을 보며 운을 떼었다.

"환궁하는 대로 여식이 피신할 곳을 물색해보겠네."

"아닙니다. 여식은 소인이 돌보지요."

선이 마땅한 피신처라도 있는 것이냐 물었다.

"저하께서 모르시는 쪽이 여식의 안전을 위해 더 좋은 일이 아니겠습니까."

지담에게 무탈하라 이른 선은 중문 쪽으로 길을 잡았고, 채제공이 뒤를 따랐다. 그 뒷모습을 바라보는 지담의 눈에 아쉬움과 안타까움이 서렸다. 지담을 뒤로한 채 궁으로 향하는 길, 선의 얼굴에는 수심이 가득했고 채제공 또한 다르지 않았다. 선이 복잡한 생각을 풀어내듯 중얼거렸다.

"범인이 우리의 행적을 어찌 알았을까. 동궁전에 배신자가 있는 것인가."

"박문수 대감 또한 의심을 해봐야 하는 건 아니겠습니까."

"우부승지!"

"저와 지담이라는 아일 제외하고 저하의 수사 의지를 아는 이는 박문수 대감이 유일합니다. 그렇지 않습니까?"

"사부는 아니야. 그럴 분이 못 된다구."

그리 말하였으나 선의 마음 역시 흔들리고 있었다. 그 누구도 믿을 수 없고, 그 누구도 믿어서는 안 되는 이 현실이 선에게는 너무나도 가혹하기만 했다.

그 시각, 박문수는 자신의 집 사랑에서 나철주와 마주 앉아 있었다. 말조차 잊은 채 곰곰이 깊은 생각에 빠져 있던 박문수가 운을 떼었다.

"단지 그뿐일까. 천승세가 모필한 것이 오직 신흥복의 유서와 서신뿐일까. 만일 범인이 맹의를 넘기기 전에……."

천승세를 시켜 가짜 맹의를 만든 것은 아닐까. 아직은 심증에 불과했으나 불가능한 일도 아니었다. 맹의는 왕과 김택을 포함한 소수 노론 인사들, 소론 중에는 박문수를 제외하고는 비밀에 감춰진 문서였다. 헌데, 소론 신치운에게 그 맹의를 언급하며 접근한 자가 있었다. 만일 김택의 손에 들어간 맹의가 천승세의 손에서 만들어진 가짜라면, 진본은 따로 있는 것이 아닐까. 박문수의 심증대로 맹의의 진본은 강필재 손에 있었다. 맹의의 진본을 펴보며 강필재는 중얼거렸다.

"진짜 싸움은 이제부터인가."

강필재가 던진 미끼는 소론 출신의 대사간 신치운을 노리고 있었다. 일전에 그는 전언의 끝부분에 '맹의를 받고자 한다면 대문 왼편에 표식을 남기라' 하였고, 신치운은 대문을 열고 나와 대문 왼편에 주묵이 묻은 붓으로 '好'라는 표식을 남겼다. 반드시 맹의를 손에 넣어 무신년에 당한 치욕을 갚고 말겠다는 결기가 그 눈에 선했다.

맹의를 두고 소리 없는 전쟁이 막 시작됐을 그 무렵, 불기 없는 어두운 동궁전의 침전 안으로 선이 들어섰다. 그때 부싯돌 치는 소리가 어둠을 깨웠고, 침전 안이 밝아졌다. 선은 그 자리에 얼어붙은 듯 부싯돌 소리가 난 쪽을 쳐다보았다. 그곳에 부왕이 있었다.

"뭘 그리 놀래. 애비 얼굴 처음 봐."

어찌해야 할 바를 모른 채 굳어 있는 선에게 왕은 지붕 안 무너지니 이리 와 앉으라며 가벼운 농을 건넸다.

"어디서 오는 길이냐? 그 꼴은 또 뭐고?"

그리 묻던 왕의 눈에 선의 도포가 눈에 들어왔다. 핏자국이 선명히 남아 있는 도포는 그마저도 찢겨 있었고, 그 사이로 슬쩍 보이는 팔에는 면포가 둘러 있었다.

"어찌 된 일이야? 대체 어떤 놈이 국본을 이 지경으로 만든 게야?"

"별일…… 아니옵니다."

"별일이 아니야? 피를 그리 철철 흘리고 다니면서 별일이 아니긴 뭐가 별일이 아니라는 게야. 말을 해. 널 해한 자가 누구냐? 대체 어떤 간 큰 놈들이 일국의 국본을 건드려."

"그 답은 소자가 아니라 아바마마의 몫이옵니다."

선은 담담히 부왕을 위협하는 무리들이 누구인지 물었다.

"신홍복을 살해한 자들입니까? 그들이 무슨 연유로 아바마마를 위협하는 것입니까?"

왕이 대체 무슨 말이냐 물었으나, 선은 흔들림 없이 질문을 계속했다.

"아니라면 어찌하여 홍계희가 병판입니까? 홍계희를 병판으로 만들라 위협한 자들이 대체 누굽니까?"

"궁금하냐? 꼭 답을 들어야겠니?"

선이 여전히 흔들림 없는 눈으로 왕을 바라보았고, 잠시 망설이던 왕은 결심이 선 듯 옅은 한숨을 배어 물었다.

인경도 지난 깊은 밤. 모든 관아는 어둠에 잠겨 있었으나 병조만은 불야성처럼 밝았다. 참판에서 정랑, 좌랑의 하급관원까지 며칠 동안 철야 중인지라 부석한 얼굴에 간간이 졸고 있는 자들도 태반이었다. 허나 병판 홍계희만은 사모관대 하나 흐트러짐 없이 서탁은 물론 회의용 서탁 위까지 산더미처럼 쌓인 문서와 서책, 장계 등을 검토하고 있었다.

"경상좌수영에서 올린 장계와 전선의 숫자가 맞질 않아."

홍계희가 들고 있던 문서에 주묵으로 표시하며 이 정랑에게 장계를 찾아오라 일렀다. 이 정랑이 책장 쪽으로 돌아섰을 때, 문 쪽에서 누군가의 목소리가 들려왔다.

"열세 척."

홍계희는 자리에서 벌떡 일어섰고, 다른 관속들 역시 일제히 일어나 예를 갖추었다. 모습을 드러낸 자는 다름 아닌 임금이었고, 그 뒤를 선이 따라 들어왔다.

"부산포와 다대포 이들 첨사영에는 각각 전선 두 척, 병선 두 척, 귀선 한 척, 사후선이 네 척, 그 외 서평포와 두모포 등 일곱 개의 만호영엔 전선 한 척, 병선 한 척, 사후선 두 척씩을 보유하고 있는 바, 경상좌수영이 보유한 전선의 수는 모두 열세 척이라…… 보름 전 좌수사가 그리 장계를 올렸지. 헌데…… 거긴 뭐라 적혀 있나?"

"장계한 것보다 다섯 척이 더 적습니다. 전하."

"전선이 망실된 현황을 제대로 올리지 않은 모양이로군."

"수리 예산은 최근까지 계속 집행되었다는 것이 문젭니다."

"쥐새끼 같은 놈들. 예산 타가서 고치란 배는 안 고치고 제 놈들 아가리에 털어 넣어?"

"전라우수영 또한 비슷한 비위 사실이 있는 바, 선전관을 파견해 정확한 실태를 파악한 연후, 실정을 바로잡아야 할 것으로 보입니다."

왕은 고개를 끄덕이다 며칠째냐 물었다. 의외의 질문에 홍계희는 당혹스러웠고, 왕이 이 정랑에게 물었다.

"느이 상관이 며칠째 퇴청도 안 시키고 이리 집어 돌리고 있는 게냐?"

이 정랑이 난감한 듯 홍계희의 눈치를 살폈고, 왕은 그런 정랑을 보며 되물었다.

"어찌 대답이 없어. 어명이 니놈 상관의 명보다 만만해?"

이 정랑은 어쩔 수 없이 나흘째라 고했다.

"나흘씩이나, 쯧쯧…… 어찌하여 일을 시작하면 끊을 줄을 모르누. 의욕도, 체력도 다들 너 같진 않어, 이놈아!"

홍계희가 황망히 고개를 숙였고, 왕은 모두를 스윽 훑어보며 말을 이었다.

"다들 돌아가 눈들 붙여. 호랑이 같은 느이 상관은 내 알아서 처리할 것이니 말이야."

왕은 그리 말하며 껄껄껄 호탕하게 웃었고, 선도 어색한 웃음을 지었다. 왕은 홍계희의 집무실을 나서 창덕궁 편전으로 걸었고, 선 역시 같은 길을 따랐다.

"홍계희를 병판으로 만들라 아비를 위협한 자들이 누구냐 물었더냐. 전란의 위협 없는 안전한 나라에서 살고자 하는 백성들이다. 또한 악조건 속에서 나라를 지키고 있는 군사들이기도 하지."

선은 말을 아낀 채 왕을 바라보았다.

"홍계희는 병판으로 제수된 지 채 사흘도 안 돼 하삼도 수영은 물론 북삼도 병영에서 올린 장계를 다 검토해 허점이란 허점은 모두 찾아냈어. 군비 부족으로 인해 균역법조차 생각하고 있는 현 시국, 홍계희와 같이 치밀한 자가 병조의 수장이 될 필요가 있다고 판단했다."

"그 판단, 아직도 유효합니까?"

온 나라의 백성과 군사들을 위한 병조의 수장, 병판으로서는 완벽할지 모르나, 신흥복의 사건을 그토록 허술하게 처리하고 얻은 자리이기에 선은 인정할 수 없었다. 그 의중을 헤아린 왕이 선에게 물었다.

"신흥복의 일 사실이냐? 수표교에서 죽은 게 확실해?"

"살해 현장을 목격한 증인이 있습니다."

"대체 어떤 놈이 무슨 연유로 그런 짓을 벌였는지, 또한 홍계희가 이 사건에 개입이 됐는지 그렇지 않은지 아비는 알지 못한다. 허나 알았다 해도 홍계희를 버렸을까…… 그는 확신을 할 수가 없구나. 너 같으면 어찌했겠니?"

선은 침묵을 지켰고, 왕은 용상을 가리키며 이리 올라와 앉아보라 일렀다. 층계를 올라 용상에 앉은 선은 비어 있는 대소 신료 자리들을 굽어보았다.

"완벽한 신하가 아니라 필요한 신하를 쓰는 것, 이것이 아비의 방식이다. 또한 니가 하루라도 빨리 배워야 할 정치의 실체이기도 하지."

선은 복잡다단한 속을 숨긴 채 별다른 말을 하지 않았다.

"홍계희, 파직하고 싶으냐? 관복 찢어치우고 국청에 세우고 싶어?"

"아직은 아닙니다. 아직은 모든 것이 심증일 뿐이니까요."

아비는 당혹스러움을 감춘 채 수사를 계속할 생각이냐 물었고, 아들은 물론이라 답했다. 아비는 다시, 어디까지 갈 생각인지 물었다.

"배후를 밝혀야지요. 이 연쇄살인의 배후를 밝혀 응분의 대가를 치르게 하고 난 연후라야 사건을 종결할 수 있다는 것이 소자의 생각입니다."

"그래야지. 그렇게 해야겠지."

왕이 선의 어깨를 투덕거리며 그리 중얼거렸다.

"내사를 하려면 기밀 유지에 특히 마음을 써. 빈청이라는 곳이 본시 음흉하고 표리부동하며 야심만만하여 동료의 등에 얼마든지 칼을 꽂을 수 있는 의리 없는 놈들만 잔뜩 서식하는 곳이니까. 관복 주위 입고 설치는 놈들 치고 만만한 놈은 없어."

"명심하겠습니다."

선이 일어나 예를 갖추고 돌아서 가려는데 왕이 그 발길을 잡듯 말했다.

"새로운 것이 나오면 가장 먼저 아비가 알게 해다오. 또 아니? 아비가 도울 일이 있을지."

"알겠습니다."

선은 옅은 미소를 지은 채 고개를 숙이고는 편전을 나섰다. 그와 동시에 왕의 얼굴에 어려 있던 온후한 미소가 걷히고, 복잡다단한 속내가 그대로 드러났다.

선이 동궁전으로 돌아가 피로와 부상도 잊은 채 서안 앞에 앉은 그 무렵, 왕은 동온돌에서 밥과 물, 고추장 종지만 놓인 밥상을 앞에 둔 채, 고추장에 밥을 비벼먹고 있었다. 상선이 이제 일이 어찌 되는 것이냐 걱정스레 물었으나, 왕은 그저 밥만 먹을 뿐이었다. 모아 쥔 손에 턱을 괸 채 생각에 빠져 있는 선과 우걱우걱 비빔밥을 우겨 넣으며 전략을 짜는 왕. 그렇게 군주와 신하이자 아비와 아들인 두 사내의 전전반측의 밤은 깊어만 갔다.

6

이른 아침, 채제공이 세자시강원을 찾았을 때 이미 선이 나와 있었다. 선은 채제공이 들어선 것도 모른 채 뭔가를 쓰고 또 쓰고 있었다.

"어찌 이리 이른 아침부터……."

그제야 선이 고개를 들어 채제공을 보았다. 지난밤에 다친 상처가 걱정스러운 채제공이었으나, 선은 현장에서 주운 화살의 출처에 대해 물어왔다. 난감해하던 채제공이 어렵사리 운을 떼었다.

"그것이…… 군기시에서 만든 것이더군요."

"허면 자객이 관원이란 말인가?"

"혼선을 주기 위해 훔친 것일 수도 있지요."

"화첩은? 모필을 했다면 홍복이 화첩을 가졌을 가능성이 클 텐데……."

"천승세의 집을 샅샅이 수색했으나 발견되지 않았습니다."

큰 기대를 갖지는 않았으나 실망까지 작은 것은 아니었다. 채제공은 종이 가득 쓰인 글씨들을 보며 의아한 듯 물었다.

"이것들은 다 뭡니까. 뭘 이렇게 잔뜩……"

"화부타도. 허정운이 사력을 다해 남긴 전언이야. 이제 화부타도에서 다시 시작해야 돼."

"화부타도라면…… 칼의 종류를 이르는 말입니까?"

"칼에 새겨진 이름일 수도 있겠지. 어느 쪽이든 화부타도의 주인이 범인일 가능성이 높아."

채제공이 즉시 야소⁴¹들을 탐문해 알아보겠다 하였으나, 선은 야소서로 이미 다른 이를 보냈다 했다. 그 시각 훈련도감 인근, 풀무재 야소 골목 근처에 가마 하나가 들어서고 있었다. 이곳저곳에서 돌림노래처럼 들려오는 대장장이들의 메질 소리와는 어울리지 않는 고급스러운 가마였다. 야장⁴²이 그 앞에 조아리고 섰고, 가마의 창을 반쯤 연 채 최 상궁이 운을 떼었다.

"그대가 근동에서 가장 이름난 야장이라지. 은장도 하나 부탁함세."

그녀가 엽전 꾸러미가 든 주머니를 내밀었고, 꽤 묵직한 무게에 야장은 희색을 감추지 못했다. 최 상궁이 화부타도란 칼에 대해 들어본 일이 있느냐 물었으나, 그는 고개를 내저으며 금시초문이라 대꾸했다.

---

41. 야소(冶所) : 쇠를 달구어 연장 따위를 만드는 일을 하는 곳. 대장간.
42. 야장(冶匠) : 쇠를 달구어 연장 따위를 만드는 일을 업으로 삼는 사람. 대장장이.

"알아봐주게. 화부타도에 대한 정보를 가져오면 그 두 배를 주지."

선은 화부타도의 주인을 알아내는 것만큼이나 정보가 어디서 새고 있는지가 중요하다 하였고, 채제공 역시 그에 동의했다. 그때 문밖에서 장 내관의 목소리가 들려왔고, 황급히 들어서는 장 내관에게 선은 알아보았느냐 물었다.

"별감들 중 의심 가는 자들이 있는 듯 보입니다만……."

"별감이라…… 별감들이 쓰는 활도 군기시에서 지급이 되는가?"

선의 물음에 장 내관은 여부가 있겠느냐 대답했다.

동온돌에서 왕이 장기판을 물끄러미 쳐다보고 있을 때 김택이 들어와 예를 갖추었다.

"찾아계시옵니까."

"불렀으니까 왔겠지. 그래, 과인이 그댈 왜 불렀으리라 보나."

"깊은 어심을 소신이 어찌,"

김택의 말이 채 끝나기도 전에 왕은 장기알이 든 통을 그에게 집어 던졌다. 장기알은 허공으로 흩어졌고, 김택의 사모가 비뚤어졌다.

"몰라?"

애써 침착하게 사모를 고쳐 쓰고 매무시를 터는 김택을 보던 왕은 분기에 차 따졌다.

"내가 네놈을 왜 불렀는지 정녕 몰라? 국청에 끌어다 생살 찢고 대가리 터트리고 난장이라도 쳐주면 자복할 게야?"

왕은 분노를 한 차례 삭히며 말을 이었다.

"언제까지…… 어디까지 갈 거야. 마음대로 한 놈 골라 임금으로 세워보니까 재밌나. 왜 한 번으로 끝내긴 아쉬워? 그래서 하나 더 세워볼 요량인가. 어디 뭐 봐둔 놈이라도 있어?"

"전하, 그 무슨 당찮은,"

"아니라면 국본의 몸에 함부로 손을 댄 연유가 대체 뭐야?"

김택의 눈빛이 흔들렸고 왕은 미간을 찌푸리며 엄중히 말했다.

"모가지 잘라와. 감히 이 나라 조선의 차기지존을 함부로 건드린 놈, 그놈 모가지 내 이 손으로 받아야겠어."

김택이 난감한 듯 시간을 좀 달라 하였다.

"달라는데 줘야지. 헌데 이 머리통 모가지 위에 달아두고 싶으면, 시간을 오래 끌진 않는 게 좋을 거야."

왕이 흐트러진 김택의 사모를 손수 바로잡아주며 서늘한 미소를 지었다.

※ ※ ※

서방 흑표의 집무실, 강필재가 싸늘한 표정으로 돌아섰다. 한 켠에 흑표를 포함한 서방의 수하들이 도열한 채 서 있었고, 강필재 앞에는 변종인이 불안한 듯 앉아 있었다.

"무슨 수를 쓰든 계집을 찾아내."

"그게 어디로 숨었는지 아무리 찾아도."

"이거 보이지? 계집이 아니었으면 얼굴에 그림 그릴 일 없었어."

강필재가 눈 밑의 자상을 가리켰다. 그 섬뜩한 눈빛에 변종인이 입을 다물었다.

"사흘 주지. 사흘 안에 계집을 찾아내지 못하면, 넌 이 위에 그림을 그리게 될 거다."

강필재가 칼끝으로 변종인의 배를 툭 치며 그리 말했고, 변종인은 마른침을 꿀꺽 삼켰다. 일단 목숨을 부지하자면 무조건, 무슨 수를 써서라도 지담을 찾아야 했다.

그 무렵, 지담은 아비의 손에 이끌려 부용재 운심의 처소에 들어 있었다. 서균은 지담을 툭 던지듯 앉혔고, 운심은 제 귀로 듣고도 믿지 못하겠다는 듯 되물었다.

"지담일…… 뭘 만들어요?"

"기생으로 만들어보라고!"

"저야 좋지만, 어르신 진짜 괜찮으시겠어요?"

"진짜 기생 만들자는 얘기가 아니야. 기생 모양으로 여기 좀 두자는 게지. 가장 어두운 곳은 언제나 등잔 밑이니까 말일세."

운심이 좋다 말았다며 툴툴댔고, 서균은 운심의 처소를 나섰다. 지담을 빤히 바라보던 운심이 옅은 미소를 배어 물었다.

온몸을 깨끗이 씻어낸 지담이 분세수까지 마친 후 옷방으로 들었다. 침모들은 능숙하게 치마를 입히고, 빛 좋고 모양 좋은 걸음 치마에 맵시 나는 저고리까지 덧입혔다. 옷을 갈아입은 지담은 다시 운심의 처소로 걸음 했다. 얼굴은 곱게 분칠하고 입술에는 연지를 발랐으며 머리 위로는 가채를 올렸다. 가채 위로 갖가지 머리꽂이가 드리우고 또 드리워졌다. 머리끝에서 발끝까지 완벽하게 기녀로 단장한 지담이 운심의 처소에서 나왔고, 뒷짐 진 채 서 있던 서균이 그 기척에 뒤를 돌아보았다. 서균은 얼떨떨한 듯 한참 만에 운을 뗐다.

"감쪽같구나. 얼핏 보면 아비인 나도 몰라보겠어."

"그러게요. 이팔청춘 고운 나이에 미색조차 이리 고우니 춘향이가 왔다가 울구 가겠어요. 애가 진짜면 뜨르르한 세도가에 돈푼깨나 주무르는 치들이 부용재 앞에 줄을 설 것인데……."

"어허, 그래도 이 사람이."

결국 서균에게 한 소리 들은 운심은 진심 아깝다는 듯 입맛까지 다시며 지담을 보았다. 서균이 지담을 보며 걱정을 늘어놓았다.

"조심히 다녀. 아무리 감쪽같이 변신을 했어도 들고 나는 치들이 많은 곳이다. 눈에 띄지 않게 조심하거라."

"아부지나 건너가보세요. 여기 이리 진치고 계심 이 등잔 밑도 훤해질 거라구요."

서균이 머쓱한 듯 입을 쩝 다시더니 쉬이 떨어지지 않는 발걸음을 옮겨 부용재를 나섰다. 운심이 지담을 흘긋 보며 장난스레 농을 걸었다.

"이게 무슨 바람이래? 우리 사설포교 양반이 수사구 뭐구 다 작

파하고 여기 콕 숨어 있겠다 하구."

지담이 묘한 웃음을 흘렸고, 운심은 그런 그녀의 옆구리를 쿡 찌르며 무슨 꿍꿍이냐 물었다. 허나 지담은 묘한 웃음을 머금은 채 춘월의 방으로 향했다. 춘월의 방문을 열고 들어선 지담이 흠칫 굳었고, 뒤따라온 운심 역시 마찬가지였다. 방은 엉망진창으로 어질러져 있었고, 춘월은 어디에도 보이지 않았다. 지담은 불안한 눈으로 방 안을 휘이 둘러보았다. 떨어진 채 박살이 난 화병이며 뒤집혀 있는 경대가 눈에 들어왔다.

"춘월이 얘…… 무슨 일 당한 거 아닐까."

지담의 말에 운심의 얼굴이 흙빛으로 변했고, 지담은 범인이 남긴 흔적을 찾으려는 듯 방 안 이곳저곳을 뒤졌다. 그때 반닫이 깊숙한 곳에 숨겨져 있던 화첩 하나가 눈에 들어왔다. 급히 꺼내 넘겨보니 선의 초상을 시작으로 갖가지 그림이며 글귀들이 가득했다. 화첩의 뒤표지에는 신홍복의 이름이 선명히 쓰여 있었다. 지담의 눈빛이 흔들렸다.

"이건 죽은 신홍복 화첩이잖아. 이게 왜 춘월이 처소에 있는 거지?"

"춘월이 정인이 갖다둔 거 아닐까."

허면 범인은 이걸 찾느라 이리 난장판으로 만들고 춘월이마저 납치한 것일까. 지담은 주위를 더 면밀히 살폈다.

지담이 춘월의 처소에서 범인의 행적을 쫓던 그 무렵, 선 역시 간

밤의 자객을 찾아 나섰다. 선이 춘당대 정자에 걸터앉아 총구를 소제하고 있을 때, 동궁전 별감들이 다가섰다.

"부르셨습니까, 저하."

"군기시에서 새로이 조총을 들여보냈네. 내 그대들과 더불어 시험 사격이나 해볼까 하는데."

별감들을 훑어보던 선의 시선이 강필재에게 멎었다. 선은 그 얼굴에 난 선명한 자상을 보며 지난밤 자객이 왼쪽 눈 옆으로 자상을 입었을 거라던 나철주의 말을 떠올렸다. 선이 강필재 앞으로 다가섰고, 강필재는 슬쩍 그 시선을 아래로 떨어뜨렸다.

"얼굴이 왜 그 모양이야. 지난밤 어디서 한 판 뜬 거야?"

"지난밤 기방에서 웬 좁쌀만 한 놈이 덤비는 통에."

"그 기방 어딘데?"

슥 다가서며 그리 묻는 선 때문에 강필재의 얼굴에는 당혹감이 어렸다.

"칼부림까지 할 정도면 기녀들 미색이 아주 쓸 만하단 얘기 아니냐."

"얘기가…… 또 그렇게 됩니까요."

"어디야? 나도 한 번 가보게."

강필재는 어색하게 웃었고, 선이 그런 그를 툭 치며 말했다.

"자…… 시작해볼까."

둥 하는 북소리가 춘당대를 울렸다. 기수가 깃발을 흔들며 "사수

준비!"를 외쳤고, 선을 중심으로 강필재와 강서원 등 별감들이 좌우로 길게 늘어서 사격 자세를 취했다.

"발사!"

선의 조총이 불을 뿜었고, 총알은 앞에 세워진 호리병을 향해 정확히 날아갔다. 호리병이 산산조각 났고 별감들도 총을 쏘았다. 강서원을 포함한 대부분의 별감들이 명중하였으나, 강필재만은 그러하지 못했다. 그렇게 수차례 발포가 이어졌으나, 강필재는 단 한 발도 명중치 못했다. 선이 의아한 듯 강필재에게 물었다.

"총은 별로 다뤄본 일이 없는 모양이로군. 그럼 활은 좀 쏘나?"

"주먹을 좀 쓰지요."

강필재가 아닌 강서원이 대신 대답했다. 강서원은 강필재가 총이든 활이든 과녁하고는 영 인연이 좋지 않아 꼴찌는 따놓은 당상이라 덧붙여 말했다. 선이 강필재의 오른손을 턱 잡으며 중얼거렸다.

"지문이 닳아 없어지도록 수련을 했는데…… 명사수가 되지 못했다?"

선이 강필재를 물끄러미 쳐다보자 그는 멋쩍은 웃음을 지었다. 선은 대열에서 빠져나와 채제공과 함께 별감들의 사격을 지켜보았다.

"얼굴에 난 자상이 아무래도 수상쩍은데……."

"우연의 일치일 수도 있습니다. 상대는 신궁이라 불러도 좋을 명사수가 아니었습니까."

채제공의 말에 선이 고개를 끄덕였으나 영 석연치 않은 얼굴이었다.

김택은 미소를 머금은 채, 자신을 찾아온 박문수를 바라보았다.

"우참찬께서 내 집엘 다 찾아주시고, 이거 해가 서쪽에서 뜨겠습니다."

"전에 없이 신수가 아주 훤하십니다, 대감. 청년이라 해도 믿겠어요."

"말머리에 너스레를 얹는 걸 보니 날 찍어 누를 패라도 쥔 모양입니다."

두 사람의 얼굴에는 미소가 그득했으나 주고받는 말에는 날이 바짝 서 있었다.

"근자에 아주 재미난 문서를 얻으셨다구요."

"우참찬이야말로 어정에 아주 재미난 장난을 해두셨더군요."

"그 문서, 진짜가 아니면 어찌 됩니까?"

"쓸데없는 걱정 너무 많이 하지 마세요. 그러다 쉬이 늙습니다, 우참찬."

"이 사람의 기우라면 어찌하여 판돈을 키우려는 자가 나타난 걸까요."

애써 평정심을 놓지 않고 있던 김택의 눈빛이 흔들렸다.

"확인을 해보세요, 대감. 만사는 불여튼튼이라 하였습니다."

박문수는 찻잔을 들어 여유롭게 그 향을 음미했고, 김택 역시 다향만큼이나 그윽한 미소를 지었으나 마음에는 동요가 일고 있었다.

차 한 잔을 얻어 마신 후, 김택의 사랑을 나선 박문수는 자신의 집 쪽으로 길을 잡았다. 그런 그의 시선에 변복한 채 매복하고 있는 나철주의 수하, 장삼과 이사가 들어왔고 그는 태연히 걸음을 옮겼다.

잠시 후 그가 발걸음을 멈춰 세운 곳은 자신의 집이 아닌 목멱산 어느 일각이었다. 깊은 산중에는 나철주가 수련을 하고 있었다. 자신을 보는 시선에 흘긋 돌아본 나철주가 박문수를 보며 면포를 집어든 채 인사 아닌 인사를 건넸다.

"매복은 자주 바꾸라 하였습니다. 오래 진 치면 들키기 십상이거든요."

"한 잔 할까?"

계곡의 맑은 물 위로 나뭇잎이 떠갔다. 바위 위에 걸터앉은 두 사내는 안주도 없이 달랑 잔술을 든 채였다. 나철주가 먼저 술을 쭈욱 들이켰다.

"아아, 시원하다. 뭐하세요, 안 자시고? 제사 지내세요?"

박문수는 그 옆에 술잔을 놓고 미안하다 말하며 속엣말을 털어놓았다.

"너는 재주가 귀한 아이였다. 반가의 사내로 났으면 변방을 호령할 장재가 되었을 게야."

"우리 어르신…… 민망하게 또 왜 이러실까."

"검계로 살더라도 정치엔 개입하지 마라, 그러단 명줄 간수도 제대로 못할 거다, 호통치고 다짐 또한 두었건만…… 다른 누구도 아닌

내가, 내가 이 손으로 널…… 가장 참혹한 정치의 공범으로 만들고 말았으니…… 내 죄가 깊다. 깊어도 너무 깊구나."

박문수의 자책은 깊이를 알 수 없는 저 물속만큼이나 깊었다. 그를 바라보던 나철주가 씁쓸한 미소를 짓더니 담담히 운을 떼었다.

"전 정치에 개입한 거 아닙니다. 밥값 갚는 거지."

흐르는 물길을 바라보던 박문수의 시선이 나철주를 향했다.

"살인 누명 쓰고 옥방에 갇혔으니 죽을 날 받아놓은 거랑 같은 건데, 그래도 배는 고프더라구요."

"그때 네 나이 고작 열다섯 아니었니."

"뱃속에서 창자들이 밥 달라고 줄창 아우성을 치는데…… 그때 어르신께서 참으로 맛난 국밥을 건네셨습니다. 국밥 건네며 그러셨어요. 미안하다구. 너무 늦게 와서 정말 미안하다구."

박문수는 술보다도 쓴 미소를 지었다.

"참 이상하죠? 아무도 믿어주지 않던 거렁뱅이 녀석 믿어주고 결백을 밝혀줬던 잘난 어사 박문수는 다 잊었는데…… 잊고 기억이 나질 않는데, 그때 먹었던 국밥…… 그 맛은 잊어지지가 않더라구요. 그 밥값 갚는 거니 너무 마음 쓰지 마십시오."

박문수가 한숨 대신 잔술을 들이켰고, 나철주는 묵연히 흐르는 물에 눈길을 주었다.

박문수가 그리 간 후, 김택은 자신의 집 서고로 향했다. 책장 가득히 쌓인 서책을 거칠게 밀쳐내고 그 선반 위에 덧대어진 나무판을 떼어냈다. 선반 안 빈 공간에 봉인되어 있는 봉투를 집어 찢자 맹의가 드러났다. 맹의를 살피던 김택의 눈빛이 흔들렸고, 죽은 민진원의 호 단암에서 그의 눈이 크게 떠졌다.

"이, 이럴 수가. 이걸 몰라보다니. 강필재 이놈!"

그의 눈에 분기가 서리더니 위조된 맹의를 거칠게 구겨버린 후 서고를 나섰다. 서고를 나서자마자 강필재에게 연통을 넣어 당장 오라 일렀으나, 강필재는 자신을 만나려거든 마포나루 서방의 주루로 오라 답해왔다. 방자한 강필재의 태도에 분기가 치밀었으나, 김택은 그를 억누른 채 마포나루로 갔다.

"니놈이 감히 나를 오라 가라 해!"

"좌정하시지요. 댁 근처에 날파리가 하도 많이 꼬여 별 수 없이 이렇게 누추한 곳으로 뫼시게 되었습니다."

"맹의…… 어딨나? 진본, 어디에 감췄냐고?"

"이놈이 잘 보관하고 있습니다."

당황한 기색도 없이 여유로운 미소까지 지으며 답하는 강필재에게 김택은 화가 솟구쳤으나 분을 삭인 채 당장 갖고 오라 일렀다.

"아뇨. 앞으로도 우리 서방에서 관리할까 합니다."

"그래도 이놈이!"

"어찌 이리 역정을 내십니까. 대감은 혹 우리 서방을 동지가 아니라 꼬리라고 생각하시는 건 아닙니까. 필요하면 개처럼 부려먹고, 필요 없으면 언제든 잘라버리면 그만인 꼬리말입니다. 꿈에라도 그런 생각 품어보셨다면 지금 버리십시오. 단 한 치라도 그런 낌새가 보인다면 맹의는 이제 소론의 손에 떨어질 것이니 말입니다."

"……제법이구만. 자네 점점 마음에 들어."

강필재는 김택의 미소에 역시 웃음으로 응수했다.

※ ※ ※

지담이 운심의 처소 안을 서성이던 그때, 운심이 방 안으로 들어섰다.

"혹시나 해서 춘월이네 본가로 사람 보내봤는데 거기 안 갔어. 몇 달째 기별 한 번 안 했단다."

"아무래도 저하를 뵈어야겠어."

"이게 또 무슨 귀신 씨나락 까먹다 기절초풍할 말이야. 닥치구 엎어져 있어라. 느이 아부지 아시면 난."

"춘월이한테도 뭔 일 생긴 거면 어떡해. 허정운처럼 또 범인이 잡아다…… 가야 돼. 가서 이거 저하께 전해야 돼."

그리 말하며 급히 나서는 지담을 운심이 차마 붙잡지 못한 채, 암담하게 바라보았다.

그 무렵, 변종인은 수하들과 함께 지담을 찾아 광통교 기방통을 샅샅이 뒤지고 있었다. 변종인이 불 꺼진 홍등을 신경질적으로 툭 치며 툴툴댔다.

"아 진짜, 쥐방울만 한 년이 어디 숨어서 코빼기도 안 뵈는 거야."

기방통 쪽으로 고개를 돌리던 변종인이 순간 멈칫했고, 그의 시선에 부용재 대문을 막 벗어나고 있는 여인이 들어왔다. 꽃무늬에 얇은 갑사 너울을 드리운 전모를 쓴 여인이었다. 그때 전모의 너울이 바람에 나부끼며 지담의 얼굴이 살짝 드러났다.

"어디서 봤더라……."

사방팔방 낯짝 팔고 다니는 게 기생들 일이고 광통교야 좌포청이 수백 번은 더 기찰을 도는 곳이니 낯이 익을 법도 했으나, 그렇다 쳐도 뭔가 개운치가 않았다. 그런 변종인을 뒤로한 채, 지담이 걸음한 곳은 채제공의 집 앞이었다. 마침 퇴청해 대문을 막 밀고 들어서려던 그에게 지담이 말을 걸었다.

"퇴청이 이르십니다, 영감."

"누구……?"

채제공은 웬 고운 기생이 갑작스레 아는 체를 해오자 당혹스러웠다. 지담이 얼굴을 가린 너울을 슥 들추었다.

"아니 너는…… 여긴 어찌……."

"저하를 뵈어야겠어요. 범인이 또 움직이기 시작한 듯 보입니다."

지담의 긴장이 그대로 옮겨간 듯, 채제공의 얼굴 역시 일순 굳었다. 채제공은 청지기에게 지담을 사랑으로 안내하라 이르고는 발걸음을 다시 궁으로 돌렸다. 잠시 후, 사랑채 마루에 걸터앉아 있던 지담의 눈에 황급히 들어서는 선과 채제공, 장 내관이 보였다. 자신을 보고 예를 갖추는 지담에게 선은 버럭 소리를 질렀다.

"어찌 된 일이냐. 이 무슨 위험천만한 행보야."

지담과 헤어지고 내내 마음이 쓰였으나 그런 마음조차 그녀에게 독이 될까 그저 잘 피신해 있기만을 바란 선이었다. 헌데 이렇듯 도성 안을 제멋대로, 그것도 혼자 돌아다니다니. 선의 마음을 지담도 모르는 바 아니었으나, 범인이 춘월을 데려간 이상, 그저 숨어 있을 수만은 없었다. 그녀를 물끄러미 바라보던 선이 더는 말리지 못하겠다는 듯 사랑채 안으로 들어섰고, 지담과 채제공, 장 내관이 그 뒤를 따랐다. 지담은 선에게 춘월이 사라져버린 일을 알렸고, 춘월의 처소에서 발견한 홍복의 화첩을 내밀었다.

"홍복이 화첩이 아니냐?"

지담은 고개를 끄덕이고는 책갈피로 표시해둔 곳을 펼치며 수상한 명부가 있노라 말했다.

"이천보…… 유척기…… 게다가 장인까지."

"모두 노론 인사들이군요."

채제공이 말을 보태었고, 지담 역시 고개를 끄덕였다.

"알아본 바에 따르면 신 화원이 죽기 전, 그 세 사람의 초상화를 그렸다 합니다."

"홍복이가 초상화를 그려? 그 아인 예진과 어진 외엔 그 어떤 초상도 그리지 않겠노라 호언을 했던 아이다."

"허면 초상화가 목적은 아니었겠군요."

"명부에 부원군 대감이 있는 것 또한 마음에 걸립니다. 별감들 중 빈궁전과 밀통하는 자가 있을지도 모른다, 장 내관이 그리 고변치 않았는지요."

선과 지담의 대화를 가만 듣던 채제공이 그리 말했고, 선은 살짝 미간을 찌푸렸다.

"허면 빈궁이 별감을 통해 얻은 정보를 장인께 전하기라도 했단 말인가."

"불가능한 일도 아니지요. 이 사건에 노론이 조직적으로 개입했을 가능성이 있다면, 부원군 홍봉한 또한 노론의 일원임을 간과하셔선 아니 되옵니다, 저하."

그토록 자신을 위해 마음을 쓰던 장인 홍봉한조차 더는 믿을 수 없다고 생각하니 선의 얼굴 위로 쓰디쓴 미소가 지어졌다. 잠시 멀거니 홍복의 화첩에 적힌 명부를 보던 선이 자리에서 일어나 방을 나섰다. 선은 뒤뜰의 담장 쪽으로 걸음을 옮겼고, 뒤따라 나온 채제공과 지담, 장 내관이 그런 그를 불안한 듯 보았다. 채제공이 미간을 좁히며 조심스레 물었다.

"저하, 무슨 생각을."

"의혹이 있으면 확인을 해야지."

담장을 넘으려던 선이 멈칫하더니 지담을 보며 노출되지 않도록 조심하라 일렀다. 지담이 고개를 숙였고, 선은 장 내관에게 지담이 부용재로 무사히 들어가는 것을 보고 환궁하라 명했다. 그 말을 끝으로 선은 훌쩍 담장을 뛰어넘었다.

그 무렵, 채제공의 집 근처 골목길 일각에서는 강서원이 몸을 숨긴 채, 선의 동태를 감시하고 있었다. 일전에 선을 놓친 일로 혜경궁에게 한 소리 들은지라 강서원의 눈빛은 매섭고 날카로웠다. 그런 그의 어깨를 누군가가 툭 잡았고, 고개를 돌린 강서원의 얼굴은 흙빛으로 변했다.

"저, 저하."

"널 보낸 자가 누구냐? 누구냐 물었다."

선이 엄히 묻자 강서원의 얼굴이 하얗게 질렸다.

※ ※ ※

동궁전, 선의 잠자리를 보고 있는 나인들 사이로 조심스레 문갑 서랍을 여는 나인 하나가 있었다. 서랍 안에는 장도가 있었고, 주변을 흘긋 살피던 그녀가 그것을 집으려던 그때였다. 최 상궁이 나인에게 뭘 하고 있느냐 물었고, 나인은 그 서슬에 주눅 든 채 쭈뼛대며 말했다.

"저하께서 쉬이 잠을 이룰 수 없노라 하시며 백단향을 켜두라 하셨다기에……."

나인을 빤히 보던 최 상궁이 고개를 끄덕이며 그리하라 허했다.

나인은 최 상궁에게 예를 갖추고는 돌아앉아 백단향을 꺼내는 척하며 장도를 슬며시 제 소매춤에 숨겼다.

그 시각, 혜경궁은 빈궁전으로 쳐들어온 선을 싸늘하게 바라보았다. 선의 얼굴 위로 옅은 미소가 스치는가 싶더니 서안 위로 고운 자개함 하나를 올려놓았다. 의아한 듯 선과 자개함을 바라보던 혜경궁이 자개함을 열었다. 자개함 안에 든 고운 삼작노리개에 그녀의 얼굴 위로 당혹감이 어렸다. 선이 부드러운 미소를 머금은 채, 마음에 드느냐 물었다.

"너무 난한 것보단 빈궁에겐 이쪽이 어울릴 거라 하던데……."

"신첩, 후일 국모가 될 사람입니다. 검약의 본을 보이는 것은 국모의 본분. 그런 걸 주렁주렁 달고 다녀서야 모범이 될 수 없지요."

혜경궁은 냉정하게 자개함을 닫고는 이런 쓸데없는 일에 마음을 쓰는 이유가 무엇이냐 물었다.

"빈궁이 너무 심심해 보여서요. 십 년쯤 되었습니다. 빈궁이 궁살이를 시작한 그날로부터 말입니다. 궁이라는 것이 본시…… 여인네에겐 특히나 더 무료하고 적막하기까지 한 곳이다, 그러니 재미거리 하나쯤 찾아라, 내 그리 일렀건만 윷놀이도 싫고, 투호도 싫다, 그럼 뭐가 좋을까요."

"신첩은 궁에 소풍을 온 것이 아닙니다."

"아니라도 이젠 하나 찾아보는 건 어떻습니까."

원체 그 속을 알 수 없는 세자였으나, 오늘은 더더욱 가늠하기 힘

들었다.

"언제까지 내 뒤에 사람을 붙여둘 생각입니까."

선은 황망함을 감춘 채 애써 침착하려는 혜경궁을 향해 이제는 자신의 수족까지 매수하느냐며 따져 물었다.

"근본 모를 계집을 궁으로 끌어들이지만 않으셨어도 그렇게까진 하지 않았을 것입니다."

이번에는 선이 입을 다물었다. 지담의 이야기를 어디서부터 어떻게 해야 할지, 한다한들 그녀가 믿어주기나 할까 하는 회의가 들었다. 혜경궁은 그 침묵을 제 식대로 해석했다.

"계집을 품고 싶으면 궁인들 중에서 해결을 보세요. 근본 모를 계집을 궁으로 끌어들여 분란거릴 만들지 마시구요."

기가 막힌 듯 선이 실소를 터뜨렸다.

"상상력 한 번 무궁무진하구만. 이러니 장신구에라도 마음을 붙이랄 수밖에. 부탁합니다, 빈궁. 빈궁이 상상하는 그런 일 없습니다. 그러니 날 감시하는 짓 따윈 하지 마세요. 아마도 부탁은 이게 마지막일 겁니다."

빈궁전을 나서는 선의 뒷모습을 바라보던 혜경궁이 입술을 꽉 깨물었다. 혜경궁은 어지러운 마음을 추스르며 선이 놓고 간 자개함의 삼작노리개를 손끝으로 가만 쓸어보았다.

"마음 없이 던지는 이런 삼작노리개가 무슨 소용이라는 겐지."

"그 마음 한 번 보여주시는 것이 어떻습니까. 저하께 마마의 마음을 보여주신다면……."

"어림없는 소리. 국모는 지존에게 마음을 구걸하는 자가 아냐. 지존을 보필하는 사람일세."

김 상궁이 그녀를 안타까운 듯 바라보았으나, 혜경궁은 애써 마음을 추슬렀다. 빈궁전을 나온 선은 채제공에게 일러 강서원을 파직하고, 더는 빈궁전의 일을 재론치 말라 명했다.

빈청, 자신의 집무실에서 공문을 검토하고 있던 박문수가 몰려드는 피로감에 눈을 지그시 감은 채 미간을 꾹 누르던 그때였다.

"고단해 보이십니다, 사부."

선의 목소리에 박문수가 번쩍 눈을 떴고, 자리에서 일어나 예를 갖추었다. 선을 뒤따라 들어온 최 상궁이 서탁 위로 찻잔을 내려놓았다.

"결명잡니다. 사부께서 눈이 침침하여 자주 피로를 느끼신다, 저하의 심려가 크시기에 준비해보았습니다."

선의 따뜻한 배려에 박문수는 먹먹해졌다. 이어 빈청을 찾은 연유를 물었다.

"긴히 부탁드릴 것이 있어서요. 홍복이 어미에게 약첩이라도 보내고 싶은데 궁인들을 쓰자니 보는 눈이 많아 어렵습니다. 사부의 어사 시절 인연을 좀 빌릴 수는 없겠는지 해서요."

박문수가 이미 조처를 하였다는 말에 선의 눈빛이 흔들렸다. 박문수는 인근에 사는 용하다는 의원을 물색해 은밀히 돌보라 하였으니 크게 심려치 말라고 말을 보태었다.

"못난 후학의 상심을 이토록 살뜰히 헤아려주신 겝니까."

그저 홍복의 사체를 어정에 유기하고, 홍계희를 특별수사관으로 천거한 죄책감을 조금이라도 씻고 싶은 마음이었다. 홍복을 위한 일이었으나, 결국 그와 그 가족에게 크나큰 상처를 남긴 일이 아니었던가.

"고맙습니다. 은혜…… 잊지 않겠습니다, 사부."

선이 집무실을 나서려 할 때 박문수가 물었다.

"수사…… 계속하고 계십니까? 자칫하다 옥체라도 상하시면 어쩌나 이 늙은이 마음이 너무도 무겁습니다."

"결명자…… 내일도 들여보내지요. 내 걱정은 마시고 사부의 건강에나 더 마음을 쓰세요. 사부께서 강건하셔야 부왕의 곁도 또한 이 사람의 곁도 오래오래 지켜주실 것이 아닙니까."

박문수는 자신의 손을 잡아주며 그리 말하는 선에 먹먹한 미소를 지었고, 선 역시 눈물겨운 웃음을 지었다.

그 시각 동온돌에 상선이 탕약을 든 채 들어섰고, 왕은 김택의 앞을 가리키며 그곳에 두라 일렀다.

"그대가 이즈음 기력이 달리는 듯해서 내 약방에 당부해 특별히 달이라 했어. 들어봐. 인삼탕이야. 지난날 우리가 환취정에서 황형께 정성을 다해 바치던 바로 그 인삼탕 말이야."

그 말에 김택의 얼굴이 흠칫 굳었고, 왕은 묘한 미소를 흘렸다. 몸에 화기가 많았던 경종의 체열을 내리자면 몸에 열을 돋우는 인삼이 든 탕제는 금해야 했으나 세제였던 이금은 이를 무시하고 인삼이 든 탕제를 올렸다. 내의원에서 멈추어달라 청하였으나, 왕세제는 인삼이 양기를 회복시키는 약이라 하여 인삼과 부자가 든 탕약을 환취정으로 들였고, 얼마 가지 못해 경종은 환취정에서 승하했다. 왕은 선왕을 죽음으로 내몰았던 그 탕약을 김택에게 내민 것이었고, 그건 결국 사약이나 다름없었다. 김택이 탕약을 옆으로 슥 밀며 대꾸했다.

"환취정에 들이던 탕약을 소신이 어찌 받겠습니까."

"받기 싫으면 일 처릴 똑바로 해야지. 자객 목 하나 베는 데 무슨 시간이 그리 걸려."

김택이 자객의 목은 당분간 베지 않을 생각이라 답했다.

"조바심 내지 말고 기다리세요. 제 사전에 실패란 없습니다. 실패했으면 전하께서 그 자리에 앉아 계실 수가 없지요."

"무슨 소리야?"

"자객의 목을 베면 맹의…… 이젠 소론의 손에 떨어질 수도 있습니다."

그 말에 경악을 금치 못한 왕의 얼굴이 굳어졌다.

김택이 물러간 후, 왕은 터덜터덜 편전으로 걸음 했다. 멍한 얼굴로 편전 안을 서성이던 왕이 갑자기 웃었다. 분명 웃는 소리였으나 울음에 가까운 음울하고 기괴한 웃음이었다.

"맹의가 소론의 손에 떨어진다."

그리 중얼거리던 왕이 다시 웃음을 터뜨렸다. 왕은 멍한 눈으로 상선에게 박문수를 데려오라 일렀고, 잠시 후 편전 안으로 박문수가 들어섰다.

"전하…… 소신을 찾아계시옵니까."

왕에게서 아무런 답이 없자 박문수는 더 가까이 다가가 왕을 부르려 했다. 그 순간 지존의 어깨가 미세하게 흔들렸다. 물결이 거세어지듯 그 떨림은 점점 더 거칠어졌다. 당혹스러운 듯 박문수가 왕을 부르자 그제야 왕이 돌아섰다.

"도와다오. 나 좀 살려주라…… 문수야."

그리 말하는 왕의 얼굴은 눈물에 젖어 있었다. 삼십 년 지기이자 그의 신하인 박문수는 그 눈물 앞에 난감한 듯 서 있었다. 마음으로 아꼈기에 변해가는 그 모습에 멀어졌고, 또한 돌아섰으나, 지금의 왕은 삼십 년 전 외롭고 고단했던 왕세제 이금과 다르지 않았다. 왕은 아이처럼 소리 내어 울기 시작했고, 그를 보는 박문수의 눈빛이 흔들렸다.

"소신이 무엇을 하면 됩니까? 또다시 맹의를 찾아 바치는 일이옵니까?"

"해줄 거지. 그걸 해줘야 이 나라 정사가 제대로 굴러갈 수 있어."

"송구하오나 소신이 할 수 있는 일은 오직 옥루를 닦으실 면포를 바치는 일뿐이옵니다."

멍하니 박문수의 이름을 부르던 왕이 그의 손을 덥석 잡았다.

"너하고 나…… 우리가 손잡고 건너온 세월이 삼십 년이야."

"삼십 년 전 연잉군의 청이었다면 거절치 않았을 것입니다."

서로 마주보고 있었으나, 두 사람 사이는 벽이 쳐진 듯 답답하고 암담하기만 했다. 박문수는 삼십 년 전 일을 떠올렸다.

형조판서 김일경의 집무실에는 박문수를 포함한 세제시강원 관원들이 들어 있었다. 김일경이 오늘부터 세제시강원은 서연을 전면 거부한다 일렀고, 박문수는 명분이 무엇이냐 물었다.

"왕위 승계는 부자 세습이 원칙이야. 아버지에서 아들로 넘어가야 마땅한 도리라구."

"하오나…… 세제를 세운 지 이미 이 년이 지났습니다."

박문수가 그리 대꾸했으나 신치운이 반박했다.

"노론의 무리와 짜고 금상을 겁박해 훔쳐낸 자리 아닙니까. 전하의 춘추 이제 서른여섯, 후사를 봐도 열을 볼 수도 있는 춘추라 이런 말이지요."

박문수가 선뜻 반론하지 못하자 김일경이 엄히 운을 떼었다.

"천한 무수리의 아들 따위가 감히 권좌를 넘보다니. 가당치 않은 일이야. 세제시강원은 서연 거부를 신호탄으로 왕세제 연잉군 금을 폐하고 금상의 후사로…… 후사를 얻지 못하면 양자를 세워서라도 금상의 자식으로 하여금 대통을 잇게 해야 할 것이야."

관원들이 고개를 끄덕였고, 박문수 역시 더는 반론할 수 없었다. 박문수와 신치운 등 관원들이 굳은 표정으로 앉아 있는 서연청 안으로 왕세제 이금이 들어섰다. 허나, 관원들은 예조차 갖추지 않았고, 이금의 얼굴에는 당혹감이 스쳤다. 그가 예를 갖추고 중앙에 좌정하자 신치운 등의 관원들이 하나둘 자리를 떠났다. 마지막으로 나가려던 박문수가 이금을 돌아보았다.

이금은 서책 앞에 앉아 애써 태연히 책장을 넘기고 있었으나, 그 손이 가늘게 떨렸다. 차마 그를 두고 나갈 수가 없었던 박문수가 서탁 쪽으로 다가섰다. 그가 예를 갖추고 자리에 앉자 이금이 담담히 운을 떼었다.

"남아주어 고맙습니다. 혼자 남겨지지 않은 것만으로도 제게는 큰 위로가 됩니다."

"세상은…… 저하를 죄인이라 합니다."

"맞아요…… 죄인. 형왕을 지독하게 겁박했던 노론 대신들의 힘을 등에 업고 왕세제가 되었으니…… 죄인이지요."

자조감 어린 표정으로 그리 말하는 이금에게 박문수는 담담히 물었다.

"거절하실 수도 있었습니다."

"거절……할 수가 없었어요. 아니, 거절하고 싶지 않았습니다."

"연유가 무엇입니까?"

"살고…… 싶었으니까."

그 말에 박문수의 가슴 한 켠이 먹먹해왔고, 이금 역시 흐트러진 제 마음을 추슬렀다.

"제 어머닌 형왕의 모후인 희빈 장씨를 죽음으로 몰고 간 일등공신입니다. 지존의 생모를 죽인 원수…… 그분이 제 어머니라구요. 권력의 가까이에 있고 싶었습니다. 그것만이 제가 살아갈 유일한 길이니까요."

경종의 어미인 희빈 장씨와 제 어미 숙빈 최씨 사이, 그 숱한 궁중 암투를 태중에 있을 때부터 겪고 자란 이금이었다. 태어남과 동시에 언제 목숨을 잃을지 몰라 불안했고, 그가 체득한 것은 권력 가까이에 있어야 그나마 목숨이라도 부지할 수 있다는 것이었다.

"허나 이제 그마저도 틀린 듯싶습니다. 날 지키겠다 맹약한 자들이 모두 역도로 몰려 죽임을 당했으니……."

박문수는 허탈한 웃음을 짓는 이금을 안타깝게 바라보았다.

"오늘처럼 서연에 계속 남아줄 수 있겠습니까. 용포가 찢기고 저들의 손에 죽임을 당할 땐 당하더라도 국본으로서의 본분은 다하고 싶습니다. 국본으로 살다가 국본다운 최후를 맞는 것…… 그것이 지금 내가 품을 수 있는 유일한 꿈입니다."

박문수는 그리 말하던 삼십 년 전 왕의 목소리며 얼굴이 선했다.

"차라리 그때 삼십 년 전 소신에게 모든 것을 털어놓고 도움을 청하지 그러셨습니까. 허면,"

"허면 넌 역도로 몰려 죽었을 게야. 그것도 정적 노론이 아니고 자당인 소론의 손에! 그리고 난…… 저 용상에 앉아보지도 못했겠지.

용상 따윈 꿈도 꿀 수 없었을 거라 이런 말이야."

박문수의 얼굴에는 안타까움이 스쳤다. 권력이 있어야 겨우 살 수 있다던 그는 이제 권력이 없으면 살 수 없는 자가 된 것인가. 그 눈빛에 담긴 마음을 헤아린 왕은 자리가 탐나서 이러는 게 아니라는 말로 운을 떼었다.

"초정43 시절, 우리가 품었던 그 꿈들을 생각해봐. 탕평한 조정을 만드는 일로부터 하고 싶은 일이 얼마나 많았어. 허나 아직은⋯⋯ 아직은 너무도 부족해. 균역법만 해도 아직 걸음마도 떼질 못했어. 헌데 이런 시국에 맹의가 갑자기 튀어나와봐. 허면 시비도 가리기 전에 빈청은 정쟁으로 쑥대밭이 될 게야. 정쟁의 한복판에서 민생⋯⋯ 돌볼 수 있겠어?"

박문수가 흔들리는 마음을 다잡으며 왕을 불렀으나, 왕은 답답한 듯 그를 제지했다.

"너⋯⋯ 평생 어사 노릇은 왜 했어? 노구 끌고 이제 더는 지방 전전하지 않아도 좋다, 내가 그리 강변을 하는데도 홍수 나면 홍수 나서, 가뭄 들면 가뭄 들어서, 도적떼가 창궐하면 또 그래서⋯⋯ 어사로 가겠다, 어사로 보내달라, 생떼는 왜 썼냐구. 너 찾아대는 백성들⋯⋯ 그 손길 뿌리칠 수 없어서 아냐? 문수야, 다른 생각 할 거

---

43. 초정(初政) : 새로 등극한 임금 혹은 새로 도임한 관찰사, 수령이 집무를 시작하는 일을 이르던 말.

없어. 날 봐달라는 게 아니야. 오직 백성들 생각만 해. 허면…… 답이 아주 명징해질 거야."

"군주가 아니라 연희패로 나서실 걸 그랬습니다. 그 눈물에 삼십 년을 속고도 또…… 속아드리고 싶으니 말입니다."

왕은 박문수를 끌어안은 채 눈물을 흘리며 살려달라 매달렸다. 박문수는 그런 왕을 복잡다단한 마음으로 바라보다 예를 갖추고 물러나왔다. 창덕궁을 나서는 박문수의 마음이 둘 곳 없이 흔들렸다. 왕과 세자, 두 사람 중 누구의 편에 서야 할지, 무엇이 최선일지 알 수 없는 마음이 한없이 무거웠다.

· · ·

그 밤, 선은 세자시강원에서 홍복의 화첩을 보고 있었다. 채제공이 들었으나 그조차 눈치 채지 못할 만큼 집중해 있었다. 가볍게 초안을 그린 갖가지 그림들이며 홍복이 써 내려간 글자들 사이로 수상한 점이 눈에 띄었다. 어머니, 누이 등은 모두 언문으로 쓰여 있는데 유독 선의 그림 밑에는 한자, 그것도 구결44로 적혀 있었다. '나의 동무'라 쓰여 있는 구결을 먹먹하게 보던 그때, 채제공이 그 점을 지적

---

44. 구결(口訣) : 한문을 읽을 때 그 뜻이나 독송(讀誦)을 위하여 각 구절 아래에 달아 쓰던 문법적 요소를 통틀어 이르는 말.

했다.

"이상하군요. 다른 건 다 언문으로 쒸어 있는데, 유독 그 그림 아랜 한자가 적혀 있는 것이."

이건 한자가 아니라 구결이라 대꾸하려던 선이 멈칫했다. 뭔가에 생각이 미친 듯 화첩을 넘기고 또 넘겼고, 넘길 때마다 눈길을 잡는 구결들이 눈에 들어왔다.

"화부타도는 칼이 아니야."

선이 드디어 범인을 잡을 단서를 찾은 그 무렵, 장 내관은 부용재 안으로 들어서는 지담을 보고서야 안심한 듯 궁 쪽으로 길을 잡았다. 그때 변종인과 수하들이 우르르 부용재 안으로 들어서는 것이 보였다. 고개를 갸웃하던 장 내관은 급히 궐 쪽으로 걸음을 옮겼다.

부용재 안으로 쳐들어간 변종인과 수하들은 객실 곳곳을 열어젖히며 지담을 찾았다. 어디서 본 듯한 지담의 얼굴, 그 얼굴은 분명 용모파기에서 본 것이 틀림없었다. 부용재 마당에는 기녀들이 끌려와 줄줄이 세워졌고, 변종인은 기녀들 하나하나의 얼굴을 살폈다. 허나 지담은 보이지 않았고, 운심이 무슨 짓이냐 따져 물었다.

"국법을 어기고 세책을 돌린 계집이 이곳 부용재에 숨어들었다는 첩보를 입수했느니라."

"대체 무슨 근거로 그런 말도 안 되는……"

"근거? 저기 있잖어."

의뭉스러운 미소를 띤 변종인을 보던 운심이 홱 뒤를 돌아보았고,

그곳에는 최 포교에게 팔목을 잡힌 지담이 끌려오고 있었다. 변종인이 지담에게 다가서며 말을 걸었다.

"간만일세. 세책방은 잘 되나?"

"무슨 말씀이신지."

"이게 어디서 발뺌을 하려 드는 게야. 너 불법 세책한 죄로 수배자 명부에도 올라 있어."

"세책은 뭐구 수배자 명부는 또 뭡니까."

"이거 안 보이나?"

변종인은 지담 앞에 용모파기를 쫙 펴들어 보였다. 지담의 눈빛이 흔들렸고, 운심은 그것을 휙 빼앗아 지담과 번갈아 보며 찬찬이 살폈다.

"어디 봐요, 닮았나. 좀 닮은 듯도 하네."

운심은 득의양양한 변종인에게 용모파기를 돌려주었다.

"그래도 나리께서 착각할 정돈 아닌 듯 보입니다."

"착각?"

"물론입니다. 부용재는 나랏일 하시는 분들이 자주 찾아주시는 곳입니다. 하여 행수 노릇 하는 이 천한 년도 준법하는 마음 하난 뼛속에 깊이 새겨두고 있지요. 국법을 위반한 무도한 년을 기녀로 삼을 일 없다, 이런 말입니다."

운심의 말을 듣던 변종인이 그럴 법하다는 듯 고개를 끄덕였다.

"그렇지. 그래야 운심이지. 미안하게 됐네."

"아이들, 물러가라 하겠습니다."

변종인이 그리하라 일렀고, 운심은 기녀들을 보며 고개를 끄덕였다. 지담과 기녀들이 가려던 순간, 변종인이 지담을 턱 잡았다.

"잠깐, 너는 여기 좀 남아라. 너 오늘 내 수청 좀 들어야겠다."

순간 지담과 운심의 표정이 굳었다. 운심이 공무 중에 수청이라니 그 무슨 당찮은 분부냐며 제지하려 들었으나 변종인은 버럭 소리를 질렀다.

"시끄러! 네년이 내 상관이라도 되느냐. 천한 기생년 따위가 어디 웃전을 가르치려 들어."

운심이 답답한 듯 입을 다물었고, 변종인은 확신에 찬 목소리로 지담에게 토설하라 일렀다.

"넌 기녀가 아니라 세책방 계집이야. 아니라면 행수란 년이 수청을 들게 할 수 없다. 저리 만류를 할 이유가 없겠지. 그렇지 않으냐?"

지담은 운심과 기녀들을 보았다. 자칫하면 자신은 물론 그녀들까지 큰 봉욕을 당할 수 있었다.

"하지요. 들겠습니다, 수청."

보통내기가 아니라는 듯 변종인이 미간을 찌푸렸다. 지담은 제가 먼저 걸음을 옮겨 춘월의 처소 쪽으로 갔고, 변종인이 그 뒤를 따랐다. 춘월의 처소로 간 지담과 변종인은 술상을 마주한 채 앉았다. 지담이 변종인에게 술을 따랐고, 그는 지담을 응시한 채 단숨에 술을 털어 넣었다. 변종인은 술상을 옆으로 밀고는 지담에게 슥 다가가 그녀의 옷고름을 툭 잡아당겼다. 그때 문이 거칠게 열리더니 운심이 들어섰다. 변종인이 짜증이 묻어나는 얼굴로 운심을 쳐다보았다.

"부용재…… 오늘은 그만 문을 닫아야 할 듯싶습니다."

잠시 후 변종인은 흐트러진 복색으로 부용재 마당으로 나왔고, 이미 나와 있던 최 포교, 정 포교와 맞닥뜨렸다.

"무슨 일이야. 대체 어떤 놈이야!"

두 포교가 차마 입도 떼지 못한 채, 그 입 다물라는 듯 애처로운 표정을 지었다. 변종인이 마뜩잖은 듯 뭐라 하려던 그때, 뒷짐을 지고 서 있던 미복 차림의 선비가 슥 돌아섰다. 대수롭지 않게 보던 변종인의 눈이 휘둥그레졌고, 그는 서둘러 흐트러진 매무시를 잡고 부복했다.

"저하께서 예까진 어인 행보십니까."

"궁살이가 하도 지루해 기녀들 점고⁴⁵나 한 번 받아볼까 하구. 헌데 자네는 어인 일이야. 비번인가?"

"아니, 그런 것이 아니오라……."

"기찰 중인 모양이구먼."

변종인의 얼굴이 얼음처럼 굳었다. 기찰 중에 기녀와 어울리다니, 들키면 문책을 피하기 어려울 터였다. 선이 변종인을 흘긋 보며 운심에게 말을 걸었다.

---

45. 점고(占考) : 점쳐 헤아림.

"이보게 행수. 기녀들 치마 속이 참으로 수상쩍긴 한 모양이야. 아니라면 이렇듯 유능한 종사관까지 나서 기찰을 하려들 까닭이 없질 않겠나."

기녀들이 웃음을 터뜨렸다.

"자, 들자. 내 오늘 네년들 점고를 아주 제대로 받아볼 것이야."

기녀들과 함께 방 안으로 들어서려던 선이 여전히 분기 어린 얼굴로 서 있는 변종인을 향해 짓궂게 되물었다.

"나와 더불어 점고라도 받으려는가?"

"아, 아닙니다, 저하. 물러가보겠습니다."

변종인은 돌아서 갔고, 그제야 선이 옅은 한숨을 베어 물었다. 선은 장 내관과 함께 춘월의 처소가 있는 곳으로 걸음을 옮겼다. 그런 그의 시선에 툇마루에 앉아 있는 지담이 들어왔다. 제 정체를 들킨 것도 모자라 큰 봉욕을 당할 뻔한 충격이 컸던지, 그녀의 손끝은 바들바들 떨리고 있었다. 아무리 담대하고 용맹하다 해도 아직은 앳된 소녀였다. 그런 지담을 안쓰럽게 바라보던 선이 장 내관에게 명했다.

"우부승지께 가거라. 가서 도화서에서 보자고 전해."

장 내관이 고개를 숙이며 들고 있던 검을 선에게 건넸다. 검을 받아든 선이 지담을 향해 다가섰다.

"괜찮으냐?"

"당연한 일 아닙니까. 저 이만 일로 떨진 않습니다."

지담이 씩씩한 척 그리 말했으나 떨리는 손까지 숨길 수는 없었다. 그 손을 물끄러미 바라보던 선이 어렵사리 입을 떼었다.

"미안하다."

"수사는 어찌 되었습니까?"

방금 그처럼 큰일을 당하고도 수사에 관해 묻다니, 선은 기가 막혔다.

"죽은 신홍복의 화첩에서 뭐 나온 거 없습니까?"

눈빛까지 반짝이며 묻는 지담의 말에 선이 피식 실소를 터뜨렸다. 영문을 알 수 없는 지담은 눈을 동그랗게 뜬 채, 자신을 보고 웃는 선을 쳐다보았다.

부용재를 나선 변종인은 강필재에게 모든 일을 털어놓았고, 강필재는 김택의 집을 찾았다.

"부용재라…… 세자와 계집이 부용재에 있다."

김택의 얼굴에 옅은 미소가 감도는가 싶더니 강필재 앞으로 장도를 툭 던졌다. 일전에 나인을 시켜 동궁전에서 훔쳐낸 그 장도였다.

"장도를 계집의 모가지에 박아. 계집과 함께 국본도 끝장을 내자구. 이런 걸 두고 양수겸장[46]이라 하는가."

강필재는 장도를 받아들고 김택의 사랑을 나섰다. 김택과 강필재가 자신들을 노리고 있다는 것을 알 리 없는 선과 지담은 홍복의 화

---

46. 양수겸장(兩手兼將) : 양쪽에서 동시에 하나를 노리게 됨을 비유적으로 이르는 말.

첩에 관해 얘기를 나누고 있었다. 화부타도가 담고 있는 의미가 뭔지, 드디어 범인을 잡을 단서를 찾은 듯하다는 선의 말에 지담이 반색했다.

"지금 나와 함께 도화서로 가자. 이곳 부용재가 더는 안전치 않을 듯싶구나."

지담이 고개를 끄덕이며 일어났고, 선이 잠시 당혹스러운 듯 그녀를 보며 물었다.

"그리…… 갈 것이냐?"

지나치게 화려한 기녀의 복색이었다. 아차 싶은 지담이 옷을 갈아입고 나올 테니 부용재 뒷문에서 기다려달라 청했다. 잠시 후, 제 옷으로 갈아입은 지담이 바랑을 메고 부용재 뒷문으로 나왔다.

"가자."

두 사람은 도화서 쪽으로 나란히 걸었다. 선은 지담을 제 왼편에 두었고, 만일을 대비해 장 내관이 건네고 간 검을 오른손에 쥔 채 그녀를 엄호하듯 걸었다. 이미 철시된 후라 황량한 저잣거리로 들어선 선과 지담은 불온한 움직임을 감지한 듯 서로를 쳐다보았다. 그 순간, 시전들 사잇골목에서 자객들이 모습을 드러냈다. 흑표가 이끄는 서방 중에서도 최정예 검계들이었다. 그들은 지담과 선을 향해 다가왔고, 선은 지담을 제 등 뒤로 숨기며 검을 빼어들었다. 기합과 함께 검계들이 달려들었다. 선의 검이 허공을 갈랐고, 지담 역시 평상 위에 놓여 있던 빈 병을 그들에게 집어 던졌다. 선은 검계들을 상대하며 지담을 엄호하였으나, 검계들은 파도처럼 밀려들었다. 그 순간, 검계 중 하나가 지담을 베어버릴 듯 칼을 높이 쳐들었고, 선이 그를 걷어찼다. 그 틈을 노린 다른 검계가 선을 향해 검을 겨누었다. 그때였다. 매서운 칼날에 쓰러진 것은 선과 지담이 아니라 그들을 노리던 검계였다. 뒤이어 복면으로 얼굴을 가린 사내, 내시부 무관 풍이 모습을 드러냈다. 운과 뢰까지 선을 돕자 전세는 선에게 유리하게 기울었다. 그 틈을 타 선은 지담의 손을 잡고 급히 도망쳤다. 어둠 속에서 모습을 드러낸 상선이 멀어져가는 두 사람을 눈에 담았다.

지담과 함께 도화서 안으로 들어선 선은 지친 기색도 없이 불을 밝히고, 작업 중인 반차도 뭉치들이 들어 있는 서랍부터 열었다. 홍복의 필선을 찾던 중 장 내관과 채제공이 들었다.

"허정운은 홍복이가 구결을 즐겨 쓰는 것을 알고 있었어. 그래서 마지막 순간 홍복이의 방식으로 나에게 전언을 보낸 거지."

"화부타도의 비밀을 풀었다지 않으셨습니까. 대체 화부타도와 구결이 무슨 연관."

그리 묻던 지담이 멈칫하며 바랑에 든 협서를 꺼내 화부타도라 쓴 글씨를 살피는가 싶더니 뭔가에 생각이 미친 듯 선을 보았고, 선은 고개를 끄덕였다.

"화부타도는 한자가 아니라 구결이다."

"하오시면 이건 화부타도가 아니라,"

"화는 바, 부는 나, 그리고 타와 도."

선의 말을 받아 적으며 글씨들을 조합하던 지담의 눈이 반짝였다.

"반차도. 그러니까 홍복이가 남긴 반차도를 찾으란 뜻일 게다."

선이 드디어 홍복이 그린 반차도를 찾은 듯, 그를 집어들어 서탁 위에 펼쳤다.

"홍복이가 남긴 반차도, 이 안에 범인이 있다."

"범인이 누굽니까?"

선은 말없이 손으로 그림들을 짚어나갔고 지담과 채제공, 장 내관은 숨소리조차 죽인 채 그 모습을 지켜보았다. 그림 속 무표정한 별감들 사이로 한 명의 입꼬리만이 쓱 올라가 있었다. 싸늘한 웃음을 머금고 있는 듯한 인상이었다.

"범인은 바로 이자."

선이 반차도에 그려진 한 사내를 손가락 끝으로 짚었다.

7 ―――

"능행길, 이 자리에 섰던 자는……."

선은 그 날, 자신을 수행했던 별감과 천승세가 죽기 전에 했던 말을 떠올렸다. '가앙……'까지 말한 그에게 선은 이름을 물었고, 그때 날아온 화살이 천승세의 가슴을 뚫었다.

"강서원…… 동궁전 별감 강서원이야."

장 내관이 놀란 듯 강서원이 범인인 것이냐 물었고, 채제공은 허면 빈궁전의 사주가 없었어도 뒤를 밟을 이유가 있었겠다는 듯 말했다.

"아직…… 아직은 아무 증좌도 없어."

"허면 적당한 이유를 만들어 강서원을 잡아들이고 그 집을 샅샅이 수색해보는 것은 어떻습니까. 신흥복의 화첩은 찾았지만 아직 현장에서 사라진 세책은 찾지 못했습니다. 그러니……."

"세책을 가진 자가 범인일 거다."

선이 중얼거렸고 지담은 고개를 끄덕였다.

"강서원. 별감 강서원은 속히 나와 세자 저하의 명을 받들라."

다음 날, 강서원의 집을 찾은 장 내관이 그리 말했으나 강서원의 처는 강서원이 집에 없다 하였다. 장 내관은 별감들에게 집 안을 뒤지라 명했고, 강필재가 장 내관에게 다가서며 조심스레 물었다.

"저어…… 강서원이 무슨 중죄라도 지었습니까? 난데없이 파직을 당한 연유는 뭐고 다시 잡아들이려는 연유는 또 뭡니까?"

"많은 걸 알려들지 말게. 다치는 수가 있어."

장 내관이 어서 수색하라는 듯 턱짓했고, 강필재는 별감들을 도와 집 안을 뒤졌다. 장 내관은 끝내 강서원을 찾지 못한 채 별감들과 함께 환궁했고, 그 길로 시강원에 들었다.

"지난밤 집을 나간 연후 돌아오지 않았다 하옵니다."

"세책은……《문회소 살인사건》은 발견되었느냐?"

그 역시 샅샅이 수색하였으나 나오지 않았다.

"파직을 당하자 낌새가 이상하다 싶어 도주를 한 것이 아니겠습니까."

"일단 강서원 주변부터 탐문하지. 별감들 입출번 일지부터 찾아오너라. 평소 친하게 지냈던 별감들이 누군지도 알아보고."

채제공은 적당한 사유를 둘러대고 용모파기도 뿌려보는 것이 어떻겠느냐 의견을 내었다.

"현상금도 두둑이 걸지. 허면 좀 더 신속하게 제보자가 나설 수도 있을 테니까."

선이 강서원을 수배했다는 이야기는 흑표의 처소에 있던 김택과 강필재의 귀에도 들어갔다.

"세자가 강서원을 수배해?"

"더 이상한 건 강서원이 자취를 감췄다는 것입니다."

"까마귀 날자 배 떨어진 겐가."

김택이 중얼거렸고, 강필재는 누군가 의도적으로 빼돌린 것 같다고 대꾸하며 지난밤의 일을 전했다.

"지난밤 계집을 납치하려던 수하들을 공격했던 자들이 있었답니다. 그들 소행이 아닌지."

"공격이라…… 그자들에게 특이한 점은 없었는가?"

"본국검법을 구사하는 듯 보였답니다."

'본국검법'이라는 말에 김택의 얼굴이 흠칫 굳었다. 뭔가 짚이는 게 있는 듯 김택은 흑표의 처소를 나섰고, 그 길로 동온돌을 찾았다.

"강서원…… 전하께서 치우셨습니까?"

"그래, 내가 했지. 헌데, 아니야 강서원은. 내 보기엔 배포가 좁쌀보다도 못해. 그런 놈이 맹의를 쥐고 거래 운운하며 천하의 김택을 갖고 놀아? 아니지. 당치 않은 일이야."

왕이 피식 웃었고, 김택은 긍정도 부정도 하지 않은 채 침묵을 지켰다.

"강서원이 아니면 누구야? 또 다른 별감인가?"

김택은 동궁전이 강서원을 지목한 연유나 알려달라 청했고, 왕은 실소를 터뜨렸다.

"제 패는 꽁꽁 숨겨두고 상대의 패를 보자고 한다? 심보가 어찌 그리 흉해."

"알려주실 수 없다는 뜻입니까."

"그럴 리가 있나. 우리가 남도 아닌데. 신홍복이란 화원이 반차도에 표시를 해둔 모양이야. 세자는 그 표시가 범인을 지목한 것이라 확신을 하는 것 같고. 헌데 강서원이 사라졌으니 이제 확신은 더욱 깊어지겠지. 세자가 길을 잃었으니 그대에겐 천우신조가 아닌가. 속히 맹의 뺏고 꼬리 자르고 말어."

김택은 그리 말하는 왕을 묵연히 바라보았다.

※ ※ ※

서균은 거칠게 부용재 중문을 열고 운심의 처소 쪽으로 들어섰고, 노기 띤 목소리로 운심에게 따져 물었다.

"자네 대체 뭘 하는 사람이야. 지난밤 그런 일이 있었는데 어찌 내게 기별조차 안 한 겐가."

"걱정 붙들어 매셔요, 어르신. 지담이 잘 있어요. 아주 안전한 곳에 잘 모셔놨다니까요."

의아해하는 서균을 보며 운심은 옅은 미소를 지은 채 고개를 끄덕였다. 그 시각, 보행객주 처소에서는 나철주가 서책을 보고 있었고,

그 앞을 서성이던 지담이 툭 물었다.

"그날 밤 칠패엔 왜 간 거야?"

"목소리 낮춰라. 너 여기 숨은 거 장삼이하고 이사 빼고는 아무도 몰라."

답이 없자 지담은 못마땅한 듯 책을 홱 빼앗아 덮으려 했다.

"야! 어디까지 읽었는지 표시도 안 했는데."

"이 손 콱 빼기 전에 얼른 대답해. 그날 밤 칠패엔 왜 갔어? 천승세, 서방이란 관련 있는 놈 맞지?"

지담을 어찌해야 하나 난감한 듯 바라보던 나철주가 고개를 끄덕였다.

"그래. 서방 놈들 우리 동방의 암기 갖고 장난쳤는데 받은 만큼 돌려는 줘야지."

지담이 수상쩍다는 듯 한쪽 눈썹을 찡긋했고, 나철주가 그런 지담을 흘긋 보며 물었다.

"무슨 상상 하냐? 내가 천승세 암살이라도 했을 거 같냐?"

"그건 두목의 방식이 아니지. 세력이 제일 약할 때도 정면승부만 고집했는데 천승세만 특별 대접할 이유가 뭐야?"

나철주가 알면 됐다는 듯 다시 책을 집어들었으나 지담의 궁금증은 거기서 멈추지 않았다.

"천승세…… 꼬리가 잘렸단 얘긴데…… 서방에 대해 더 알아낸 거 없어? 두목은 누군데?"

"그림자."

지담이 그 말을 곱씹듯 되물었으나 나철주 역시 그림자라는 별호 외에는 아는 게 없었다. 지담이 더 알게 되면 알려달라 했고, 나철주는 그러겠다 했다.

"어쩐 일로 대답이 이리 선선해?"

"알아본들 너에겐 아무 소용없을 테니까. 지금 이 시각 이후 사건이 해결될 때까지 넌, 여기서 한 발짝도 나가지 못할 거거든."

"두목!"

발끈하는 지담에게 나철주는 읽던 서책을 툭 던져주며 대꾸했다.

"이거나 봐라. 보고 참고해서 너도 염정소설이나 써. 포교소설 쓴답시고 쓸데없이 수사에 끼어들어 위험 자초하지 말고!"

나철주가 처소를 나서며 처소 앞을 지키고 있던 장삼과 이사에게 당부했다.

"지담이, 돌아다니지 못하게 해. 아차 하다 들키면 골 아퍼."

허나 지담은 어느새 들창으로 빠져나와 그들의 대화를 엿듣고 있었다.

"들켜? 뭐를?"

회랑 근처 방 안으로 들어서며 그리 중얼거리는 지담의 얼굴에는 의혹이 쉬이 걷히지 않았다.

으슥한 밤, 김택은 강필재를 은밀히 불러들였고, 동온돌에서 전해들은 말을 그에게 전했다. 순간 강필재의 얼굴이 굳어졌고, 김택은 의아한 듯 중얼거렸다.

"헌데 신흥복은 어찌하여 자네가 아니라 강서원을 표시한 걸까?"

"접니다."

김택이 무슨 소리냐 물었고, 강필재는 신흥복이 표시한 것이 강서원이 아닌 자신이라 한 번 더 말했다.

"이제 세자가 절 알아내는 것은 시간문젭니다. 수사를 막으세요. 막을 수 없다면 죽여 없애기라도 하시던가요."

"수하들부터 잡어. 계집의 목에 장도만 제대로 박았어도 다 끝났을 일이야."

"그래서 이대로 손 놓고 구경만 하시겠다구요?"

"신중하게 방도를 찾아보자는 게야."

"신중하기보단 신속하셔야지요. 그리하지 못하면 저하곤 비교도 안 되는, 매우 골치 아픈 적을 감당하시게 될 수도 있습니다, 대감."

김택이 감히 어디서 협박이냐 꾸짖었으나, 강필재는 눈 하나 깜짝 않은 채 이게 다 대감에게 배운 거라 응수했다.

그 무렵, 왕은 돋보기를 든 채 반차도를 한 장 한 장 넘겨보고 있었다.

"아무리 들여다봐도 한 놈이 그린 듯 똑같은데, 세자는 이 안에서 신흥복의 필선은 물론 표식까지 단박에 찾아냈다구?"

상선이 그러하다 대답했고, 왕은 안타까운 듯 혀를 끌끌 내찼다.

"마음 붙일 데가 그리 없었나. 얼마나 마음 붙일 데가 없으면 화원 나부랭이에게 이토록 깊은 마음을 주었을꼬."

왕은 돋보기를 내려놓으며 반차도를 도화서로 가져다두라 일렀다. 그의 짐작이 맞다면 찾으러 오는 자가 있을 터.

그의 짐작대로 으슥한 밤 도화서 담장을 넘는 이가 있었다. 강필재였다. 마치 그를 기다리고 있는 듯 서탁 위에는 반차도가 펼쳐져 있었고, 곳곳에는 내시부 무관인 풍, 운, 뢰가 매복해 있었다. 허나 강필재는 화실이 아닌 도화서 별재의 집무실로 갔고, 그곳에서 명부를 찾기 시작했다. 능행명부를 찾아 집으로 돌아온 강필재는 그를 화로에 던져 넣고는 맹의를 펼쳐보았다. 신치운에게 전언을 보냈으니 곧 답이 올 터, 포위망이 더 좁혀오기 전에 하루 빨리 떠나야 했다.

"지난밤 도화서에는 아무도 다녀가지 않았다 하옵니다."

"김택이 미끼를 물지 않았다?"

상선이 조심스레 반차도가 미끼가 아닐 수 있다 하였으나 왕은 여유로운 미소를 머금은 채 그거야 확인을 해보면 알 것이다 그리 중얼거렸다. 그는 새로운 미끼를 낚싯대에 끼우며 강서원을 풀어주라 일렀다.

그 시각, 시민당 편전에는 선이 서탁 앞에 쌓인 문서들을 검토하고 있었다. 허나, 무슨 생각을 하는지 도통 진도는 나가지 않았고, 채제공이 그런 선을 흘긋 보더니 오늘 있을 일정들을 고하기 시작했다.

"사시47부터 상참48이 있을 예정입니다. 상참이 끝나고 조계49, 조계를 받으신 연후 윤대50."

"강서원도 죽었을까?"

선의 중얼거림에 채제공이 멈칫했다.

"강서원이 이 모든 연쇄살인의 주범이라면, 그는 누가 죽였을까?"

"배후 세력이 아니겠습니까. 그를 죽여 없애면 그야말로 완전 범죄가 되니까요."

"그런데 말이야. 생각하면 생각할수록 풀리지 않는 의문이 하나 있어. 홍복이가 봐선 안 될 비밀의 문서를 봤고, 그래서 누군가가 죽였다면 왜 하필이면 어정에 유기했을까?"

모든 걸 비밀로 하고 싶었다면 아무도 모르게 묻어버릴 수도 있었을 텐데 범인은 보란 듯이 사체를, 그것도 의릉 어정에 유기했다.

"신홍복을 죽이고 저희들의 손으로 버젓이 어정에 유기하고, 온갖 무리수를 동원해 자살로 은폐 조작한다? 어딘가 모순이 존재하는 것 같지 않아?"

채제공은 혹 제삼의 인물이 있는 게 아닐까 하는 의문을 제기했다.

"살인을 교사한 자와 진범……."

---

47. 사시(巳時) : 오전 9시~11시.
48. 상참(常參) : 의정(議政)을 비롯한 중신과 시종관이 편전에서 임금에게 정사를 아뢰던 일.
49. 조계(朝啓) : 조신(朝臣)들이 임금에게 국사(國事)를 아뢰는 정규 회의.
50. 윤대(輪對) : 백관(百官)이 차례로 임금에게 정치에 관한 의견을 아뢰던 일.

"그리고 홍복일 어정에 유기한 자?"

선이 채제공의 말을 이어받듯 말했고, 채제공은 고개를 끄덕였다. 일단 노론이 얼마나 개입했는지 확인해야 한다는 채제공의 말에 선 역시 동의했다.

"오늘 윤대는 병조의 차롑니다. 윤대에는 부제학 민백상 또한 부르겠습니다."

선이 의아한 듯 병조 윤대에 홍문관 부제학을 어찌 부르는 것이냐 물었다.

"일목지라 불가이득조一目之羅 不可以得鳥. 그물이 하나뿐이면 새를 잡을 수 없는 법입니다, 저하."

채제공의 의도를 파악한 선이 고개를 끄덕이며 옅은 웃음을 배어 물었다.

그 무렵, 좌상 이종성의 집무실로 불려간 박문수는 당혹스러운 얼굴로 서 있었다.

"어찌 대답을 못해? 맹의가 뭐야?"

이종성이 물었으나 박문수는 침묵을 지켰고, 이번에는 조재호가 그를 떠보았다.

"갑진년, 경묘께서 환취정에서 승하하실 때 당하신 망극한 일과 연관 있는 거 맞습니까?"

이들이 갑자기 맹의를 알게 된 것은 모두 신치운 때문일 터. 박문수가 신치운을 서늘하게 보았으나 신치운은 그를 외면했다. 이종성이 박문수에게 대답을 하라 채근했으나 박문수는 질긴 침묵을 지켰다. 그런 그를 보며 조재호는 거래에 응하면 자연 알아질 일이니 대답을 강요치 말라 하였다. 흠칫 놀란 박문수가 신치운에게 물었다.

"거래라니?"

"저쪽에서 기별이 왔습니다. 만 냥 내랍니다. 허면 맹의 건네준다구요."

거래에 응할 생각이라는 이종성에게 박문수는 거래에 응해서 뭘 어쩔 요량이냐 물었다.

"역사를…… 역사를 바로잡겠다는 게야. 이 일엔 자네 또한 동참을 해야 돼. 그렇지 않다면 우린 자넬 소론으로 인정할 수 없네."

그때, 집무실 밖에 서 있던 하급관원 하나가 은밀히 회랑을 빠져나가 김택의 집무실로 갔다. 그는 자신이 엿들은 이야기를 전했고 김택은 강필재가 기어이 저쪽과 거래를 텄다는 것에 분기를 참지 못했다.

이윽고 윤대 시간이 돌아왔고, 선은 채제공과 함께 시민당 편전으로 들었다. 홍계희를 비롯한 병조 관원들 사이에 민백상이 있었다. 홍계희와 민백상의 시선이 허공에서 스쳤다. 두 사람을 흘긋 바라본 선이 민백상에게 이 자리에 불려온 연유를 아느냐 물었다.

"소신 미거하여 잘은……."

"영감을 파직하기 위해섭니다."

머리를 조아리고 있던 민백상이 고개를 들었고, 홍계희 역시 당혹스러운 듯 운을 떼었다.

"저하, 어찌 그리 급작스런 분부를."

"이게 다 병판 대감 덕이지요."

홍계희의 얼굴이 굳어졌고, 선은 홍계희와 민백상에게 민우섭이 사직한 연유가 무엇이냐 물었다. 두 사람 모두 답이 없었고, 선은 사직을 해야 될 특별한 이유라도 있었느냐 물었다.

"병판께서 답을 해보세요. 특검 후 승차하기 전까지 줄곧 부관으로 아끼던 자가 아닙니까."

"일신상의 이유라는 것 외엔 소신도 잘……."

선은 민백상을 보며 그 일신상의 이유라는 것이 무엇이냐 물었다.

"죽을병에라도 걸린 겁니까?"

"그런 것이 아니오라……."

"아니라면 당장이라도 출사하라 하세요. 그리하지 못하면 대감과 대감 가문의 충심을 의심할 수밖에 없습니다."

선은 당혹스러움에 어찌할 바 모르는 민백상을 더 몰아붙였다.

"현 시기 병조는 기본적인 병무 외에 균역법 제정을 위한 일로 인력이 턱없이 부족합니다. 헌데 민우섭같이 유능한 인재를 버려두다니요."

"하오나 자식의 뜻이 너무도 완강하여……."

"잘 설득하여 충심을 보태라 하세요. 아비가 파직되게 생겼으니 살려달라 읍소라도 하시던가요. 병판 대감. 대감이 아끼던 수하 민우섭은 어떤 자입니까? 아비의 뜻을 함부로 꺾고 나아가 그 출사길조차 막을 만큼 매정한 사람은 아니겠지요."

"물론……입니다, 저하."

"일단 우익위와 좌익위를 모두 병조로 보내지요. 급한 대로 부족한 인력을 충당하세요."

"하오시면 동궁전의 시위는 어찌?"

"그러니 민우섭이 한시 바삐 출사를 해야지요. 그가 출사를 할 때까지 공석으로 비워둘 것이니 나를 너무 오래 기다리게 하지 말라, 그리 전해주십시오."

민백상과 홍계희의 얼굴에 난감함이 스쳤다. 윤대를 마치고 나와 용포에서 철릭 차림으로 갈아입은 선은 춘당대로 향했다. 그는 과녁을 향해 방아쇠를 당겼고, 바로 다음 사격을 준비하며 채제공에게 물었다.

"이제 저쪽이 어찌 나올까."

"민우섭이 지담이로부터 받은 익명서를 의도적으로 빼돌렸고, 이 과정에서 노론이 조직적으로 개입한 것이라면 뭔가 조치를 취하려 들 겁니다."

선은 고개를 끄덕이고는 다시 과녁을 향해 총구를 겨누었다.

말 한 필이 저잣거리 안으로 달려들었다. 말에 오른 사내가 고삐를 잡으며 속도를 늦추는가 싶더니 안장 뒤에 실려 있던 자루를 땅바닥에 툭 던지고는 다시 속도를 내어 달려갔다. 자루 안에서 뭔가 꿈틀거리는가 싶더니 봉두난발을 한 사내가 그 안에서 나왔다. 동궁전 별감 강서원이었다. 행인들은 그를 신기한 듯 보았고, 강서원이 소리를 꽥 질렀다.

"뭘 봐. 사람 얼굴 처음 봐."

그때 행인 하나가 손가락 끝으로 용모파기를 가리켰고, 강서원은 순간 제 눈을 의심하며 멈칫했다. 맞은편 벽에 내걸린 용모파기는 몇 번이고 다시 봐도 강서원, 그 자신이었다. 강서원은 용모파기를 홱 뜯어 궐 쪽으로 걸음을 옮겼다.

"신흥복을 아느냐?"

선이 물었고, 강서원은 동궁전 별감 중에 신흥복을 모르는 자도 있느냐 반문했다.

"사건 당일…… 그러니까 신흥복이 죽던 날 밤도 만났느냐?"

"신흥복, 이놈이 죽이지 않았습니다. 지난 사흘을 갇혀서 내리 그 말만 반복하다 나왔구만."

"갇혀? 갇혀 있었다고 했느냐?"

"아닌 밤중에 기집마냥 보쌈을 당해갖고…… 어딘지도 모른 데로 끌려가서."

채제공이 어찌 탈출했는지 묻자 강서원은 탈출이 아니라 잡아간 놈들이 다시 저자에 버렸다고 털어놓았다.

"허면 그날 밤, 신흥복이 살해되던 그 밤, 너는 어디 있었느냐?"

"어디 있기는요, 궁에 있었지요. 입번인데 궁에 안 있고 어디에 있습니까."

잠시 후 강서원의 진술을 확인하러 갔던 채제공이 잰걸음으로 들어섰다.

"강서원은 입번을 한 것이 확실합니다. 일지에 기록되어 있음은 물론 목격자도 있습니다."

"허면 어찌하여 홍복이는 반차도에 강서원을 남긴 것일까."

선이 수심 가득한 얼굴로 한숨을 내쉬고는 장 내관에게 강서원을 풀어주라 일렀다.

강서원과 함께 북문 근처까지 다다른 장 내관은 살펴 가라며 그를 보내려 하였으나, 그가 장 내관을 붙잡았다.

"헌데…… 백 냥은 언제 주십니까요? 여기 제보한 자에게 백 냥을 준다 했으니 제 발로 왔으면 응당 백 냥은 제가 받아야……."

"쓸데없는 소리. 썩 물러가지 못하겠는가."

장 내관은 강서원을 엄히 꾸짖고는 동궁전 쪽으로 걸음을 옮겼다. 강서원이 영 아쉬운 듯 쩝 입맛을 다시던 그때였다.

"그 백 냥 내가 줌세."

강서원이 돌아본 곳에 홍봉한이 있었다. 홍봉한은 강서원에게 몇 가지를 물어보고는 그 사례로 백 냥을 건넸다. 강서원과 헤어진 후, 빈궁전으로 든 홍봉한은 강서원에게서 얻어낸 이야기들을 고했다.

"동궁전에서 신흥복을 죽인 놈을 찾는다구요?"

홍봉한은 짐짓 굳은 얼굴로 김택이 자살로 덮으라 한 것으로 보아 신흥복의 죽음이 그저 단순한 일은 아닌 듯하다 답했다.

"허면 동궁전은 노론의 뒤를 캐고 있다고 보아도 무방하겠습니다."

"그리 볼 수도 있겠지요."

"허면 이참에 노론과 분명한 선을 그으셔야 합니다."

"정치는 그리 단순한 것이 아닙니다, 마마. 당을 버리고서는 입지를 만들 수가 없어요."

얼굴까지 붉힌 채 그리 말하는 홍봉한을 보며 혜경궁은 묘한 미소를 지었다.

"진짜 버리라는 것이 아닙니다. 동궁전엔 그리 보여야 한다는 말이지요. 허면 원체 장인을 신뢰하는 저하시니 고민 몇 자락 흘려주실 수도 있지요. 그 고민들이 노론에 도움이 될 수도 있고 말입니다. 양쪽의 신임을 받으며 적절히 줄다리기를 하는 것…… 그것이 아무 배경 없이 정치에 뛰어든 우리 홍씨 일문이 입지를 굳혀갈 첩경 아니겠습니까."

이제 겨우 스물이 된 얼굴에는 아직 앳된 티가 남아 있었으나, 정치력만큼은 웬만한 대소 신료들보다 뛰어난 혜경궁이었고, 홍봉한은 그에 감탄해 마지않았다.

"마마께서 아들이 아닌 것이 아쉽습니다."

"여식으로 낳았으니 아버지께 오늘이 있는 게지요."

혜경궁과 홍봉한이 모사를 꾸미고 있던 그 무렵, 호조[51] 서고에서 자객이 사라졌던 근방의 가옥대장을 검토하고 있던 박문수의 얼굴이 묘하게 굳었다. 그는 빈 종이에 뭔가를 써 내려갔고, 이내 서고를 나섰다. 호조 서고를 나선 박문수가 걸음한 곳은 일전에 나철주와 함께 찾았던 천승세의 집 근처였다. 날카로운 눈빛으로 주변을 살피던 박문수가 어느 집 대문을 슥 밀어보았으나, 문은 굳게 닫힌 채 열리지 않았다. 그때, 거간[52]꾼 황가가 슥 다가서며 아는 체를 했다.

"집 잘 빠졌지요?"

돌아선 박문수의 얼굴에 방금까지 번뜩였던 날카로움은 온데간데없었다. 박문수는 푸근한 표정으로 황가와 그 곁의 천가를 보았고, 두 사람은 박문수에게 예를 갖추었다.

"거간 일은 어때, 잘 되나?"

"어사나리 덕분에 진즉이 자리 잡았습죠."

황가가 박문수에게 칠패에는 어쩐 일인지 물었고, 박문수는 그에게 종이를 내밀었다.

---

51. 호조(戶曹) : 호구(戶口), 공부(貢賦), 전량(田糧) 및 식량, 재화(財貨), 경제에 관한 일을 맡아보던 중앙 관청.
52. 거간(居間) : 물건을 팔고 사는 사람 사이에서 흥정을 붙이는 일.

"여기 적은 집들 실소유주를 좀 알아봐주게."

황가는 그저 출처나 새나가지 않게 해달라 부탁했고, 박문수는 그 길로 다시 등청하여 편전으로 향했다. 왕이 박문수에게 맹의의 행방을 물었고, 박문수는 믿을 만한 자를 풀어 정보를 모으는 중이니 곧 좋은 소식이 있을 거라 답했다.

"노론의 행보가 만만치 않아. 게다가 홍봉한과 빈궁의 움직임 또한 수상쩍어."

"가장 만만치 않은 것은 동궁전의 행보지요. 지나치게 위험천만한 행보를 계속하고 있는 것은 아닌지……."

"국본은 심려치 말어. 내 잘 단속을 해둘 테니까."

박문수가 충직한 얼굴로 고개를 숙였고, 왕은 그런 그를 미더운 듯 바라보며 끄덕였다. 박문수가 편전을 나선 후, 왕은 내관을 시켜 선을 부용정으로 데려오라 일렀다. 다담상을 차린 채 기다리고 있던 왕이 선을 보고는 다가와 앉으라 명했다. 선을 물끄러미 바라보던 왕이 얼굴 꼴이 그게 뭐냐 물었고, 선은 겸연쩍은 듯 고개를 숙였다.

"이제 그만 수사에서 손 떼. 손 떼고 공무에만 전념해. 균역법을 비롯하여 처리해야 할 공무가 산더미 아니냐."

"공무는 차질 없이 처결할 것이오니,"

"그리 불철주야 뛰어다니다간 명줄 한없이 줄어들어, 이놈아! 자기관리 잘하는 법을 배우는 것이 제왕학의 기본이야."

"하오나,"

"아예 그만두라는 것이 아니야. 믿을 만한 사람 찾아 맡겨."

선이 멈칫하며 그를 쳐다보았고, 왕은 박문수면 어떻겠느냐고 운을 떼었다.

"내가 몸을 나눠준 아비라면 박문수는 널 가슴으로 키운 아비다. 그러니 너의 그 애달아하는 마음 또한 누구보다 잘 헤아려주질 않겠느냐."

"조금만…… 소자가 조금만 더 해보겠습니다."

그 고집에 혀를 끌끌 내차던 왕이 넌지시 뭐 좀 건진 게 있느냐 물었다. 뭔가 얘기하려던 선은 멈칫하며 좀 더 확실해지면 그때 말하겠노라 말을 아꼈다.

"아비는 언제나 니 편이다. 도움이 필요하면 주저 없이 말해."

"명심하겠습니다."

선과 왕이 찻잔을 들었고 다향을 음미했으나, 두 사람의 머릿속에는 서로 다른 계산이 복잡하게 돌아가고 있었다.

※ ※ ※

맑은 물이 담긴 대야에 피로 물든 손을 씻는 사내가 있었다. 정체를 알 수 없는 고기 쪽들이 도마에 놓여 있었다. 사내는 새끼 참수리에게 잘라놓은 고기 쪽을 내밀었고, 참수리는 그를 받아먹었다. 사내가 그 모습을 흐뭇하게 바라보던 그때, 뒤편에서 익숙한 목소리가 들려왔다.

"솜씨는 여전하구나."

김택이 옅은 미소를 띤 채 서 있었다.

"오해하지 마십시오. 그저 사냥이나 하면서 살고 있을 뿐입니다."

"널 찾아 불러올리느라 애 좀 먹었다. 왜 불렀는지 묻지 않는구나."

"대감의 청은 받들지 않을 것이니까요."

사내를 바라보던 김택이 갈 곳이 있으니 따라나서라 일렀다.

김택이 사내를 데리고 간 곳은 김택 문중의 선산이었다. 대대로 삼정승을 지낸 일가답게 뜨르르한 선산 한 켠 묘역 앞에 단정한 제사상이 차려져 있었다.

"술이라도 쳐. 느이 어미 반가워할 거다."

제 어미의 묘라는 말에 사내의 얼굴에 당혹스러운 빛이 스쳤다.

"감격했니? 기생첩인 느이 어미 선산 발치에 묻어서 말이다. 나……니 어미 좋아했다. 어찌 보면 여잔 니 어미 하나였는지도 몰라."

김택은 그 옆 가묘를 가리키며 자신이 죽으면 저기에 묻힐 거라 중얼거렸다. 사내의 눈빛이 흔들리는 것을 본 김택이 오금을 박듯 말을 이었다.

"강필재 제거하고 맹의 찾아와. 이번 일만 잘 되면 니 어미 소원을 들어줄 생각이다. 신분을 세탁해 양자로 만들어주마. 얼자[53]라 하면

---

53. 얼자(孼子) : 본처가 아닌 첩이나 다른 여자에게서 난 아들. 서자.

출사길이 열리질 않으니 말이다."

사내가 묵묵히 김택을 보았고, 김택은 그런 그를 안타까운 듯 보았다.

"니 어미 살아생전 소원이었는데…… 날 아비라 부르고 싶지 않니?"

김택의 아들, 허나 어미가 기생 출신이라 있는 듯 없는 듯 살아온 아들이었다. 하여, 이름조차 얻지 못한 채 그저 무^{無}로 불렸다. 어떠한 꿈도, 미래도 없이 분기와 조소만을 담고 살았던 그에게 김택은 세상을 쥐어주겠노라 그리 말한 것이다.

주모가 상을 평상에 내려놓고 가자 박문수가 맞은편에 앉은 황가에게 은밀히 물었다.

"그래…… 좀 알아보았는가?"

"넘겨주신 주소 중 세 채는 실소유주가 다르더라구요. 근데 여기 아주 얼토당토않는 놈이 하나 껴 있어요. 강필재라는 잔데 동궁전 별감이랍니다요. 녹봉이 얼마라구 그런 고랫등 같은 집을……."

"강필재?"

그 시각, 강필재는 연초전으로 들어서고 있었다. 주인에게 부탁한 건 어찌 되었는지 묻는 강필재의 말에 주인이 뭔가를 꺼내던 그때, 박문수가 들어서며 그에게 아는 체를 했다.

"이게 누구야, 강 별감 아니신가?"

순간 강필재의 얼굴에 당혹감이 스쳤으나, 그도 잠시 강필재는 사람 좋은 얼굴로 예를 갖추었다.

"참찬 대감께서 예까진 어인 행보십니까?"

"답답한 일만 늘어가니 나도 담배나 먹어볼까 하구. 좋은 걸로 자네가 하나 골라주게."

두 사람을 물끄러미 바라보던 연초전 주인이 톡 끼어들었다.

"그짝 손님도 처음인데 골라주긴 뭘 골라줍니까요."

옅은 미소를 지은 채 강필재는 그 자리를 떠났고, 박문수가 주인에게 물었다.

"처음인 건 어찌 알았나?"

"담배 꾹꾹 눌러 피우려면 쇤네처럼 이리 손톱 밑이 새카매야 되는데 저 짝은 대감마님마냥 허옇지 않았습니까요? 헌데 욕심은 또 많아가지구 아주 넓디넓은 담뱃대를 주문했어요."

"넓은 담뱃대라……"

그리 중얼거리며 강필재가 사라진 골목께를 바라보는 박문수의 얼굴에 의혹이 드리웠다.

으슥한 밤, 동궁전을 지키고 있는 선에게 최 상궁이 예를 갖추고 아뢰었다. 오늘이 예조에서 뽑아 올린 길일이라 빈궁전으로 납셔야 한다 일렀다.

"오늘은 안 가면 안 되나? 해결치 못한 일이 있는데……"

"길일이 아니라도 찾는 것이 마땅한 일입니다. 저하께선 빈궁께서 무리수를 둔다 하시지만 어쩌면 그렇게라도 하여 저하의 관심을 받고 싶은 것일지도 모릅니다. 은애하고 아껴주세요. 그리하셔도 험하디 험한 것이 바로 궁살이 아닙니까."

선이 옅은 한숨을 배어 물고는 자리에서 일어나 동궁전을 나섰다. 말 잘 듣는 아들을 보듯, 최 상궁의 입가에는 미소가 어렸다.

"저하…… 해시이옵니다. 시작하소서."

빈궁전 안, 혜경궁을 마주보고 있던 선이 옷고름을 툭 풀었다. 옷고름을 쥔 채, 가만 그 고름 끝을 바라보던 선이 뭔가 생각난 듯 중얼거렸다.

"능행일은 택일하고 반차도는 미리 그리지."

"반차도라니요? 지금 무슨 말씀을."

"강서원이 입번을 했으면, 다음 날 능행수가 시위는……."

선은 자리에서 벌떡 일어나 방을 박차고 나갔다. 급히 미복으로 갈아입은 후 궁을 나와 도화서로 향했다.

"이렇듯 막무가내로 뛰쳐나오시면 어찌합니까."

장 내관이 뒤따라오며 우는 소리를 했으나, 선의 귀에는 그 어떤 말도 들어오지 않았다.

"기억을 믿은 것이 오류야. 홍복이가 지목한 건 강서원이 아니야."

수수께끼 같은 선의 말에 장 내관이 그 자리에 강서원이 서지 않았다는 뜻이냐 물었으나 선은 고개를 가로저었다.

"아니, 그 자리에는 분명 강서원이 섰어. 허나 반차도가 지목한 인물이 아니야."

"소인은 도무지 저하께서 무슨 말씀을 하시는 겐지……."

"반차도는 능행수가 전에 그려진다. 그 많은 인원을 다 모아 연습을 할 수가 없으니 문제가 발생치 않게 하려고 미리 그려 열람을 시키는 거지. 그러니까 홍복인 선 사람이 아니라 설 사람을 그린 거야. …… 허나 그자는 그 자리에 설 수가 없었겠지. 전날 살인을 했을 테니까."

선은 도화서 문을 박차고 들어섰고, 도화서 화실을 지키고 있던 장 화원이 놀라 황급히 예를 갖추었다.

"능행수가에 참여했던 자들을 적은 명부를 찾으러 왔네."

장 화원이 난색을 표하며 명부는 없다고 아뢰었다.

"없다니? 반차도를 명부도 없이 그렸단 말인가?"

"그런 게 아니오라 지난밤 도화서에 도적이 들어 명부를 집어갔습니다요. 그 문제로 한바탕 난리가 나서…… 예조로 불려간 별재 어르신 아직 돌아오시지도 못했다니까요."

또 한 번 상대보다 한 발 늦었다는 생각에 선은 입술을 꽉 깨물며 주먹을 그러쥐었다. 선은 헛헛한 눈으로 허공의 달을 올려다보았고, 같은 시각 김택 역시 그 달을 바라보고 있었다.

"달도 차면 기울고, 인걸도 세월이 가면 낡아지는 게 세상사. 쓸쓸한 일이야. 그렇지 않나?"

화급을 다투는 일이라는 전갈을 받고 온 흑표로서는 김택이 어찌하여 그 같은 말만 늘어놓는 것인지 알 수 없었다. 김택이 청지기에게 고개를 끄덕했고, 청지기는 흑표 앞에 궤 하나를 내려놓았다. 의아한 얼굴로 궤를 열어본 흑표는 그 안 가득한 은자에 흠칫 놀랐다.

"서방의 수장에게 주는 작은 성의일세. 받아주게."

서방의 수장은 엄연히 그림자 강필재였기에 당혹스러운 흑표였다.

"한낱 장사치들도 미래를 보고 투자를 해야 이문을 남겨. 그림자는 과거고 자네는 미래야. 어떤가. 지금이 바로 그 미래를 열어야 할 때라 여기진 않나."

그림자 강필재가 그 별호처럼 모습을 감춘 채 살아온 그 시간, 궂은일은 흑표가 도맡아 해왔다. 그 짧지 않았던 시간, 쌓인 불만 역시 적지는 않았다. 거기다 영상 김택이 든든한 뒷배까지 되어준다면 더 망설일 것은 없었다. 궤 안 가득한 은자와 김택을 보던 흑표의 입가에 미소가 걸렸고, 김택은 느긋하게 다향을 음미하며 차를 마셨다.

❦ ❦ ❦

"대체 뭘 감췄다는 게야."

보행객주 뒤뜰의 고방들을 살피던 지담이 툴툴댔다. 별 소득 없이 돌아서려던 그때, 어디선가 여인의 울음소리가 들려왔다. 지담이 멈칫하며 조심스레 걸음을 옮겼다. 그 방 앞, 보초를 서고 있던 장삼과 이사가 난감한 듯 서로 시선을 마주쳤다. 두 사람이 문을 열고 안으로 들어섰고, 지담은 황급히 뒤로 돌아갔다. 방에서 울고 있던 건, 다름 아닌 춘월이었다. 춘월은 울먹이며 내보내달라 떼를 썼다.

"일 끝나면 내보내준다니까."

"무슨 일이요? 또 사람 죽이는 일이요?"

"얼레…… 애 사람 잡을 소리 허네."

"박문수 대감하고 두목하고 짜고 울 그이 죽인 거 내 모를 줄 알아요?"

들창 밖에서 그를 엿들은 지담의 얼굴이 충격에 굳어졌다. 대체 누가 누구를 죽였단 말인가. 지담의 눈빛이 흔들린 것도 잠시, 그녀는 걸음을 옮겨 보행객주 담장 쪽으로 갔다. 담장 밖으로 내려선 지담이 큰 길로 나서려던 그때, 꺾어진 담장 쪽에서 두런거리는 사내들의 목소리가 들려왔다.

"칠패로 가서 그림자 처리하고 담뱃대 찾아와."

나철주에게 그리 명한 박문수가 걸음을 옮겨 지담 쪽으로 걸어왔고, 지담은 사력을 다해 골목을 벗어나기 시작했다.

박문수가 나철주를 시켜 그림자를 처리하라 명한 그 즈음, 선은 강서원의 집으로 달려가고 있었다. 명부가 없어졌다면 그건 필경 범인의 소행일 터. 증좌인 명부를 없앤 범인이 그 다음으로 처리하고 싶은 건, 그 모두가 사라져도 진술할 수 있는 증인 강서원일 터였다. 아니나 다를까. 강서원은 자객들에게 쫓기고 있었고, 때마침 도착한 선이 자객들의 시야를 흩트리며 강서원을 자신이 탄 말 위로 끌어 올렸다. 자객들이 선과 강서원을 쫓아왔으나, 달리는 말을 따라잡을 수는 없었다. 자객들이 더 쫓아오지 않자 선은 말을 멈춰 세웠고, 두 사람은 말에서 내렸다. 당혹스러워하는 강서원에게 선은 능행 당일 누구를 대신하여 어가를 시위한 것이냐 물었다. 잠시 주저하던 강서원이 서늘한 선의 시선에 운을 뗴었다.

"별감 강필잽니다요."

선은 천승세가 죽었던 그 밤을 떠올렸다. 다친 팔을 시료하기 위해 아지토로 가기 전, 지담은 나철주에게 서방의 구역인 칠패를, 동방에게는 적진과도 같은 곳을 우연히 지나가는 것이 말이 되느냐 따져 물었다. 또한 자객의 뒤를 쫓아 들어간 그곳에서 선은 자객과 합을 겨루다 놓친 나철주와 맞닥뜨렸다. 선과 나철주가 양쪽 길을 막은 그곳에서 자객은 신출귀몰하게 사라진 것이다. 서방의 구역인 칠패, 나철주의 공격에 눈 옆에 자상을 입은 자객, 다음 날 눈 옆에 자상을 입은 채 나타났던 강필재. 그제야 모든 게 하나로 꿰어지는 느낌이었다. 강필재. 그가 바로 서방의 검계 수장 그림자로 이 모든 연쇄살인을 저지른 자이리라. 말에 오른 선은 더더욱 박차를 가해 칠패 쪽으로 내달리기 시작했다.

8

　김택이 보낸 김무, 박문수의 명을 받은 나철주, 강필재가 범인임을 알아낸 선까지 칠패로 달려오고 있을 즈음, 강필재는 자신의 사랑에서 맹의를 보고 있었다. 그는 넓은 담뱃대의 대통을 빼고 설대 안으로 정교하게 만 맹의를 밀어 넣었다. 신치운이 만 냥을 가져오면 거래가 끝나는 그 즉시 조선을 떠날 참이었다.

　그 무렵, 서방의 새 주인 흑표는 변종인을 만나고 있었다. 흑표는 강필재가 오늘 밤 제거될 거라 전했고, 변종인은 자중지란인 것이냐 비웃었다.

　"저 위에 계신 분의 뜻입니다."

　변종인의 입가에 웃음기가 사라졌고, 흑표는 이번 일만 잘 마무리하면 변종인의 처지도 지금과는 사뭇 달라질 거라 말을 보태었다. 흑표가 초동수사를 맡을 변종인을 설득하던 그때, 김택은 민백상과 김상로를 불러 그 다음을 계획하고 있었다.

"강필재가 제거되는 즉시 좌포청에선 사건 현장에 금줄만 치면 돼."

"허면 자객이 맹의를 손에 넣지 못하더라도 크게 걱정할 것이 없겠군요. 아, 자객은 믿을 만한 자입니까?"

민백상의 물음에 김택이 천천히 고개를 끄덕였다.

김택만큼이나 맹의를 간절히 원하는 또 한 사람, 왕이 있는 창덕궁 편전 앞에서는 장 내관이 화급을 다투는 일이니 지원을 바란다는 선의 말을 상선에게 전했다.

"도와야지. 응당 도와야 하고 말구. 이제야말로 맹의를 손에 넣을 때인가."

그리 중얼거리는 왕의 얼굴 위로 미소가 피어올랐고, 상선은 편전을 나서 내시부 무관 풍, 운, 뢰에게 맹의를 찾아오라 일렀다.

강필재를 제거하려는 자, 맹의를 얻고자 하는 자, 진실을 밝히고자 하는 자가 칠패 강필재의 집 쪽으로 모여들고 있을 즈음, 강필재는 맹의를 넣은 담뱃대를 챙겨 사랑을 나섰다. 강필재가 섬돌을 딛고 마당으로 내려선 그 순간, 어디선가 날아온 침이 강필재의 뒷목에 꽂혔다. 당혹스러운 듯 슥 돌아보는 강필재의 눈에 소리 없이 내려서는 사내, 김무가 보였다.

정신을 잃었던 강필재가 눈을 뜬 곳은 자신의 사랑 안이었다. 주변을 살피던 그가 몸을 일으키려 했으나 사지는 결박되어 있었다. 팔목 위에는 둔중한 쇠추가 짓누르고 있었고, 한 손 밑에는 뾰족한 철심이 달린 고문 도구까지 있었다. 그 아래에는 혈흔이 남는 것을 방지하기 위해 가죽 천까지 깔려 있었는데, 이미 여러 번 쓰인 듯 혈흔이 낭자했다. 강필재가 뭐라 말을 하려 했으나, 입에 물린 재갈 때문에 제대로 말이 나오지 않았다. 김무는 흘긋 그를 보며 운을 떼었다.

"난 원래 시끄러운 놈 싫어해. 맹의를 줄 마음이 나면 고개나 끄덕여."

강필재가 버둥거리는 모습을 보던 김무의 눈썹이 꿈틀했고, 그는 들고 있던 조각도 모양의 끌로 강필재의 손목을 그었다. 강필재의 손목을 타고 흐르는 피를 연적에 담아 가만 바라보던 김무가 그것을 난에 스윽 뿌리며 차갑게 물었다.

"이제 맹의가 어디에 있는지 말할 수 있겠느냐."

그 순간 문 밖의 기척에 김무가 흠칫하며 문 쪽을 보았다. 그림자가 어른거린 듯도 싶었다.

나철주가 소리 없이 방문을 열고 들어섰으나, 방 안은 깨끗이 치워진 채였다. 박문수가 이른 대로 담뱃대를 찾아 주위를 두리번거렸으나, 담뱃대는 눈에 띄지 않았다. 그때 나철주의 코끝에 피 냄새가 훅 끼쳤다. 나철주는 방 안을 주밀히 살피기 시작했고, 병풍 근처 바닥에 떨어져 있는 한두 점의 혈흔이 보였다. 병풍 가까이 다가서며 조용히 검을 빼어들었다. 병풍에 칼을 꽂아 넣었고, 병풍 뒤 김무가 재빨리 몸을 피했으나, 칼날이 스치며 팔을 살짝 베였다. 그 감각은 나철주에게도 전해졌고, 나철주는 사선으로 병풍을 크게 그었다. 그러자 강필재의 모습이 드러났고, 강필재가 등 뒤에 숨기고 있던 담뱃대 또한 보였다.

김무가 칼을 빼어든 채 날카롭게 공격해왔고, 그 서슬에 나철주의 옷자락이 찢어졌다. 나철주는 그 옷자락을 칼로 쳐서 김무의 시야를 흩트리며 강필재의 등에서 담뱃대를 꺼낸 후, 강필재를 김무 쪽으로 떠밀었다. 나철주가 챙긴 담뱃대를 보며 강필재가 버둥거렸다. 김무는 담뱃대에 눈길을 준 채, 강필재의 목에 장도를 깊이 찔러 넣었다. 찰나에 벌어진 일에 당혹스러움도 잠시, 나철주는 그대로 방을 나섰고, 김무가 나철주 뒤를 쫓았다. 쓰러져 있는 강필재 옆으로 찢어진 나철주의 옷자락이 나뒹굴었다.

간발의 차로 선이 도착했을 때, 강필재는 피를 철철 흘리며 쓰러져 있었고, 강필재의 첩이 그 옆에서 비명을 지르며 울고 있었다. 그 비명소리에 강필재의 집 주변을 배회하던 변종인과 포교들이 집 안으로 들어섰다. 선은 강필재 곁으로 다가가 코끝에 손가락을 대어보았으나, 숨은 끊어져 있었다. 선은 사랑채 밖으로 나왔고, 종복들 중 하나가 선의 피 묻은 도포를 수상쩍게 보며 물었다.

"뉘시오? 뉘신데 게서 나오시는 게요?"

"살인이다. 속히 한성부로 가서 살인을 발고해."

"그러니까 댁네는 누구냐구요?"

"나는 세자 이선이다."

종복이 화들짝 놀라 부복하려 했으나 선은 그를 잡으며 속히 한성부로 가라 일렀다. 종복이 한성부로 내달리기 시작한 그때, 목멱산 산길에서는 김무가 나철주를 쫓고 있었다. 두 갈림길 중에서 잠시 고민하던 나철주가 오른쪽으로 들어섰고, 김무는 왼쪽으로 길을 잡았다. 나철주 앞을 김무가 막아섰고, 나철주는 가쁜 숨을 삭이며 인사를 건넸다.

"오랜만이다, 친구."

"도성에서 알고 지낸 유일한 놈이었는데…… 목숨을 거두게 돼 유감이다."

그 말을 끝으로 누가 먼저랄 것도 없이 두 사람은 검을 빼어들었고, 일진일퇴를 거듭하는 숨 가쁜 접전이 이어졌다.

"저하…… 이게 어찌 된 일입니까?"

변종인이 선에게 물었고, 선은 멍하니 제 도포자락을 내려다보았다. 옷자락에는 붉은 피가 흥건했고, 그를 본 선의 눈빛이 흔들렸다. 허나 당혹스러운 낯빛을 감춘 채, 시신을 살피다 보니 이리 된 줄도 몰랐다 둘러댔고, 변종인은 개운치 않은 얼굴로 고개를 끄덕였다.

"그러는 그대는 어인 일인가?"

"퇴청하는 길 우연히 여인네의 비명을 들은지라……."

"퇴청이라…… 수하들을 데리고 말인가?"

최 포교와 정 포교의 얼굴이 굳어졌으나, 변종인은 여유롭게 받아쳤다.

"근처에 이름난 주루가 있는지라……."

"알겠네. 그만 돌아가보게."

"돌아가다니요? 현장 확보하고 속히 수사에 착수해야지요."

선이 이곳 칠패는 한성부 관할이라 선을 그었으나 변종인은 물러서지 않았다. 살인사건에 관할을 따질 수 없다는 것이 그 이유였다.

"어찌 상관이 없단 말인가."

변종인이 돌아보았을 때, 그곳에는 한성부 판윤 조재호가 서 있었다.

"이제부터 현장은 우리 한성부에서 맡을 것이니 자네들은 그만 돌아가보게."

변종인이 뭐라 반론할 틈도 주지 않고 조재호는 그를 스쳐 선에게 예를 갖추었다.

"판윤 대감께서 직접 오실 줄은 몰랐습니다."

"야근하던 중 저하께서 납신 곳에 살인사건이 발생했다는 황망한 소식을 접한지라…… 어찌 된 일입니까. 옥체 무탈하십니까?"

조재호가 선의 피 묻은 도포를 살피며 걱정스레 물었다.

"일단 금줄 치고 현장 확보하세요. 사체는 속히 한성부로 옮겨 검험을 하시구요."

조재호가 고개를 숙였고, 못마땅한 듯 바라보던 변종인은 포교들을 데리고 밖으로 나섰다. 강필재의 집 근처에서 포졸들이 분주히 드나드는 것을 바라보던 지담이 변종인의 모습에 황급히 몸을 숨겼다.

"아니, 세자는 왜 또 끼어든 게야. 꼬인다…… 꼬여."

변종인의 푸념 섞인 불만이 이어졌고, 지담이 복잡한 얼굴로 강필재의 집을 응시했다.

좌포도청이 아닌 한성부가 현장 확보에 나섰다는 소식은 김택의 사랑에도 전해졌다.

"세자가 끼어들어 조재호를 부른 모양입니다."

김상로가 세자가 도대체 뭘 어디까지 알고 있는 것이냐 물었으나 김택은 말을 아꼈다.

맹의를 얻지 못한 왕의 얼굴 역시 무겁기는 매한가지였다.

"내시부 무관들이 허탕을 치고 그냥 돌아왔단 말이냐."

"강필재가 이미 죽어 있더랍니다. 게다가 좌포청 종사관까지 나와 있던 터라……."

"김택이란 놈, 꼬리 자르고 좌포청에 뒷수습까지 맡긴 모양이로군. 맹의가 또다시 그놈 손에 떨어질 공산이 크겠어."

상선은 그렇지 않을 수 있다고 조심스레 말했다.

"동궁전이 좌포청 종사관을 배제하고 관할 관아라는 이유를 들어 한성부를 불렀답니다. 하여 지금 판윤 조재호가 현장을 지휘하고 있다고 합니다."

"판윤…… 조재호가 직접?"

현장에 노론의 접근을 막겠다는 심산이 아니겠느냐는 상선의 추측에 왕은 세자가 지금 어찌하고 있는지 물었다.

"찾아야 할 것이 있다며 환궁을 지체하고 있다 하옵니다."

"찾아야 할 것이라니……."

"혹시 동궁전에서 이미 맹의를 알게 된 것은 아닐지."

"허면 세자가 지금 맹의를 찾고 있다는 게야?"

신경질적으로 따져 묻는 왕의 눈빛이 전에 없이 불안하게 흔들렸다.

허나, 선이 강필재의 집에서 찾고 있는 것은 맹의가 아니었다. 선은 대청마루에 수북이 쌓인 서책들을 하나하나 살폈고, 조재호가 그 앞으로 서책들을 내려놓으며 말했다.

"집 안에 있는 서책은 이것이 전부랍니다. 하온데 서책은 어찌……."

"좀 찾아볼 것이 있어서요."

조재호가 들고 온 서책들도 확인해보았으나, 홍복이 죽던 날 사라진 세책은 보이지 않았다.

"외람되오나 저하…… 몇 가지 여쭐 것이 있습니다. 이 시각에 단신으로 사가에 납신 것은 이례적인 일입니다. 특별한 연유라도 있습니까? 또 하나, 사건 발생시 관할 관아에서 처결하는 것이 원칙이나, 좌포청 종사관 정도 되는 자가 사건 현장에 투입되었다면 그로 하여금 현장을 지휘케 하고, 해당 관아에서 사건을 처결토록 하는 것은 관행으로 굳어진 지 오랩니다."

그리 운을 뗀 조재호는 좌포청 종사관을 현장에서 배제한 연유를 물으며 혹 자신에게 원하는 바가 있는지, 있다면 하명을 해달라 청했다. 잠시 선의 눈빛이 흔들렸고, 조재호는 그 흔들리는 눈빛을 응시했다.

"현장에 믿을 만한 자들을 배치하세요. 대감이 배치한 한성부 관원들 외에 그 어떤 자도 현장에 접근하게 해선 안 됩니다. 검험과 주변 탐문을 통해 단서들이 확보되면 기밀을 유지하고 신속하게 동궁전으로 알리세요."

조재호가 기밀을 유지해야 할 특별한 이유라도 있느냐 물었으나, 선은 다음 일은 차차 의논하자는 식으로 응수했다. 뭔가 석연치 않은 조재호였고, 선 역시 조재호를 어디까지 믿어야 할지 알 수 없었다. 조재호는 일단 한 발 물러나며 명대로 따르겠다 하였다.

조재호를 뒤로한 채 대문 쪽으로 가던 선에게 채제공과 장 내관이 다가섰다.

"강필재가 죽다니요? 혹…… 저하께서……."

채제공이 선의 피 묻은 도포를 걱정스레 보았으나, 선은 그런 게 아니니 일단 돌아가서 얘기하자고 두 사람을 돌려세웠다. 눈치를 보던 장 내관이 선에게 귀엣말을 전했다. 밖에서 지담이 자신을 기다리고 있다는 말에 선의 얼굴에 당혹감이 어렸고, 그는 황급히 대문 밖으로 달려 나갔다. 조재호는 그들의 모습을 수상쩍은 듯 바라보았다. 시선은 선에게 둔 채 판관에게 명했다.

"피해자의 집을 샅샅이 뒤져 수상한 서책이 있는지 찾아보게."

조재호는 의혹 짙은 얼굴로 선이 나선 대문께를 바라보았다.

대문 밖으로 나온 선은 골목 안으로 들어서 주변을 살폈다. 그때 어느 집 대문가에서 지담이 모습을 드러냈다.

"이 시각에 여긴 어인 일이냐? 여긴 어찌 알고 왔어?"

"강필재 죽인 용의자…… 제가 아는 것 같습니다."

생각지 못한 말에 선이 흠칫 굳었고, 지담의 얼굴에도 어두운 그늘이 드리웠다.

채제공의 사랑 중앙에 선이 앉고, 그 맞은편에 채제공과 지담이 자리했다. 지담이 제가 보고 들은 것을 선에게 털어놓자 선은 제 귀를 의심하듯 미간을 찌푸렸다.

"누가…… 누구를 고용해?"

"박문수 대감께서 검계를 고용한 듯 보입니다."

"검계라면…… 내가 짐작하는 바가 맞느냐?"

지담은 먹먹한 얼굴로 고개를 끄덕였다. 이리 나철주의 죄를 고하는 게 맞는 것인지, 정녕 그가 그들을 모두 죽여 없앤 건지 혼란스러웠으나, 그가 죄를 지었다면 죗값을 받게 하고, 아니라면 이렇게라도 그를 지켜야 했다. 지담에게 나철주가 그러하듯, 선 역시 존모해 마지않은 스승 박문수가 이번 일에 연루되어 있다는 것을 쉬이 받아들일 수 없었다. 허나, 괴롭다 하여 외면할 수만도 없었다. 선은 마음을 추스른 채 지담에게 물었다.

"사부께서 뭐라 하였느냐? 검계를 찾아와 뭐라 지시를 하였기에……."

"칠패로 가서 그림자 처리하고 담뱃대를 가져오라."

선은 하늘이 무너진 것처럼 가슴이 먹먹해왔다. 도대체 뭐가 어떻게 된 것인지, 어디부터 잘못된 건지, 맞는 건 또 무엇인지 뒤엉켜버린 생각들을 정리해보려 하였으나, 그럴수록 더 꼬여만 갈 뿐이었다.

"지금 당장 박문수 대감의 사저와 빈청 집무실에 대한 압수수색을 실시해야 합니다."

"사부는 아니야. 그럴 리가 없어."

"칠패로 가서 그림자 처리하라, 그리 명을 했다지 않습니까."

선이 그 그림자가 강필재라 어찌 단정할 수 있냐 따졌고, 채제공은 담담히 오늘 밤 칠패에서 발고된 살인사건은 강필재 사건이 유일하다 답했다.

"사부는 아니라니까, 글쎄. 사부가 강필재 살인사건의 배후면…… 이 모든 연쇄살인의 배후가 돼. 그럼 홍복이를 죽인 것도 사부가 된다구. 그럴 리가 없어. 사부가 그럴 이유가 뭐야? 그럴 만한 동기가 뭐냐고?"

"문서가 동기 아니겠습니까. 신홍복과 허정운이 보았다는 그 위험천만한 문서…… 그림자 처리하고 담뱃대 가져와라. 담뱃대 안에 뭐가 들었을지 어찌 안단 말입니까."

괴로운 듯 선이 지그시 눈을 내리감았다.

"박문수 대감을…… 박문수 대감만은 믿고 싶은 저하의 마음, 소신이 누구보다 잘 압니다. 허나 저하의 마음속에서도 이미 의심이 자리 잡고 있습니다. 그렇지 않습니까. 박문수 대감이 저와 저하께서 아는 바로 그 사람이 맞다면 수색을 해도 아무것도 나오지 않을 것입니다. 그러니 박문수 대감을 믿기 위해서라도……."

"빈청부터…… 일단 빈청부터 수사해."

힘겨운 결정을 내린 선이 자리에서 일어나 사랑을 나섰고, 채제공과 지담이 뒤를 따랐다. 대문을 나서려던 선이 지담을 향해 돌아섰다. 지담 역시 나철주로 인해 마음이 고단할 텐데, 제가 받은 충격이 너무 큰지라 미처 헤아리지 못했던 것이다. 선은 그녀에게 괜찮냐 물었고, 지담은 말없이 그를 보았다.

"괜찮을 거다. 너도…… 또한 나도. 박문수와 나철주 그들은 모두…… 우리가 믿는 그 사람들일 게야."

스스로에게 하는 위안과도 같았으나 지담은 적잖은 위안을 받았고, 그녀 역시 자신을 위해, 선을 위해 웃으며 고개를 끄덕였다.

"세자가 박문수를 의심을 해?"

"박문수가 나철주라는 검계를 고용해 살인을 사주했으리라는 제보를 접한 듯하옵니다."

"박문수가 검계를 고용했다? 허면 박문수가 보낸 자가 세자보다 먼저 강필재의 집을 다녀갔을 수도 있다는 말인가."

어쩌면 맹의가 자신의 손에 떨어질지 모른다는 기대감에 왕의 얼굴에는 미소가 감돌았다.

그 즈음, 박문수는 후원을 서성이고 있었고, 어둠 속에서 나철주가 그 모습을 드러냈다. 박문수는 기다리던 그가 모습을 드러내자 안도하면서도 짐짓 엄하게 따져 물었다.

"어찌하여 이리 늦은 게야?"

"방해꾼이 끼어드는 통에……."

그들이 강필재마저 없애버렸다는 나철주의 이야기에 박문수는 잠시 할 말을 잃었다.

"그래도 이건 무사히 건졌습니다."

나철주는 담뱃대를 박문수에게 건넸고, 박문수는 그를 받아들기 무섭게 어둠 속으로 사라졌다. 사랑 안으로 들어선 박문수는 담뱃대에 묻어 있는 혈흔에 멈칫했다.

"이 녀석 이거 다친 거 아냐?"

박문수가 황망히 밖으로 나가 나철주를 찾았으나 어디에도 그의 모습은 없었다.

나철주에 대한 걱정으로 박문수의 수심이 짙어가던 그때, 맹의를 놓쳤다는 김무의 이야기를 들은 김택의 얼굴에는 서늘한 분기가 서렸다. 김무는 만신창이가 된 제 몸 따위는 잊은 채, 처분을 기다리고 있었다. 허나, 슥 돌아선 김택의 얼굴에서 분기는 찾아볼 수 없었다.

"괜찮아. 아비는 니가 무사한 것으로 됐다. 뜨끈한 물 잔뜩 끓여두라 하였으니 아무 생각 하지 말고 쉬어."

"저어…… 맹의를 찾지 못하면 목숨이 위태롭다 하셨습니다."

"내 목숨보다 니 목숨이 먼저야, 인석아. 아무 생각 말고 푹 쉬어. 죽든 살든 이제부터 그건 아비 몫이야."

"맹의를 찾을 길이 있을지도 모른다는 말씀을 드리는 것입니다."

김무를 바라보는 김택의 눈빛이 묘하게 흔들렸다.

❋ ❋ ❋

어둑한 어둠 속, 박문수의 집무실 문이 열리고 선과 장 내관, 채제공이 들어섰다. 장 내관이 서둘러 불을 밝혔고, 착잡하게 방 안을 휘이 둘러보던 선이 시작하라 일렀다. 장 내관과 채제공이 서탁과 서랍, 책장 등을 꼼꼼히 뒤지기 시작했다.

그 무렵, 박문수는 나철주가 걱정되어 보행객주를 찾았으나 나철주는 그때까지도 행방이 묘연했다.

"울 성님이 으떤 냥반인디, 뭔 일이야 있을라구요."

"아이들 풀어 동선을 추적해보겠습니다. 무슨 일이 있으면 댁으로 기별을 할 것이니 일단 돌아가 계시지요."

장삼과 이사의 말에 박문수는 길게 한숨을 내쉬며 고개를 끄덕였다. 박문수가 그토록 찾는 나철주는 으슥한 고방에 결박된 채 갇혀 있었다. 광통교에 이르러 잠시 지친 몸을 쉬어가려던 그때, 김무가 놓은 장침에 혼절했다. 장침 탓일까, 아득하고 몽롱한 기분을 떨쳐내려 고개를 세차게 저었다. 그를 흘긋 보던 김무가 다가서며 물었다.

"담뱃대 안에 든 게 뭐야? 혹…… 그 맹의라는 문선가? 그거 어딨어?"

"내가 답을 해줄 거라고 보냐."

"답은 그걸로 충분해. 자리가 불편하겠지만 좀 자둬. 내일부턴 아주 고단한 날들이 기다릴 수도 있으니까."

김무가 나간 후 나철주는 결박을 풀려 몸부림쳤지만 그럴수록 다친 옆구리에서 피가 배어 나왔고, 극심한 통증이 밀려들었다.

나철주만큼, 아니 어쩌면 그보다 더 괴로운 밤을 보내고 있는 것은 선일지도 몰랐다. 채제공과 장 내관은 여전히 박문수의 집무실을 수색하는 데 여념이 없었으나, 선은 멍하니 박문수의 서탁에 앉아 있었다. 한참을 뒤적이던 장 내관이 채제공을 흘긋 보더니 툴툴댔다.

"박문수 대감이 아닌데, 공연한 오해 아닙니까?"

"아니, 그래도 이 사람이."

장 내관이 울먹한 눈으로 선을 쳐다보았다. 선은 여전히 초조해 보였고, 그 모습이 안타까운 듯 장 내관이 비죽댔으나, 채제공은 애써 냉정을 유지했다.

"문갑 아래, 책장 뒤 이런 은밀한 곳까지 샅샅이……."

뭔가 생각이 미친 듯 채제공이 병풍 쪽으로 다가갔고, 선 역시 그를 보았다. 주위를 살피던 채제공이 병풍이며 벽에 걸린 족자들을 살폈으나 드러난 것은 없었다. 채제공이 마지막 족자를 떼어내는 순간, 선은 자리에서 벌떡 일어섰다. 박문수의 비밀금고가 모습을 드러낸 것이다.

"부숴!"

채제공의 말에 장 내관이 둔기로 자물쇠를 내리쳤다. 그 서슬에 자물쇠가 툭 떨어졌고, 선은 장 내관을 밀치고 다가가 그 문을 열었다. 선은 충격에 얼어붙은 듯 멍하니 그 자리에 서 있었다. 그의 눈에 《문회소 살인사건 제일권》이라는 제목과 함께 서가세책의 책인이 찍힌 책 한 권이 들어왔다. 그토록 찾아 헤맸던, 홍복이 죽던 날 사라졌던 책이 분명했다.

"저하, 당장 익위사를 보내 추포를……"

"잠시만, 잠시만 아무 말도 하지 말고 나에게 시간을 좀 줄 수 있겠는가."

선을 바라보던 채제공이 고개를 끄덕였고, 선은 위태로운 발걸음을 떼었다. 장 내관이 그 뒤를 따르려 하였으나 선은 아무도 따르지 말라 언질을 주고는 집무실을 나섰다.

그 시각, 강필재의 사랑에서도 수상한 서책이 발견되었다.

"수상한 서책이 발견되었다 했는가?"

판관이 조재호에게 서책을 내밀었고, 조재호는 그를 받아 살폈다. 화원 정수겸의 비망록이었다. 몇 장을 더 넘겨보던 조재호의 눈이 휘둥그레졌고, 얼굴 가득 당혹스러움이 드리웠다.

궐 안을 휘적휘적 걷고 있는 선의 동공은 멍하기만 했다. 어린 시절 그토록 다정했던 스승의 모습이 환영처럼 보였다 사라졌고, 선은 헛헛한 웃음을 지었다. 일곱 살의 선이 쓴 글씨를 보고 잘했다며 따뜻하게 웃어주던 박문수가 보였고, 부왕에게 혼이 나고 시무룩하게 희우정 툇마루에 앉아 있던 선에게 말없이 등을 내어주던 박문수가 보였다. 또한 그 넓고 푸근한 등에 업혀 뺨을 비비던 자신이 보였다. 선은 어둑한 희우정으로 들어서 벽을 등진 채 섰다. 그가 쓰게 웃으며 제 손에 들린 서책을 보았다. 마음으로 따르고 존모해 마지않던 박문수와는 어울리지 않는 증좌였다.

'박문수 대감 또한 의심해봐야 하는 거 아닙니까' '진실을 알면 감당하실 수 있겠습니까' '지담이라는 아이와 소신을 제외하면 저하의 수사 의지를 아는 유일한 잡니다' '아무도 믿지 마십시오. 그것이 비록 이 못난 스승이라 해도 말이지요' 채제공과 박문수의 말이 뒤섞여 선의 혼란을 더욱 가중시켰다. 그중에서도 아무도 믿지 말라던 박문수의 말이 아릿하게 가슴을 파고들었다. 선의 손에서 서책이 툭 떨어졌고, 그의 눈이 슬픔과 분기로 일렁였다.

그 무렵, 희우정 앞에는 장 내관이 서성이고 있었다. 따르지 말라 하였으나, 그에 대한 걱정까지 막을 수는 없었다. 장 내관의 연통을 받은 최 상궁과 궁인들이 다가와 섰다.

"박문수 대감의 일…… 사실인가?"

장 내관이 흠칫하며 그를 어찌 알았느냐 물었고, 최 상궁은 채제공을 만나고 오는 길이라 답했다. 장 내관이 무겁게 고개를 끄덕였고, 최 상궁의 눈에는 쓸쓸한 빛이 감돌았다.

"십 수 년을 하루같이 부왕보다 더 믿고 따르셨거늘…… 이 무슨 날벼락 같은……."

말을 채 잇지도 못한 채 희우정을 바라보는 최 상궁에게 장 내관이 조심스레 말을 건넸다.

"괜찮으십니까? 빈궁전에 불려가 큰 봉욕을 치르셨다면서요."

선이 궁을 비운 사이, 혜경궁은 최 상궁을 빈궁전으로 불러 선이 어디 있느냐 따져 물으며 회초리를 쳤다. 최 상궁의 종아리는 만신창이었으나 그녀는 눈빛 하나 흩트리지 않은 채 의연했다. 동궁전에서 무슨 모사가 벌어지고 있느냐 묻는 혜경궁에게 최 상궁은 모사 같은 건 없다 고했다. 단단히 화가 난 혜경궁이 더욱 강하게 회초리를 쳤고, 보다 못한 김 상궁이 그를 말렸다. 아무리 진노가 자심하다 해도 동궁전 지밀상궁에게 이리 해서는 안 될 일이었다.

"웃전께서 아시면 세자 저하를 능멸했다 할 것이옵니다."

"능멸이라니? 난 종묘와 사직, 이 나라 조선의 내일을 걱정하는 게야. 예조에서 길일을 뽑아 합궁의 날을 정하는 것은 왕실을 번성케 하여 왕실의 위엄을 세우기 위함이야. 왕실의 중대사 중의 중대사라고. 웃전을 제대로 보필치 못해 그 같은 중대사에 차질을 빚었으니 이만 벌도 아깝지. 그렇지 않은가?"

최 상궁은 그 벌이라면 달게 받을 것이니 분기가 누그러질 때까지 뜻대로 하시라 답했다.

"분풀이를 하겠다는 것이 아니라니까, 글쎄. 그대가 저하를 보필치 못하니 이제부턴 내가 온전히 보필하겠다는 걸세. 저하께서 납신 곳을 대. 왕실이 정한 법도조차 깨고 급히 가야 할 곳이 어딘지…… 동궁전에서 벌어지고 있는 모사가 무엇인지 그 전모를 밝히라구, 당장!"

"모릅니다."

"별수 없구만. 알 때까지 달초를 할 수밖에."

혜경궁이 다시 회초리를 쳤으나 최 상궁은 끝내 신음소리 한 자락 뱉지 않은 채 버텼다. 그 모습이 아직 눈에 선한 듯 궁녀 하나가 이리 서 있는 것이 신기할 노릇이라 하였으나, 최 상궁은 그녀를 엄히 꾸짖었다.

"쓸데없는 소리들 집어치워. 저하의 심기가 저리 어지러운데 그깟 일이 뭐 대수야."

최 상궁이 희우정을 안타깝게 바라보던 그때, 다른 궁녀 하나가 황급히 달려왔다.

"나뭇잎 바스락거리는 소리도 내지 말라 내 그리 일렀거늘…… 이 무슨 소란이냐."

"큰일 났습니다요. 빈궁마마께서 이리로 오고 계십니다."

최 상궁이 황망히 잰걸음을 옮겼고, 희우정 근처까지 다다른 혜경궁을 막아섰다.

"무슨 짓인가?"

"지금은 저하를 뵈올 수 없사옵니다, 마마."

"또다시 달초를 해야 길을 열겠는가."

그 순간, 최 상궁이 혜경궁 앞에 무릎을 꿇었다. 그토록 회초리를 맞을 때도 꿈쩍 않던 최 상궁이 무릎을 꿇자 혜경궁 역시 당혹스러운 듯 그녀를 보았다.

"소인의 다리를 자르겠다 하셔도 그 벌…… 달게 받을 것이옵니다. 허나 이 길만은 열어드릴 수가 없사옵니다, 마마."

"대체 연유가 뭐야?"

"저하께서 세상에 나오신 지 사흘 만에…… 그날로부터 이 손으로 저하를 키웠습니다."

태어나자마자 원자가 되었으니, 생모의 손에서 양육되는 것은 법도에 어긋나는 일이었다. 태어난 지 사흘 만에 어미의 품을 떠나온 아기는 불안한 듯 울음을 쉬이 그치지 못했으나, 최 상궁이 안아 달래자 울음을 멈추었다. 여전히 물기 어린 눈으로 자신을 바라보며 방글거리던 그 모습이 아직도 최 상궁에게는 또렷했다.

"저하는 의젓한 아기씨였습니다. 길게 보채지 않고 울음 끝 또한 짧은 아기. 다섯에서 일곱으로, 아홉으로, 성장하시는 내내 그러하시기에 눈물보단 웃음이 많은 성정이라 안심도 했더랬습니다."

혜경궁이 답답한 듯 그 말을 자르려 했으나, 최 상궁은 담담히 말을 이었다.

"그러다 이곳 희우정을 알게 되었지요. 열 살도 채 되지 않은 소년

왕자가 눈물을 들키기 싫어, 아니 눈물을 들킬 수 없어 숨어 울던 곳. 그곳이 바로 이곳 희우정입니다."

"저하께서 지금…… 울고 계시기라도 한다는 겐가? 허면 더더욱 나의 행보를 막지 말아야지. 저하의 슬픔…… 그 곁을 지키는 것 또한 빈궁인 나의 소임이라 여기지 않나?"

"부디 그런 날이 있었으면 하옵니다. 저리 완강하게 닫힌 희우정의 문을…… 저하의 손으로 직접 열어 마마께 손을 내미는 날…… 손을 내밀어 안으로 들이시고 마마와 더불어 슬픔을 나누는 법을 배우실 수만 있다면…… 그럴 수 있다면 얼마나 좋을까. 그런 날 보는 것이 소인 평생의 원이옵니다."

절절히 전해지는 최 상궁의 진심에 혜경궁마저 잠시 말을 잃었다.

"허나 오늘은…… 오늘은 그날이 아니오니, 잠시 저대로 계시게 두고 싶습니다. 슬픔을 나누는 법은 고사하고 소리 내어 우는 법조차 제대로 배우지 못하신 우리 저하…… 그 누구의 방해도 받지 않고 우실 수 있는 시간…… 그 시간이라도 지켜드리고 싶습니다, 마마."

혜경궁의 눈빛이 흔들렸고, 그녀는 하는 수 없다는 듯 발길을 돌렸다. 희우정 안, 선의 눈물이 바닥으로 뚝뚝 떨어졌다. 소리 없는 울음을 울고 있는 선의 모습이 더할 나위 없이 애처로웠다.

❀ ❀ ❀

나철주가 건네고 간 담뱃대를 한참 동안 멀거니 바라만 보던 박문수는 겨우 그 진실과 마주할 용기가 생긴 듯 담뱃대를 집어들었다. 담뱃대를 열어 거꾸로 쏟자 설대에서 둥글게 말린 종이가 툭, 서안 위로 떨어졌다.

그 무렵, 선 역시 불을 밝힌 채 서책을 집어들었다. 한 장 한 장 넘길 때마다 자신과 홍복이 그렸던 삽화들이 눈에 들어왔고, 그렇게 책장을 넘기던 손이 멈칫했다. 물기가 묻었다 마른 듯 꾸겨진 종이를 황촉불 가까이 가져가자 글자가 드러나기 시작했고, 선의 얼굴에는 당혹감이 스쳤다.

그것은 홍복이 초로 쓴 맹의의 사본이었다. 충격을 받은 듯 선의 얼굴이 굳어졌고, 이는 맹의의 내용을 알게 된 박문수 역시 다르지 않았다. 맹의 안에 수결된 죽파竹波라는 호가 그의 마음을 한없이 아프게 만들었다. 박문수는 허허로운 웃음을 띤 채, 삼십 년 전을 떠올렸다.

삼십 년 전, 청년 박문수는 청년 이금에게 난을 친 부채를 선물했다.

"정의가 물결처럼 흐르는 나라, 그 나라의 군주가 되시란 뜻이옵니다."

그 뜻에 마음으로 기뻐하는 왕을 보며 박문수는 제가 더 흐뭇한 얼굴을 했다. 왕은 자신의 이름보다 더 귀히 여기겠다 했고, 박문수는 깊이 고개를 숙였다. 그랬던 왕이 그 호로 맹의에, 그 자신과 노론만을 위한 문서에 수결을 한 것이다. 박문수의 얼굴 위로 절망적인 슬픔이 드리웠다. 슬픔이 차오르자 헛웃음이 입가를 비집고 나왔다. 한 번 터져나온 웃음은 쉬이 잦아들지 않았고, 눈가에는 그와는 이율배반적인 물기가 어렸다.

새벽안개가 피어오르는 이른 아침, 창덕궁 인정전에는 이미 왕이 들어 있었고, 얼마 지나지 않아 용상을 응시한 채 서 있는 왕의 뒤로 박문수가 들어섰다.

"맹의는 찾았는가?"

"그러하옵니다."

왕이 반색하며 돌아서 박문수를 끌어안으며 그 공을 치하했으나, 박문수는 맹의를 그에게 바치지 않을 생각이라 밝혔다. 짐짓 굳은 왕이 박문수를 쳐다보았다.

"나에게 주지 않으면 뭐 어찌하겠다는 게야. 만천하에 알리기라도 하겠다는 게야."

"그는 전하께 달렸습니다. 삼십 년 전, 갑진년 환취정에서 경묘께서 승하하시고 전하께 왕위가 승계되는 과정에는 불법과 탈법이 존재했습니다. 그를 바로잡아야 하지 않겠습니까."

"뭘…… 어떻게 바로잡자는 게야. 대체 누굴…… 어디까지 처벌하자는 게야."

"맹의에 수결한 자들은 그 누구도 책임을 면키 어려운 거 아닙니까."

"네놈이 원하는 게 뭐야? 김택을 위시한 노론 수뇌부, 모조리 잘라야 한다는 게야?"

박문수는 말을 아낀 채 묵연히 왕을 바라보았고, 그를 바라보던 왕의 눈썹이 꿈틀했다.

"나에게…… 나조차 하야를 해야 된다는 거야, 뭐야?"

"전하의 판단이 그와 같으시다면 그 또한 방도가 될 수 있을 것입니다."

왕이 피식 실소를 터뜨렸으나 그 눈에는 서늘한 불꽃이 일었다.

"날더러 뭘 하라고? 하야를 해? 그래서…… 그러고 나서 네놈이 도모코자 하는 바가 뭐야?"

"과거사를 청산하여 굴절된 역사를 바로잡고 싶을 뿐입니다."

기가 막힌 듯 왕이 너털웃음을 터뜨렸으나 박문수는 미동조차 하지 않았다.

"어이, 박문수. 좀 솔직해지는 게 어때. 과거사를 청산하자? 그래 좋아. 내가 과거면 미래는 누구야? 세자인가? 날 몰아내고 세자를 이 자리에 앉히고 싶어?"

"저하의 연치 이제 약관…… 왕위를 승계하셔도 능히 대업을 감당할 수 있을 것입니다."

"이제야 본심이 나오는군. 그러니까 택군의 주역이 되고 싶으시다?"

"오해라 하면 믿어주시겠습니까."

더 이상은 참기가 힘든 듯, 왕이 노기 띤 얼굴로 박문수를 노려보았으나 그는 의연했다.

"시간을 좀 드리지요. 맹의가 증거하는 이 굴절된 역사를 어찌 바로잡을지, 책임자는 또한 어찌 처벌하는 것이 합당할지 판단하실 시간 말입니다."

박문수를 서늘하게 노려보던 왕이 만약 자신이 아무것도 하지 않겠다 하면 그때는 어찌할 것인지 물었다.

"전하라면 어찌하시겠습니까."

씁쓸하게 웃는 왕에게 박문수는 믿고 기다릴 터이니 현명한 판단을 하시라 하며 만일 자신을 해한다면 도성 전역에 괘서가 나붙을 거라 언질을 주었다. 그 말을 끝으로 박문수는 정전을 떠났고, 왕은 곱씹을수록 기가 막히고 어이가 없는 듯 헛웃음을 지었다. 허나, 그 눈에는 분기 어린 눈물이 맺혔다.

박문수는 집무실로 돌아와 평소처럼 집무를 보려 했으나, 마음이 편할 리 없었다. 왕과 박문수, 두 사람의 심중만큼이나 아득했던 새벽안개가 걷히고 아침이 밝아왔다.

밤새 검험을 한 의원이며 그를 담당한 오작과 사령들, 시형도에 기록을 한 판관의 얼굴에는 지친 기색이 역력했다. 그때 조재호가 검험실 안으로 들어서며 검험 결과에 대해 물었다.

"피해자가 죽기 전 매우 잔인한 고문을 당한 것으로 보아 원한에 의한 살인사건일 가능성이 큽니다."

"고문이라…… 허면 면식범의 소행일 수도 있겠군. 직접적인 사인은?"

의원은 사체의 상처 난 부위를 흘긋 보며 인영맥 창상에 의한 과다출혈이라 고했다.

"장도로 핏줄을 아예 두 동강을 냈어요."

조재호가 이맛살을 찌푸리며 범행에 쓰인 흉기를 물었으나, 의원은 물론 판관들 역시 그 답을 주저했다. 범행 도구에 문제가 좀 있다는 판관의 말에 조재호가 눈을 가늘게 치떴다.

동이 터올 때까지 선은 희우정에 있었다. 눈을 지그시 감고 있던 선 앞으로 채제공이 다가섰고, 선은 그제야 천천히 고개를 들었다.

"사부를 뫼셔와. 조용히…… 가능하면 정중하게."

그 무렵, 빈청 회랑을 나서던 박문수는 김택과 맞닥뜨렸고, 김택이 그에게 넌지시 물었다.

"지난밤 혹…… 재미난 문서 하날 줍진 않으셨습니까?"

"어떨 것 같습니까?"

"어째 이제부터가 진짜일 거 같네. 지금부터 아주 재미난 싸움이 되겠어요."

김택은 미소를 머금은 채 박문수를 스쳐 지나갔고, 박문수의 얼굴은 짐짓 얼어붙었다. 맹의가 자신의 손에 있음을 알고도 저토록 태연할 수 있다니, 대체 김택이 노리는 수는 무엇일까. 수심만큼이나 무거운 한숨을 내쉬며 돌아선 박문수에게 채제공이 다가서며 고개 숙였다. 박문수가 세자를 만나러 세자시강원 쪽으로 갔다는 사실은 금세 왕의 귀에 들어갔고, 그는 당혹스러움을 금치 못한 채 용상에서 벌떡 일어섰다.

"박문수가 동궁전에는 왜? 대체 무슨 연유로?"

"목숨을 걸고 알아내라 하였으니 곧 전갈이."

"곧? 언제? 박문수가 맹의에 대해 세자에게 다 지껄이고 난 후에?"

왕의 눈빛이 흔들렸고, 마음은 그보다 더 심하게 요동쳤다. 언제 터질지 모르는 폭탄을 가슴에 얹은 듯 불안했다. 그때였다.

"전하…… 한성부 판윤 조재호……."

"들어와!"

이내 문이 열리고 조재호가 들어섰다.

세자시강원 안으로 들어선 박문수는 선의 앞에 마주 앉아 있었다.

"이야기책 좋아하십니까?"

박문수가 의아한 듯 선을 보았고, 선은 쓸쓸한 미소를 지은 채 말을 이었다.

"난 꽤 즐기는 편입니다. 빙애거사라고 내가 아주 좋아하는 포교 소설 작가가 있는데, 그 작가 처녀작이 뭔 줄 아십니까? …… 어사 박문수예요, 박문수."

"소신은 금시초문입니다."

"금시초문일 밖에요. 인기가 어찌나 없었는지 세책 해간 이가 날 포함해 열 명도 채 안 됐답니다."

박문수가 옅은 미소를 지었으나, 선은 그를 보지 않은 채 말을 이었다.

"헌데 이 서책은 좀 다른 모양입니다. 사부마저 빈청에 숨겨두고 아껴 읽고 계시니 말입니다."

선이 《문회소 살인사건 제일권》을 서탁 위에 올려놓자 박문수의 얼굴이 굳어졌다.

그 무렵, 편전에 든 조재호 역시 용상에 앉은 왕에게 들고 온 문서 하나를 건넸고, 그를 보던 왕이 서안 위로 문서를 내려놓으며 퉁명스레 말했다.

"이걸 뭐 하러 나에게 들고 와. 법대로 해. 국법 몰라?"

난감해하는 조재호에게 왕은 꾸물대지 말고 법대로 하라 일렀다. 망설이던 조재호가 예를 갖추고는 황급히 편전을 나섰다.

"지금 곧 죄인을 추포할 것이다."

조재호가 걸음을 옮겼고, 그 뒤를 한성부 관원들이 따랐다. 편전 안에서 그 소리를 가만 듣고 있던 왕은 미소를 머금은 채, 용상의 팔걸이를 쓰윽 쓰다듬었다.

"이 서책이 어찌하여 빈청 집무실에 있었던 것입니까? 답을······

주십시오. 내 앞에 앉은 이는 국본의 스승입니까…… 아니면 죄인입니까?"

선은 제발 이 모든 것이 오해이기를, 난 그저 국본의 스승이다, 그리 말해주기를 빌고 또 빌었다. 허나, 그는 자신이 죄인이라 답했다.

"사부의 죄가 무엇입니까?"

"이 손으로 신흥복의 사체를 어정에 유기하였습니다."

선은 물기 어린 눈으로 주먹을 꽉 그러쥐었다. 분기와 안타까움이 휘몰아쳤고, 이 사실을 감당하기 어려운 선이 거칠게 자리를 박차고 일어섰다. 그때 문이 열리고, 조재호와 한성부 관원들이 우르르 안으로 들었다.

"죄인을 추포코자 하옵니다."

조재호의 말에 박문수가 자리에서 일어났고, 선 역시 담담히 뫼셔 가라 일렀다.

"추포해야 할 자는 참찬 대감이 아니라 저하십니다. 세자 저하…… 저하를 강필재 살해 용의자로 추포합니다."

고압적인 표정으로 다가서는 조재호를 위시해 한성부 관원들이 선에게 다가섰다.

9

"용의자라니…… 그 무슨 당찮은 말인가. 저하는 범인이 아닐세."
"전하께서는 모든 시비를 국청에서 가리자 하십니다."
"국청이라니. 전하께서 저하를 국청에 세우고자 하신단 말인가."
조재호는 뒤를 돌아보며 관원들에게 소리쳤다.
"뭣들 하느냐. 속히 저하를 뫼시지 않고!"
오라를 든 채 관원들이 다가섰고, 선은 오라는 필요 없다며 자리에서 일어나 방을 나섰다. 그 뒤를 조재호와 한성부 관원들이 따랐고, 박문수가 기가 막힌 듯 깊은 탄식을 내뱉었다. 박문수는 그 길로 김택의 집무실로 쳐들어가 그의 멱살을 틀어쥔 채 따져 물었다.
"네놈이 말한 재미난 싸움이란 게 뭐야. 저하께 대체 무슨 짓을 한 게야."
"미리 얘기해주면 재미없지."
박문수가 김택의 멱살을 더 강하게 틀어쥐었으나, 김택은 그 팔을 뿌리쳤다.

"어이 박문수. 나 김택이야. 아무리 용을 써도 넌…… 내 맞수가 못 돼."

박문수가 이를 악문 채 그를 노려보았으나, 김택은 여전히 여유로운 얼굴로 응수했다.

그 무렵, 황망한 소식을 접한 혜경궁은 빈청 쪽으로 달려왔고 홍봉한과 맞닥뜨렸다.

"국청이라니요? 저하께서 살인자로 국청에 서신다니요? 이게 대체 무슨 일이랍니까."

"알아보는 중입니다."

"당장 편전으로 가세요. 가서 전하를 말리셔야 합니다. 국본이 국청에 서면 그 위상이 얼마나 흔들릴지 정녕 모르신단 말입니까."

그때 회랑에서 대소 신료들이 우르르 내려섰고, 홍봉한은 여기서 이런다고 달라질 게 없으니 일단 빈궁전으로 돌아가 있으라 하였다. 혜경궁은 애타는 심정으로 아비를 보았다.

국청, 월대 위에는 왕이 앉아 있었고, 그 아래 선이 부복했다. 좌우로는 수사와 구문을 책임진 조재호와 홍봉한을 비롯해 대소 신료들이 도열했다.

"강필재가 누구냐?"

선은 동궁전 별감이라 답했고, 왕은 지난밤 강필재의 사저를 찾았느냐 물었다.

"그러하옵니다."

"무슨 연유로 찾았느냐?"

"급히 알아볼 것이 있었습니다."

허나 무엇을 알아보고자 하였는지 묻는 왕의 물음에는 쉬이 대답지 못했다. 왕이 같은 질문을 반복했고, 선은 말없이 박문수를 보았다. 박문수가 선을 안타깝게 바라보았고, 선은 그에게서 시선을 거둔 채, 김택과 부왕을 차례차례 그 눈에 담았다.

진실을 말해야 하나, 말하면 난관을, 난제를 풀 수 있을까, 더 큰 화를 부르는 것은 아닐까. 선은 복잡한 심사를 어쩌지 못하고 고개를 숙였고, 참다못한 왕이 버럭 소리를 질렀다.

"속히 답을 해. 강필재에게서 대체 뭘 알아내려고 했던 게야!"

"배후를 알고자 했습니다. 신흥복과 허정운, 천승세를 죽이라 사주한 배후 말입니다."

"해서…… 배후를 알아냈느냐? 그 배후가 대체 누구야?"

자리에서 일어난 선은 김택을 향해 걸어갔고, 그 앞에서 걸음을 멈추었다.

"대감이지요? 대감이 강필재에게 사주하여 신흥복과 허정운…… 그리고 천승세까지 죽이라 하였지요? 그리고 이제 강필재마저 죽인 겁니다. 그가 쓸모없어지자 꼬리를 자른 거라구요."

왕은 영상이 강필재를 죽인 연유를 물었다.

"영상이 아니라면 아바마마십니까? 아바마마께서 이 연쇄살인의 배후냔 말입니다."

"연유가 뭐야⋯⋯ 대체 무슨 연유로 이 아비를 그리 의심해?"

"연유는 바로 이거 아니겠습니까. 이 문서에 담긴 추악한 비밀을 감추는 것 말입니다."

선이 맹의 사본을 펴 보였고, 왕은 흔들리는 눈빛으로 그를 바라보다 털썩 주저앉았다.

"어허, 속히 답을 하지 못할까. 어째서 답을 하지 않는 게야."

아득한, 하여 더 안타까운 상상이었다. 마음 같아서야 몇 번이고 자신의 뜻대로 모든 시시비비를 이 자리에서 밝히고 싶었으나 그럴 수는 없었다.

"고할 수 없습니다."

"고할 수가⋯⋯ 없다? 강필재라는 놈도 너처럼 말을 할 수가 없다고 하더냐. 그래서 차마 눈뜨고 봐줄 수도 없을 만큼, 참혹한 고신을 가한 게야?"

"아닙니다. 소자."

"고신을 가해도 답을 하지 않더냐. 그래서 니 손으로 강필재⋯⋯ 죽여 없앴어?"

선이 아니라 하였으나, 왕은 증좌가 엄연한데 어디서 발뺌을 하려 드는 것이냐 호통을 쳤다. 왕의 부름에 조재호는 장도가 놓인 목반을 선의 앞에 내려놓았고, 그를 마주한 선의 눈빛이 흔들렸다.

"그 장도⋯⋯ 누구의 것이냐?"

"소자의⋯⋯것입니다."

"다시 한 번 묻겠다. 강필재의 집으로 찾아간 연유가 뭐야? 강필재, 죽이기 위해서냐?"

"아닙니다. 소자가 죽이지 않았습니다."

"당장 저놈을 옥방에 처넣어. 진실을 말하고 자복을 하기 전까진 결단코 세상에 내놓아선 아니 될 것이야."

왕의 강수에 모두가 놀라움을 금치 못했고, 왕은 그대로 국청을 박차고 나갔다. 왕이 박문수를 싸늘하게 쳐다보았으나, 박문수는 그저 선이 안타까웠고, 아무것도 해줄 수 없는 자신이 한심할 뿐이었다. 선의 얼굴 위로 헛헛함이 밀려들었다. 인정이든, 실력이든 상대를 베지 못하면, 결국 그 칼은 자신에게 향할 뿐이었다.

선을 몰아붙인 왕 역시 지친 듯, 국청을 나서자마자 벽을 붙잡은 채 걸음을 멈추었다.

"속히 동온돌로 자비를 놓으라 하겠습니다."

"아니, 갈 데가 있어."

상선이 의아한 듯 왕을 쳐다보았고, 왕이 먼저 걸음을 떼었다.

선은 여전히 국청에 부복해 있었다. 그 좌우로 시립한 중신들은 저마다의 계산을 하느라 여념이 없었으나, 겉으로는 모두 안타까운 얼굴을 하고 있었다.

"아무리 그 죄가 무겁다 해도 저하를 어찌 옥방에 가둔단 말인가. 내 당장 전하께 나아가 주청54을,"

"아니…… 의금부 옥방으로 가겠습니다."

김택의 말을 잘라낸 선이 그리 말하며 자리에서 일어났다.

"국법 앞에서만은 누구나 평등해야 하는 법, 부왕도 나도 또한 영상 대감도 예외가 될 수는 없지요."

"이리 현철한 저하께서 참혹한 범죄의 용의자로 지목되셨으니 소신, 안타까울 뿐입니다."

"허면 대감의 손으로 나의 결백을 입증해주시겠습니까?"

김택은 당혹스러운 듯 선을 바라보았고, 선은 대감만 믿겠다 하며 노론 대신들을 하나하나 바라보고는 국청을 나섰다. 채제공은 착잡한 마음으로 세자시강원으로 갔고, 그곳에서 그를 기다리고 있던 최 상궁을 만났다. 최 상궁이 어찌 되었느냐 물었고, 그는 국청에서 있었던 일을 털어놓았다.

"장도라니요? 어찌 저하의 장도가 범행에……."

"저하를 모함키 위해 누군가 빼돌린 것이 아니겠나. 내 생각엔 내 부자의 소행일 듯한데……."

"동궁전 아이들 중 그런 짓을 할 아인……."

---

54. 주청(奏請) : 임금께 아뢰어 청하던 일.

순간 최 상궁의 얼굴이 흠칫 굳었다. 일전에 문갑을 뒤지던 나인 덕금이 떠오른 것이다. 최 상궁은 그 밤의 일을 채제공에게 털어놓았다. 나인들의 처소 방문이 거칠게 열렸고, 최 상궁과 채제공이 들어섰다. 최 상궁이 나인들에게 덕금의 행방을 물었으나, 그녀들은 난처한 듯 말끝을 흐렸다.

"몸이 안 좋아 잠시 처소에서 쉰다고 하였는데……"

최 상궁이 급히 덕금의 문갑과 옷궤를 뒤졌으나, 이미 먼지 하나 없이 깨끗이 비워져 있었다. 최 상궁이 당혹스러운 듯 채제공을 보았고, 그 역시 불길한 예감에 미간을 찌푸렸다.

❁ ❁ ❁

선은 앞뒤로 금부도사와 나장들의 감시를 받으며 옥사 복도를 걷고 있었다. 좌우의 옥사 안에는 고문으로 만신창이가 된 정치범들로 가득했다. 죄수들의 절규와 신음소리가 돌림노래처럼 울렸고, 그 소리가 커질수록 선의 얼굴 역시 굳어갔다.

"열어!"

금부도사 하나가 독방 문 앞에 멈춰 서더니 그곳을 지키는 옥리에게 명했다. 작은 들창을 제외하면 사면이 벽으로 둘러싸여 있는 독방 안으로 선이 들어섰다. 따라 들어온 금부도사가 죄인의 신분이 되었으니 용포를 내어달라 청했고, 선은 떨리는 손으로 툭 각띠를 풀었다. 잠시 후, 독방 문이 열리고 두 손으로 용포를 받쳐 든 선이 나왔다. 기다리고 있던 혜경궁이 예를 갖추고는 용포를 받고자 두 손을 내밀었다. 잠시 그녀를 바라보던 선이 그녀의 손 위로 용포를 놓고 돌아섰다.

"나오실 겁니다."

그 발길을 잡듯 혜경궁은 그리 말했고, 선이 멈칫했다. 허나 돌아보지 않았고, 혜경궁은 그 등을 보며 스스로에게 다짐을 두듯 말을 이었다.

"제가 그렇게 만들어요."

선이 독방 안으로 들어섰고 옥문은 이내 닫혔다. 혜경궁이 굳어선 채, 김 상궁에게 일러 당장 중궁전, 대비전으로 인편을 보내라 하였다. 김 상궁이 황급히 옥사를 나섰고, 혜경궁은 선의 용포를 꾸욱 움켜쥐었다.

독방 안으로 들어선 선은 품에서 맹의의 사본을 꺼내 펼쳤다.

"간신이 임금의 눈을 가려 온 나라가 도탄에 빠졌으니……."

선은 맹의를 읽어 내려가며 이 맹의의 초안을 써 내려갔을 누군가를 떠올렸다.

'이제 나라를 구할 길은 현명한 신하가 나서서 어진 이를 골라 조선의 군주로 세우는 길뿐이니 이에 대일통은 택군을 위한 결의를 모으고자 한다. 새 임금을 세워 사백 년 종묘사직을 강건히 할 수만 있다면, 암군에게 칼을 겨눈들 죄가 되겠는가. 독수를 쓴들 그것이 또

한 죄가 되겠는가. 대의가 옳으면 방편은 언제나 옳은 법. 대일통의 우국 충정은 역사가 알아줄 것이다.'

선이 수결한 자들의 호를 찬찬히 보고 또 보았으나, 선이 아는 것은 영상 김택의 호, 해연이 유일했다.

'그렇다면 여기 수결한 다른 이들은 누구인가. 모두 노론 중신들이었던 것인가. 또한 그들이 택군하여 세우겠다 한 현자는 누구인가. 부왕인가. 아바마마는 이 사실을 알고 계셨던 걸까.'

선은 벽에 기대어 선 채, 괴로운 듯 한숨을 길게 내쉬었다.

그 무렵, 왕이 걸음한 곳은 종묘의 영녕전이었다. 왕은 경종의 어진 앞에 앉은 채, 주안상의 술을 잔에 따랐다. 잔을 든 채, 경종의 어진을 올려다보던 왕이 형님 하고 불렀다.

"그러고 보니까 형님을 형님이라 불러본 적이 단 한 번도 없구만. 하늘같은 저하셨다가 감히 우러러볼 수도 없는 전하가 되셨으니까."

비식 웃으며 왕이 잔을 기울여 술을 쭈욱 들이켜고는 다시 어진을 쳐다보았다.

"아직도 그런 눈으로 날…… 내려다보고 있군."

왕이 거칠게 술잔을 내려놓고 양팔을 쫙 벌린 채, 어진을 보며 물었다.

"이 용포가 내 몫이 될 수 없다는 겐가. 삼십 년이야. 형님은 고작 사 년이었지만 난 자그마치 삼십 년을 이 용포와 함께 살았어. 산해진미 먹자고 든 바 없어. 하루에 두 시진 이상 자본 일이 없어. 먹는 시간, 잠자는 시간 닥닥 긁어 오직 이 나라와 백성들을 위해 힘을 썼어. 그렇게 하려고 이 용포 주위 입고 권좌 집어든 거야. 다른 욕심 따윈 단 한 번도 품어본 일 없어. 헌데…… 어찌하여 그런 눈으로 날 내려다보는 게야. 그 조롱하는 눈빛은 뭐야. 왜…… 대체 뭐가 불만이야?"

왕이 헛헛한 웃음을 터뜨렸다. 웃으면 웃을수록 그 눈에는 물기가 더해만 갔다.

종묘에서 환궁한 왕은 그 길로 소원 문씨의 처소를 찾았고, 고추장에 밥을 비벼 먹기 시작했다. 그때 문 밖에서 박문수가 뵙기를 청한다는 민 상궁의 목소리가 들려왔으나, 왕은 손사래를 쳤고, 소원 문씨가 냉큼 그 말을 전했다.

"물러가라 하십니다."

소원 문씨 처소 앞, 박문수가 허탈한 듯 돌아섰다. 박문수가 가고도 대비전이며 중궁전에서 인편을 보내왔으나, 왕은 그 모두를 물렸다. 처소 밖, 대비전과 중궁전 나인들이 난감한 기색을 비쳤다. 빈궁전에서 이 같은 이야기를 전해들은 혜경궁은 기함했다.

"환궁하자마자 소원 문씨의 처소로 드셨단 말인가? 설마…… 전하의 흉중에 엉뚱한 복심이 자라고 있는 것은 아니겠지."

세자 선을 폐하고 다른 세자를 책봉하는 것. 혜경궁에게는 엉뚱한 복심이었으나 소원 문씨에게는 일말의 기대와도 같았다. 소원 문씨는 동궁이 사람을 죽인 것이 참말이라면 어찌 되는 것이냐 물었다.

"세자의 자리에 더는 앉혀둘 수가 없겠지."

"허면 저위는 그대로 비워두는 것입니까?"

"그럴 수야 있나, 어디."

왕이 소원 문씨의 배를 스윽 쳐다보았고, 그녀는 미소를 띤 채 제 배를 가만 쓸었다. 지금의 세자가 폐위되고 자신의 복중에 있는 아이가 세자가 된다면 소원 문씨는 차기 지존의 모후가 되는 것이다. 소원 문씨가 왕 곁으로 찰싹 붙어 교태스런 웃음을 흘렸다.

빈궁전과 소원 문씨 처소 안에서 두 여인이 세자의 저위를 두고 서로 다른 생각을 하고 있던 그 무렵, 선은 옥방에서 채제공과 만나고 있었다.

"왜…… 어찌하여 박문수 대감을 고변치 않으신 겝니까?"

"범인이라 단정할 수 없으니까."

"검계 나철주를 고용했다 증언한 증인이 있고, 그 집무실에선 살해 현장에서 사라진 서책이 나왔습니다. 뿐입니까, 저하의 앞에서 죄인이라 자복조차 하였습니다."

"신흥복 사체를 어정에 유기했다…… 사부가 자복한 죄는 바로 그거야. 사부가 신흥복을 죽여서 어정에 유기했는데, 노론이 그걸 자살로 덮어주기 위해 혈안이 됐을까?"

선의 그럴듯한 의심에 채제공의 눈빛이 흔들렸다.

"자복이 사실이라면 사부는 우리와 같은 것을 원한 거야. 신흥복의 죽음이 그대로 묻히는 걸 원치 않았던 거지."

"강필재 처리하고 담뱃대 가져와라. 허면 이것이 살인을 사주한 것이 아니란 말입니까."

선은 사실인지 아닌지 확실히 밝히기 위해 나철주의 행적부터 조사하라 일렀다. 채제공이 고개를 숙이고는 옥방을 나서려 할 때, 선이 그를 불러 세웠다.

"사부가 고변한 사실은 당분간 그대와 나, 둘만 아는 것으로 하지."

채제공은 그리하겠다 대답하고는 옥방을 나섰고, 선이 착잡한 듯 한숨을 내쉬었다.

그 무렵, 서균에게서 선의 일을 전해들은 지담은 큰 충격을 받은 듯 얼어붙었다.

"어찌하여 저하께서…… 뭔가 꼬여도 단단히 꼬였어. 일단 두목부터 만나야겠어요."

자리에서 일어나 나가려는 지담을 서균이 막아서며 자신이 다녀오겠다 하였다.

"니가 막는다고 잠자코 있을 놈 아닌 거 애비가 모르는 것도 아니고, 뭣보다 진실을 밝히겠다 저리 동분서주하시던 저하께서 오히려 고초를 겪으시니…… 이 애비도 편칠 않어."

"제가 직접 두목을 만나야 돼요."

"방도를 강구해본다니까."

서균이 소리를 내질렀고, 지담은 결국 아비의 뜻에 따르기로 했다. 서균은 지담에게 꼼짝 말고 있으라 신신당부하고는 방을 나섰고, 지담의 얼굴 위로 수심이 내려앉았다.

※ ※ ※

장 내관은 궐 안 후미진 고방 안에 무릎 꿇린 채 벌벌 떨고 있었다. 혜경궁은 그 앞에 단도를 툭 던지며 자진하라 하였다.

"뭘 꾸물거리는 게야. 웃전을 제대로 보필치 못한 놈에게 이만 벌도 아깝지."

"살려주십시오. 제발…… 살려주십시오, 마마."

"아직은 명줄을 쥐고 있고 싶다? …… 허면 아주 방도가 없는 것도 아니지."

혜경궁은 신홍복이 죽은 연후 동궁전에서 무슨 일이 벌어졌는지, 하나도 남김없이 소상히 고하라 일렀다.

"자진이냐, 토설이냐, 어느 쪽이야? 선택을 해, 어서!"

어찌해야 할지 몰라 잠시 망설이던 장 내관이 겨우 운을 떼었다.

"모든 것은 서지담이란 계집아이가 범궐55한 어느 밤부터 시작되었습니다."

"범궐한 계집이라면……"

"짐작하시는 그 아이가 맞습니다."

---

55. 범궐(犯闕) : 대궐을 침범함.

혜경궁의 눈앞에 지난 번 동궁전 근처에서 사라졌던 지담의 얼굴이 아른거렸다.

"서지담이라……."

혜경궁이 장 내관을 통해 지담의 이야기를 전해 듣던 그 무렵, 김택은 집무실에서 김상로, 민백상과 함께 국청에서의 일을 곱씹고 있었다.

"국본이 어찌하여 당하고만 있었던 걸까요. 쥔 패도 제법 있는데 말입니다."

"쥔 패라니?"

김상로의 물음에 민백상은 가장 큰 패는 뭐니 뭐니 해도 세책방 계집이 아니겠느냐 반문했고, 그 말에 김상로가 흠칫 굳었다.

"국본이 옥방에 들어앉아 심상치 않은 판이라도 짜고 있는 것이면 어찌 되는 겝니까. 이러다 뒤통수 맞는 거 아니냐구요."

"그 계집, 두고두고 골칫거리구만."

김택이 못마땅한 듯 혀를 쯧 내차며 그리 중얼거렸다

혜경궁과 김택이 지담을 신경 쓰고 있던 그 즈음, 상선 역시 내시부 무관 풍, 운, 뢰에게 지금 당장 채제공의 집으로 가 지담을 잡아오라 명을 내렸다. 또한 김택의 밀서를 받은 서방의 흑표 역시 수하들을 이끌고 채제공의 집 쪽으로 걸음을 떼었다.

나철주의 행적을 쫓아 보행객주를 찾은 채제공은 그곳에서 서균과 맞닥뜨렸다. 나철주를 만나러 왔다는 채제공에게 서균은 지난밤부터 그 종적이 묘연함을 전했다.

"종적이 묘연하다니?"

서균은 쉬이 말을 잇지 못했고, 장삼은 일이 나도 크게 난 거라며 변을 당한 게 아니라면 이럴 수는 없는 것이라 하였다. 난감해하던 채제공이 일단 돌아가 지담을 만나봐야겠다 하였고, 서균은 고개를 끄덕였다.

두 사람이 채제공의 집 별채에 도착했을 때, 지담의 방은 엉망으로 어질러진 채, 계집종이 망연자실하게 앉아 울고 있었다. 아연실색한 서균이 지담을 찾았고, 채제공 역시 흥분을 감추지 못한 채 이게 어찌 된 일이냐 물었다.

"시커먼 사내놈들이 와서 데려갔습니다."

서균이 털썩 그 자리에 주저앉았고, 채제공은 뭔가 짚이는 게 있는 듯 방을 박차고 나갔다. 그 뒤를 급히 따라 나온 서균이 그를 붙잡았다.

"우부승지 영감. 우리 지담이…… 어떻게 된 걸까요? 누가 우리 지담이를……."

"내 전후 내막을 알아볼 것이니 좀 기다리고 있게나."

"우리 지담이 꼭 살려주셔야 합니다. 그 아이에게 뭔 일이라도 생기면 전 살 수가 없어요."

서균은 간절히 매달렸고, 채제공 역시 무거운 마음으로 걸음을 옮졌다.

그 즈음, 선이 갇힌 옥방으로 박문수가 찾아왔다. 선의 처지가 안타까운 듯 먹먹하게 바라보는 박문수에게 선은 괜찮다는 듯 옅은 미소를 지어 보였다.

"그런 얼굴 하실 거 없어요."

"이건 소신이 백 번이라도 치러야 할 신역이거늘 어찌 저하께서……"

선이 박문수에게 다가와 그의 손을 잡아주었고, 박문수는 무거운 마음으로 운을 떼었다.

"소신의 죄가 얼마나 크고 무거운지 모르지 않습니다."

"진실을 위해 시작된 일임을 압니다. 그 진실을 따라가세요. 무고하게 죽은 자들의 억울을 씻어야지요. 그를 위해서라면 이 사람이 여기서 견디는 신역쯤은 아무것도 아니니 크게 마음 쓰지 마시구요."

어느새 훌쩍 커 있는 선이 대견하면서도, 그 대가가 너무 혹독하고 고단한 것인지라 박문수는 마음이 아려왔다. 허나, 이리도 의연히 버티고 있는 선 앞에서 약한 모습을 보일 수는 없었다. 그는 제 마음을 단단히 잡았다.

"소신의 죄는, 이 크고 무거운 죄는 사건을 해결하고 저하를 이곳에서 뫼시고 나간 연후 벌을 청할 것이니, 부디 소신을 믿고 기다려 주십시오."

선이 그를 미덥게 바라보며 고개를 끄덕였다. 옥방을 나서자마자 박문수는 조재호의 집무실부터 찾았다.

"강필재 사건 수사 기록을 내오게. 내 직접 살펴야겠어."

"모두 의금부로 넘겼습니다. 물론…… 대감께 불리한 기록은 남겨 두었습니다."

돌아서서 나가려던 박문수가 돌아보며 그게 무슨 말이냐 물었다.

"저하는 범인이 아니다, 매우 확신에 찬 주장을 하셨지요. 연유가 무엇입니까?"

말을 아끼는 박문수를 보며 조재호는 두 가지 중 하나리라 추측했다.

"국본에 대한 충심에 눈이 멀어서거나 아니면……."

"범인을 알고 있어서겠지."

이종성이 방문을 열고 들어오며 그리 받아쳤다. 박문수가 돌아보았고, 이종성과 신치운이 그를 쳐다보았다. 조재호가 현장에서 발견된 나철주의 옷자락을 들어 보이며 물었다.

"대감이 알고 있는 범인이 혹…… 이 옷자락의 주인은 아닙니까?"

박문수의 얼굴이 흠칫 굳은 그 무렵, 옷자락의 주인은 여전히 김무의 집 고방에 묶여 있었다. 사지를 결박당한 나철주 앞에 앉은 김무가 각도의 날을 벼리며 물었다.

"지난밤…… 손 속에 인정을 둔 연유가 뭐야?"

"친구니까."

그 말에 김무가 나철주를 쳐다보았고, 나철주는 옅은 미소를 지은 채 농을 건넸다.

"아직도 다른 친구…… 없나?"

김무가 나철주의 가슴팍을 걷어차고는 고방을 나섰고, 나철주는 어떻게든 결박을 풀어보려 안간힘을 썼다.

박문수는 나철주의 찢어진 옷자락을 외면하며 모르는 일이라 둘러댔으나, 조재호는 그런 박문수에게 정수겸의 비망록을 내밀었다.

"허면 이건 어떻습니까?"

"그건 또 뭔가?"

"오 년 전 세상을 떠난 화원 정수겸이 남긴 비망록입니다. 비망록을 통해 비밀을 알게 된 강필재는 우리에게 거래를 제안했어요."

"우린 응할 생각이었습니다만, 넘겨받지 못했습니다."

신치운이 끼어들며 그리 말했고, 조재호가 박문수를 의미심장하게 보며 말을 이었다.

"누군가가 강필재를 죽이고 그 문서를 가로챘기 때문이지요."

"난 그자가 다른 누구도 아닌 자네라 보네만……"

이종성의 말에 박문수가 지금 무슨 말을 하는 거냐 하였으나, 조재호는 그게 아니라면 그토록 강력하게 세자의 무죄를 주장할 수 있었던 근거가 무엇이냐 물었다.

"대감과 그자의 죄는 눈감아드리지요. 그러니 그 문서는 우리에게 넘겨주셔야겠습니다."

"그자 또한 범인이 아닐세. 진범은 따로 있어. 그러니……."

박문수의 말이 채 끝나기도 전에 신치운은 진범을 잡는 일 따위에는 관심이 없다 말했다. 박문수가 복잡다단한 속을 애써 추스르며 말했다.

"저하께서 옥방에 계시네."

"아비보다 한 발 앞에 들어앉은 것뿐입니다. 아비에게 정통성이 없으면 그 아들 또한 정통성이 없어요. 왕재가 아니라 이런 말입니다."

박문수가 큰 충격을 받은 듯 얼어붙었다.

한성부를 나선 이종성은 빈청 안 자신의 집무실로 걸음 했고, 박문수가 그 뒤를 따라 들어서며 물었다.

"대감이 원하시는 바가 무엇입니까?"

이종성은 소리를 낮추어 문서가 박문수의 손에 있는지 물었다.

"있다면요? 그 문서를 무기로 금상과 국본마저 폐하실 요량이십니까? 허면 다음은 뭡니까? 택군하여 새로운 군주라도 세우렵니까?"

그것은 명백한 역심이었고, 드러난다면 목숨을 부지하기 힘든 큰 죄였다. 흠칫 당황한 이종성이 그 무슨 말도 안 되는 소리냐 물었으나, 박문수는 담담히 그것이 아니라면 국본조차 흔들려는 연유가 무엇이냐 따졌다. 이종성은 자신에게는 그럴 뜻이 없다 발뺌했다.

"허면, 저 철없는 인사들부터 단속을 하세요. 뜨거운 심장 하나 믿고 저리 앞뒤 없이 굴다가 지난 무신년의 참변을 반복하지 말란 법이 어딨습니까."

이종성의 눈빛이 흔들렸다.

"대감께서 그 문서를 얻고자 하는 뜻이 정적을 몰아내고 소론만의 나라를 세우는 것이 아니라 이 나라 정사를 바로잡을 길을 찾고자 하는 것이라면, 억울하게 옥방에 갇힌 국본의 안위부터 지키고 보는 것이 순서 아니겠습니까."

박문수가 집무실을 나섰고, 이종성은 분한 듯 서탁을 쾅 내리쳤다.

※ ※ ※

처소 앞마당으로 내려서는 왕의 뒤를 소원 문씨가 따라 나왔다. 왕을 다시 만나기 위해 처소 쪽으로 걸음 한 박문수는 왕과 맞닥뜨렸다. 박문수를 물끄러미 바라보던 왕이 소원 문씨를 돌아보았다.

"내 그 아인…… 산실청[56]에서 낳게 해주마."

"산실청이라 하셨습니까?"

굳어버린 박문수를 보며 왕은 서늘하게 웃었다. 빈궁전에도 그 이야기는 전해졌고, 혜경궁의 얼굴은 충격으로 일그러졌다.

"산실청이라니. 소원 문씨가 어찌 산실청에서 아이를 낳아?"

산실청에서 아이를 낳을 수 있는 것은 오직 정비인 중전과 세자빈

---

56. 산실청(産室廳) : 왕비와 세자빈의 출산을 위해 설치한 임시 관청.

외에는 없었다. 그것이 궁중의 지엄한 법도였다.

"부왕께서 진정 저하의 지위를 흔들고자 하신단 말인가."

혜경궁의 눈빛이 불안하게 흔들렸다.

"산실청이라니요. 이건 또 무슨 뜻입니까?"

박문수가 왕을 뒤따라 편전 안으로 들어서며 그리 물었다.

"대체 어디까지 가실 요량이십니까. 국본을 옥방에 가두고 또,"

"옥방에 넣은 것은 과인이 아니라 바로 자네야! 세자를 국청에 세운 것도, 저위를 흔든 것도, 옥방에 넣은 것도, 옥방에서 꺼낼 수 있는 것도 모두…… 박문수 바로 자네라구."

박문수가 허허로운 얼굴로 한숨을 내쉬었다.

"이렇게 시간을 질질 끌면 그대가 지목한 미래, 아주 무참하게 무너져버릴 수가 있어."

"권좌가…… 권력이 그리도 좋으십니까. 사람으로 나서 이러실 수는 없습니다. 정치적 위기를 모면하고자 자식의 안위를 패로 쓰시다니요."

왕은 서늘한 미소를 지은 채 그것 또한 박문수가 저지른 패악이라 말했다.

"그러게 과인을 왜 그렇게 몰아. 어찌해서 과인을 이토록 나쁜 아비로 만들어. …… 자, 이제 그 맹의 돌려줄 수 있겠나?"

박문수는 그의 시선을 피했고, 왕이 그를 가벼이 툭 치며 그만 백기를 들라 하였다.

"그 문서 과인에게 돌려주고, 국본 제자리로 돌려놓자구."

"용의자로 몰아 국청에까지 세운 이상 진범을 잡지 못하면 풀어줄 수가 없는 일 아닙니까."

박문수는 선의 희생이 헛되지 않도록 그 뜻을 지켜주고 싶었으나, 왕의 생각은 달랐다.

"진범을…… 만드는 방법도 있지. 나철주라고 했던가."

왕의 입에서 나온 나철주의 이름에 박문수의 얼굴이 흠칫 굳었다.

"그대가 고용했다는 검계 말이야. 그놈에게 모든 것을 덮어씌우고 끝을 내."

"아무리 검계라 해도 무고한 자에게 죄를 뒤집어씌울 수는 없는 일입니다."

"어차피 장안 한복판에서 칼질하다 언제 죽을지도 모르는 놈이야. 그런 놈이 국본을 위해서 죽는다면 그보다 큰 광영이 어딨나."

"검계도…… 검계로 사는 놈들도 모두 전하의 백성입니다."

"누가 아니라 그랬나? 큰일을 하려 들면 작은 희생이 생기는 것은 다반사…… 그만 일을 감수할 수 있어야 큰 그림을 그릴 수 있다, 이런 얘기야."

"전하와 소신은 접점이 없습니다."

왕이 맹의를 돌려줄 수 없다는 것이냐 물었고, 박문수는 그러하다 대답했다. 고개를 주억거리던 왕의 입가에 서늘한 미소가 스쳤다.

"허면 그대는 후학을 잃고, 과인은 자식을 잃겠군."

박문수의 눈에 안타까운 빛이 서렸으나, 왕은 싸늘하기만 했다. 왕을 만나고 편전에서 나오는 박문수의 발걸음은 한없이 무거웠다. 그런 그의 앞을 김택이 막아섰다.

"전하께 다녀오시는 겝니까. 재미난 문서, 설마 벌써 전하께 바친 것은 아니겠지요. 금상에게 맹의를 바치면 이젠…… 국본으로 끝나지 않아요."

박문수가 굳은 얼굴로 무슨 뜻이냐 물었다.

"대감이 맹의를 주운 걸 내가 누구에게 들었을 거라고 보십니까. 나철주마저 죽이고 싶지 않으면 잘 생각해보세요."

김택이 그를 스쳐 지나갔고, 박문수는 참담한 마음을 어찌하지 못하고 그 뒷모습을 쳐다보았다. 박문수는 제 아들과 같은 선과 나철주를 지켜야 했으나, 두 사람의 명줄을 틀어쥔 왕과 김택은 오직 맹의에만 관심을 둘 뿐이었다. 선을 살리려 맹의를 왕에게 건넨다면 김택은 나철주를 죽일 것이고, 나철주를 살리기 위해 김택과 거래한다면 왕이 선을 희생양으로 삼을 터. 둘 모두가 아닌 소론에게 넘긴다면 정청에는 거센 피바람이 불 게 자명했다. 복잡다단한 속으로 빈청 집무실로 갔을 때, 그곳에는 채제공이 그를 기다리고 있었다. 채제공은 그에게 지담마저 납치되었음을 전했다.

"범인의 대한 정보가 있다면 뭐든 좋으니 말씀을 해주십시오. 속히 지담이를 구해야 합니다. 그 아이마저 변을 당한다면 저하께서 얼마나 자책을 하실지, 저보다 대감께서 더 잘."

채제공의 말이 끝나기도 전에 박문수는 집무실을 박차고 나갔다.

김택의 사랑문을 거칠게 열어젖히며 박문수가 들어섰다. 벌써 거래할 마음이 생긴 거냐 묻는 김택을 노려보며 박문수는 나철주와 서지담을 당장 제자리에 돌려놓으라 소리쳤다.
"세상에 공짜는 없습니다."
"하루 주지. 내일까지 두 아이 제자리에 돌려놓지 않으면 세상 사람들 모두가 그 위험천만한 문서의 내용을 알게 될 것이다."
"세게 나오시네."
"못할 것 같나. 내일까지 두 아이 돌려놓지 않으면 네놈은 물론이거니와 노론 전체가 국청에서 사지가 뜯길 각오를 해야 할 것이다."
박문수는 그리 언질을 준 후 사랑을 나섰고, 김택이 그를 서늘하게 노려보았다.

"여기서 나가야겠다. 나갈 길을 열어야겠어."
지담이 사라졌다는 이야기에 선은 그리 말하며 품에서 맹의의 사본 중 수결한 자들의 명단이 적힌 부분을 채제공에게 내밀었다.
"거기 적힌 자들이 누구인지 모조리 알아와."
"갑진년 팔월…… 이게 뭡니까?"
채제공의 물음에 선은 홍복이 서책에 남긴 문서의 사본이라 밝혔다. 문서를 살피던 채제공이 이거 외에 다른 것은 더 없었느냐 물었다. 허나, 선은 아무것도 묻지 말고 일단 그 안에 있는 자들이 누구인지 알아보라 다시금 말했다. 채제공은 김택의 호인 해연을 알아보았고, 다른 호들도 찬찬히 보기 시작했다.

"단암은 민진원······."

"민진원?"

"부제학 민백상의 조부입니다. 경일······ 이것은 좌상 김상로의 자인 것도 같은데."

"김택과 민백상, 그리고 김상로······."

민우섭을 불러올리라 했을 때, 그들은 이미 발 빠르게 회동을 했던 자들이었고, 신흥복 사건을 은폐 조작했으며, 이 모든 연쇄살인의 배후들이었다. 선이 서늘한 눈으로 채제공에게 명했다.

"수단과 방법을 가리지 말고 그들 주변을 모조리 털어. 지담인 그들 수중에 있어."

옥방을 나선 채제공은 장 내관을 만나 당장 익위사들을 동궁전 후원으로 모아달라 하였다.

"그는 어찌······."

"지담이가 납치를 당했어. 다음 희생자가 되기 전에 막아야 돼. 그러니 어서!"

허나, 우물쭈물하던 장 내관은 뭔가 할 말이 있는 듯 채제공을 쳐다보았다.

어둑한 고방 안, 혜경궁이 작은 자루 하나를 슥 벗겨냈다. 결박된 채 재갈까지 물린 지담이 불안한 듯 주변을 두리번거렸고, 혜경궁은 김 상궁에게 고개를 끄덕였다. 김 상궁과 나인들이 지담의 입에 물린 재갈과 손목을 감은 밧줄을 풀었다.

"우리가 구면이지, 아마. 너하고 나 이렇게 극적으로 만나는 것이 명운인 모양이다. 잠시나마 불편케 했다면 내 사과하마."

"사과는 필요 없습니다. 전날 범궐하여 마마께 누를 끼친 바 있으니 비긴 셈 치겠습니다."

그 당당한 목소리며 눈빛에, 혜경궁은 자신이 누군지 모르느냐 물었다.

"압니다."

"헌데 말법 한 번 단정하구나."

"죄 없는 자를 이런 식으로 구인[57]하는 것은 국법에 어긋나는 일이옵니다, 마마."

혜경궁은 화급을 다투는 일이라 불필요한 분쟁을 피하고 싶었을 뿐이라 받아쳤고, 지담이 흠칫 굳은 채, 선의 일이냐 물었다.

"너의 증언이 필요하다. 살해 현장을 목격했느냐?"

"익명서를 만들어 좌포청 종사관 민우섭에게까지 전달하였으나, 묵살당했습니다."

---

57. 구인(拘引) : 사람을 강제로 잡아 끌고 감.

"그 모든 사실을 국청에서 낱낱이 밝힐 수 있겠느냐?"

지담은 물론이라고 답했다. 혜경궁은 지담의 안전을 빈궁전에서 책임질 거라 말하며 지담을 깊이 응시했다.

"빈궁마마라니?"

지담을 납치한 것이 김택의 노론이 아닌, 혜경궁의 지시였다는 장 내관의 얘기에 채제공은 경악을 금치 못했다. 채제공은 장 내관에게 대체 어디까지 고한 것이냐 따져 물었다.

"소인이 아는 것은 전부 다."

"네 이놈!"

채제공이 꾸짖었으나, 장 내관 곁의 최 상궁은 그리 나무랄 일만도 아니라 하며 운을 떼었다.

"지금으로선 저하를 구할 시도라도 해볼 수 있는 패는 지담이라는 아이뿐인 것을 모르시진 않겠지요."

채제공은 착잡한 듯 한숨을 내쉬었다.

그 무렵, 지담을 데리고 궐 안 후미진 고방을 나선 혜경궁 앞으로 홍봉한이 다가와 섰다. 혜경궁은 김 상궁에게 지담을 처소로 안내해주라 하고는 홍봉한에게 전 좌포청 종사관 민우섭을 당장 잡아들이라 일렀다.

"진정, 이렇게까지 하셔야겠습니까. 민우섭은 민백상의 아들입니다. 민백상은 노론의 실세 중의 실세구요. 이렇게 당과 척을 지면 이

제 아비의 처지는 백척간두[58]로 몰릴 수도 있습니다."

"백척간두로 몰릴지 날개를 달고 날아오를지는 두고 봐야 알 일입니다."

홍봉한이 쉽지 않은 과제에 긴 한숨을 내쉬었고, 그런 아비를 뒤로한 채, 혜경궁은 어린 아들 이산과 함께 편전으로 갔다. 편전 앞, 거적 위에는 이제 겨우 세 돌이 된 이산이 혜경궁 옆에 부복한 채 서럽게 울어댔으나, 그녀는 그에게 눈길조차 주지 않았다. 소복 차림의 혜경궁은 단정히 앉아 편전을 향해 국청을 다시 열어달라 청했다.

"저하께서 살인이라니요? 누명이면 어찌합니까."

어미의 소리가 커지면 커질수록 이산의 울음소리 역시 커졌다. 편전 안의 왕 역시 어린 손자의 울음소리에 마음이 번다했다. 자신이 처음 선위하겠다 했을 때, 저 또래였던 선이 떠올랐고, 옥방에 갇혀 고초를 겪고 있을 지금의 선 역시 그 마음을 스쳐갔다.

"다시 국청을 열어주십시오. 진실을 밝히고자 하옵니다."

혜경궁의 목소리와 이산의 울음소리가 못내 괴로운 듯, 왕은 질끈 눈을 감았다.

"악귀 같은 놈들이 빈청에 줄줄이 앉아서 과인을 못 잡아먹어서 안달들인데…… 이제 며느리에 손자 놈까지 가세를 한다?"

---

58. 백척간두(百尺竿頭) : 백 자나 되는 높은 장대 위에 올라섬. 몹시 어렵고 위태로운 상황을 뜻함.

왕은 귀를 틀어막았고, 상선이 그런 왕을 안타까운 듯 바라보았다.

한편 혜경궁이 지담을 국청에 세우기 위해, 세 살밖에 되지 않은 이산까지 앞세워 대죄하고 있다는 얘기에 선은 경악을 금치 못했다. 선이 당장 거두라 명했으나, 채제공은 그럴 수 없다 맞섰다.

"일단 여기서 나가셔야 합니다. 그건 지담일 국청에 세워 신흥복 사건이 은폐 조작됐다는 것을 밝혀야 가능한 일이구요."

"지담이가 역변의 제물이 될 수도 있어. 고변을 했다가 죄를 입증하지 못하면 그 죄는 모두 고변한 자가 뒤집어쓰게 된다는 것을 모르는가."

"지담이 하나 믿고 국청을 열자 하지는 않습니다. 민우섭 또한 추포하여 국청에 세울 것입니다."

그 시각, 의금부 동헌에서는 홍봉한이 금부도사와 나장들을 시켜 민우섭을 당장 잡아들이라 명하고 있었다.

"화급을 다투는 일이니 밤을 도와 달려야 할 것이야."

금부도사와 나장들이 고개를 숙이고는 바쁜 걸음을 재촉했고, 그 어느 한 켠에 숨어 이를 지켜보던 변종인이 빈청으로 달려가 홍계희에게 그 사실을 전했다.

"어김없는 사실이렸다?"

"여부가 있겠습니까."

짐짓 굳은 얼굴로 홍계희는 김택의 집무실로 가 금부에서 민우섭을 추포하려 함을 알렸다. 김택과 김상로의 얼굴에 당혹감이 스쳤고, 민백상은 당장 홍봉한을 불러 추포를 멈추게 하라 청했다.

"소직이 수하들을 풀겠습니다. 풀어서,"

"아니 됐어, 그냥 놔둬."

민백상의 청도, 홍계희의 충성도 잘라낸 김택이 그리 말했으나 김상로는 이러다 서지담에 이어 민우섭까지 혜경궁의 손에 떨어질 거라며, 이리 맥 놓고 있어서는 아니 된다 하였다.

"자칫 우리 노론 전체가 멸문의 화를 당할 수도 있음이에요."

김택이 길게 한숨을 내쉬며 미간을 찌푸렸다.

밤이 깊어가도록 혜경궁은 한 치의 흔들림조차 없었다. 이산이 꼬물꼬물 기어 어미의 치맛자락을 잡으려 했으나, 혜경궁은 엄한 얼굴로 이산을 반듯하게 앉히며 눈빛을 단정히 하라 일렀다.

"왕재로서의 품위를 잃어서는 안 됩니다."

허나 이산은 더 큰 소리로 울기 시작했고, 보다 못한 김 상궁이 그를 달래려 할 때였다.

"그 무슨 당찮은 짓이야. 원손께서 대죄를 하시는 것이 보이지 않는가!"

"하오나, 마마……"

"나서지 말라니까, 글쎄."

그때 편전의 문이 열리고, 왕이 혜경궁과 이산의 앞에 섰다. 왕은 하도 울어 목이 쉰 어린 손자를 애처로운 듯 바라보았다.

"지금 뭘 하고 있는 게냐. 아이가 울고 있는 게 보이지 않느냐."

"아이가 아니라 원손이옵니다, 전하. 원손은 지금 이 나라 종묘사직을 구하고자 대죄를 하고 있는 것이옵니다."

"이제 갓 강보에서 내린 어린 아이야."

"저하가 처음 대죄를 통해 정치를 배운 춘추도 고작 다섯 살. 원손이 그보다 어리다고 하나 배우지 못할 연치도 아니지요."

왕이 혜경궁에게 끝내 물러가지 않겠다는 뜻이냐 물었고, 그녀는 자신과 원손 모두 이곳을 무덤으로 삼을 것이라 강수를 두었다. 왕은 분기 어린 얼굴로 혜경궁을 노려보았고, 혜경궁 역시 그 시선을 피하지 않았다.

10

왕이 이산에게로 다가가 그를 일으켜 세우더니 번쩍 안아들어 달랬다.

"어이구, 딱해라. 어린놈이 이 무슨 당찮은 신역이야. 울지 마라, 울지 마. 그래, 이 할애비가 잘못했다. 할애비가 알아서 할 테니…… 울지 마. 울지 마라, 산아."

한 나라의 임금이 아닌, 그저 손자를 어르는 할아버지의 모습이었다. 허나, 그가 아무 계산 없이 그 어떤 행동도 할 리 없다는 걸 혜경궁은 잘 알고 있었다. 저 속에 감춘 뜻이 무엇일까, 무엇을 하고자 함인가, 혜경궁이 그를 가늠하듯 바라보았다.

왕은 김 상궁에게 일러 이산을 데려가 재우라 하고는 편전 안으로 들며 혜경궁에게 따라 들어오라 하였다. 용상에 앉은 왕의 맞은편에 혜경궁이 단정히 섰다. 왕이 그만 물러가 있으라 했으나, 혜경궁은 국청을 열어준다는 약조를 먼저 달라 응수했다. 그녀를 빤히 보던 왕이 그리하겠다 하였고, 겨우 마음이 놓인 듯 혜경궁의 얼굴에 옅은 희색이 비쳤다.

"앞으로 이런 일엔 나서지 마라. 보는 눈이 넓어도 아는 빛을 보여서는 아니 되니…… 그것이 바로 국모 될 자의 바른 자질이다."

"국본이 궁지에 몰렸음에도 시야가 좁아 방도 하나 찾을 줄 모른다면, 그 또한 국모 될 자의 바른 도리는 아니지요."

제법이라는 듯 왕이 헛웃음을 지었다.

그 즈음, 박문수는 의금부 옥사 안으로 다급히 들어섰다. 채제공과 함께 있던 선이 어찌 되었느냐 물었고, 박문수는 내일 국청이 열리게 될 것이라 고했다. 선이 착잡한 듯 한숨을 내쉬었다.

"그 아이를 국청에 세우는 것은 위험부담이 너무 큽니다."

"그보다는 국청만으로는 이 사건을 완벽하게 해결할 수 없다는 것이 문제지요."

박문수가 그리 말했으나, 채제공은 일단 신홍복 사건이 자살로 은폐 조작되었다는 것만 국청에서 밝힐 수 있어도 수사는 원점으로 돌릴 수 있다 하였다.

"허나 신홍복을 죽인 주범인 강필재는 이미 죽었고, 저하께서는 강필재를 죽인 용의자로 지목되신 것이니 진범을 잡지 못하면 국청이 열려도 저하의 혐의를 벗기가 어렵습니다."

"이 사건은 배후를 밝혀야 종결할 수 있어요. 배후를 밝히기 위해서는 진범의 자복이 꼭 필요합니다."

선은 강필재를 살해한 주범을 추포하는 일에 최선을 다하라 부탁했고, 채제공과 박문수는 무거운 책임감에 고개를 숙였다.

"날 보자 했다구?"

혜경궁이 지담에게 그리 물었고, 지담은 우부승지 채제공을 만나게 해달라 청했다.

"우부승지는 왜?"

"저하를 구할 보다 빠른 길을 찾고자 하옵니다."

"넌 내일 국청에서 증언만 하면 돼. 수사는 의금부에서 하고 있으니까."

"의금부 수사가 진척이 있어 진범의 윤곽이라도 잡았더라면 저하를 구하기 위해 소인까지 동원될 이유도 없었을 것입니다."

그 간절한 눈빛에 혜경궁은 김 상궁에게 채제공을 만나게 해주라 일렀다.

선을 만나고 옥사에서 나온 박문수와 채제공 앞으로 김 상궁과 지담이 다가섰다. 박문수는 지담을 흘긋 보며 누구인지 물었다.

"소녀 서지담이라 하옵니다."

채제공이 지담에게 어인 일이냐 물었고, 그녀는 수사를 도와도 좋다는 혜경궁의 윤허가 있었노라 답하며, 힘을 보태도 좋겠느냐 박문수에게 물었다. 박문수는 고개를 끄덕였다.

"잠시 저하를 뵙고 가겠느냐?"

채제공의 물음에 지담이 그리 해도 되는 것이냐 물었다.

"먼저 검험실로 가 계시지요. 곧 따르겠습니다."

채제공의 말에 박문수가 걸음을 떼었고, 채제공은 지담을 데리고 다시 옥사 안으로 들어섰다.

하루도 채 지나지 않아 수척해진 선의 모습에 지담의 눈에 물기가 어렸다.

"무탈……했구나."

선은 지담을 살피며 안도의 미소를 지었고, 그녀 역시 애써 미소를 띤 채 운을 떼었다.

"수인의 옷도 잘 어울리십니다."

지담의 말에 선이 헛웃음을 지었다.

"저하는 후일에 지존이 되실 분이니 이런 경험 한 번쯤 해보시는 것도 나쁘지는 않을 것 같네요."

"죄인들도 나의 백성이니 옥방 환경을 어찌 개선하는 것이 좋을까 생각하는 계기로 삼으마."

"길게는…… 필요 없어요. 억울하게 갇혀 계시는 거."

애써 밝게 농담을 던졌으나 이내 눈물이 차올랐다.

"진범 잡겠습니다. 잡고, 뫼시러 올게요."

"……든든하구나. 너만 믿는다."

마주 선 두 사람은 서로를 위해, 또한 자신을 위해 애써 웃어 보였다. 지담은 예를 갖춘 후, 옥방을 나섰고 이내 문이 닫혔다. 선은 그녀가 나간 문 쪽을 멀거니 바라보았고, 닫힌 문을 보던 지담의 눈에서는 눈물이 흘러내렸다.

❈ ❈ ❈

의금부 검험실, 박문수가 강필재의 사체를 내려다보던 그때, 장삼과 이사가 안으로 들어섰다. 장삼이 주위를 둘러보며 자신들을 이곳에 어찌 부른 것이냐 조심스레 물었다.

"진범을 잡을 단서를 찾고자 너희들을 불렀다. 이쪽으로 가까이 와봐. 검험 결과에 따르면 강필재는 잔혹한 고문을 당한 후 살해당했어. 바로 이렇게 말이지."

박문수가 면포를 걷어 죽은 강필재의 손을 보여주었다.

"이거 손을 아예 걸레로 만들어 놨구만."

"한두 번 해본 솜씨가 아니야. 잘들 살펴봐. 고문에 쓰인 도구만 밝혀도 수사는 급물살을 탈 수 있어. 혹 너희가 아는 검계들 중 이런 방식을 쓰는 자를 알고 있느냐?"

곰곰이 생각하던 장삼과 이사가 고개를 내저었다.

"도대체 도구가 뭘까. 날카로운 끌인 듯도 한데······."

그때 검험실 문이 열리고 채제공과 지담이 안으로 들어섰다.

"끌이 아니라 각도剋刀로 보인답니다."

"각도라니?"

채제공이 시장을 박문수에게 건네며 지담이 시장을 살핀 연후 내린 잠정적인 결론이라 말했다. 강필재의 손을 살펴보던 지담은 확실한 것 같다며 운을 떼었다.

"전에도 이런 사체를 본 일이 있습니다. 범행에는 이런 모양의 각도가 쓰였을 것입니다."

지담이 협서를 꺼내 펼쳐 보였다. 그를 본 이사가 흠칫 놀랐다. 그 눈빛을 읽은 지담이 고개를 끄덕였다.

"아무래도 김무란 자가 다시 나타난 것 같아요."

"김무? 도대체 그자가 누구냐?"

"벼루 깎는 솜씨가 일품이라 검계들 간에 석치라는 별호로 더 잘 알려진 잡니다."

이사가 그리 말했고, 지담은 강필재의 손을 내려다보며 말을 이었다.

"문제는 벼루 깎는 솜씨로 사람의 손을 이렇게 만들고, 것도 모자라 망자의 뼈에 자신의 별호까지 새기는 아주 지독한 자라는 게지요."

박문수는 김무란 자의 소재를 파악할 방도가 있느냐 물었다.

"풍문이라 정확하진 않으나…… 얼마 전 죽은 퇴기 화선의 아들이란 소문이 있습니다."

"퇴기 화선의 아들?"

그리 되묻는 박문수를 보며 지담이 고개를 끄덕였.

그 무렵, 퇴기 화선의 옛집 뜨락에는 김무가 서 있었다. 그는 대청으로 올라섰고, 조심스레 화선의 방문을 열었다. 어린 시절, 이 방에는 젊고 어여쁜 화선과 김택이 있었다. 화선은 자신의 치마에 난을 치는 김택을 바라보다가 문가에 선 아들을 보며 방긋 웃었다. 어린 김무가 청년으로 자라고, 젊고 어여쁘던 화선의 얼굴에 세월의 흔적이 스밀 때까지, 저세상으로 가는 그 순간까지 화선은 김택을 그리워했다.

그가 헛헛한 눈으로 방문을 닫으려던 그때, 대문 쪽에서 묘한 기척이 느껴졌다. 장삼과 이사가 대문 안으로 들어섰고, 수하들은 양쪽으로 찢어져 집 곳곳을 살피기 시작했다. 허나, 대청에 김무의 발자국만 어지러이 찍혀 있을 뿐, 그는 보이지 않았다. 아무런 소득 없이 장삼과 이사는 보행객주로 돌아왔고, 박문수와 지담, 채제공이 있는 나철주의 처소로 들었다.

"다녀간 흔적이 있었단 말인가. 자네들 혹 김무에 대해 들은 바가 없는가. 친구라든가 정인이라든가……."

"처음부터 혼자 뛰는 놈인데다 원체 음침한 놈이라……."

별 도움이 되지 않는 이야기에 박문수가 한숨을 내쉬었다.

"기부妓夫라도 알아봐야 하나."

김무란 자도 아비는 있을 거 아니냐는 지담의 말에 박문수가 고개를 주억거렸다.

그 무렵, 민우섭을 추포코자 숲길을 내달리던 금부도사와 나장들은 갑자기 나타난 복면의 자객들에 멈칫하며 고삐를 잡아 세웠다.

'의금부에서 파견된 민우섭 추포조 막고, 민우섭 은밀히 잡아와.'

자객 무리의 선두에 서 있던 흑표는 김택의 말을 떠올리며 칼을 빼어들었고, 다른 검계들 역시 금부도사와 나장들을 향해 달려들었다. 그때였다. 불을 매단 화살 하나가 허공을 가르듯 날아와 한 검계의 가슴에 꽂혔고, 이내 사위는 불야성처럼 밝아졌다. 전후좌우, 언덕 위에도 흑표와 서방의 검계들을 향해 불화살을 겨눈 관군들이 깔려 있었다. 그 중심에 홍봉한이 있었다.

"진짜 추포조는 두 시진 전에 출발을 했으니, 지금쯤 민우섭은 추포되어 상경을 하고 있는 중이겠지."

그리 중얼거리며 홍봉한은 금부도사에게 속히 검계들을 의금부로 압송하라 일렀다.

그 시각, 홍계희는 김택의 사랑을 찾았고, 김택이 초조한 듯 어찌 되었느냐 물었다.

"아무래도 덫에 걸린 듯합니다."

"덫이라니…… 대체 누가 무슨 덫을 놓았다는 게야."

혜경궁은 잠든 이산을 내려다보고 있었고, 김 상궁이 안으로 들었다.

"추포를 방해한 검계는 물론 전 좌포청 종사관 민우섭까지 모두 추포되었다 하옵니다."

"추포를 방해했으면 이미 죄를 자복한 것과 진배없는 일. 내일 국청이 제법 볼 만하겠구먼."

혜경궁이 회심의 미소를 짓던 그때, 왕의 침전인 동온돌에는 김택이 들어 있었다.

"이거 큰일이구만. 아무리 급했기로서니 어찌 이리 순식간에 감이 떨어져. 아니 어떻게 천하의 김택이 치마 두른 아낙이 쳐놓은 덫에 걸려."

오히려 김택보다도 흥분을 감추지 못하는 왕을 보며 김택은 자신을 보자한 연유가 무엇이냐 물었다. 왕은 한 차례 숨을 고르고는 운을 떼었다.

"검계놈들 국문 멈추고 옥방에 넣어두라 하였으니 오늘 밤은 잠잠할 게야. 허나, 국청이 열리면 과인으로서도 더는 방법이 없어."

김택이 그리 말하는 왕을 가늠하듯 보았고, 왕은 김택 가까이 당겨 앉으며 말을 이었다.

"저쪽이 가지고 있는 패가 많기는 하지만 결정적인 패는 아직 없어. 바로 강필재를 살인한 진범 말이야."

진범 운운하는 왕의 말에 김택은 저도 모르게 마른침을 삼켰다.

"국청은 내일 사시야. 이대로 국청이 열리면 자네들 노론 쪽에 좋을 게 하나도 없어. 국청이 열리기 전에 무슨 수를 쓰든 거래 성사시켜. 강필재 살해한 진범하고 그 문서 바꿔오란 말이야."

김택은 흔들리는 마음을 무표정한 얼굴로 감추었으나 손끝이 떨려왔고, 두 손을 꽉 그러쥐었다. 동온돌을 나서 자신의 집무실로 돌아온 김택은 불도 켜지 않은 채, 자리에 털썩 주저앉았다. 번다한 마음을 겨우 추스르고 있을 때, 김상로가 안으로 들어섰다.

"대감!"

김상로는 서둘러 불을 밝히고는 슬쩍 눈치를 보다 운을 떼었다.

"전하께서 내일 국청 전까지 그래도 시간을 벌어주실 모양입니다."

"알고 있네."

"그래도 이렇게 여유작작할 시간이 없어요. 속히 진범 던져주고 문서 받아와야……"

"진범이 무슨 물건이야, 던지고 말고 하게."

김택이 불편한 심기를 드러내며 집무실을 나섰다. 아무리 냉철하고 냉혈한 김택이라 할지라도 그 역시 사람이었고, 아비였다. 허나 이러다 자칫 국청이 열리고 맹의의 존재가 까발려진다면 그는 물론 노론 전체가 멸문의 화를 당할 터였다. 그의 수심은 깊어만 갔다.

그 시각, 상선은 왕에게 김택이 맹의를 손에 넣을 수 있다 보느냐 물었다.

"박문수는 살인을 사주할 놈은 못 되니까. 허면 진범이 누구의 손에 있겠나."

왕은 이미 김택이 강필재를 죽이라 사주하고, 나철주마저 데리고 있다는 것을 알고 있었다. 사람 아끼고 위할 줄밖에 모르는 박문수는 그 어떤 것도 사람, 그 목숨보다 귀한 것은 없다고 믿는 이였다. 결국 그는 나철주를 살리기 위해서라도 김택과의 거래에 응할 수밖에 없을 것이고, 맹의는 자연히 김택의 손에 떨어질 터였다.

"맹의가 또다시 김택의 손으로 넘어가야 하는 것입니까?"

"소론이나 국본의 손에 떨어지는 것보다는 차라리 그게 나아. 최선이나 차선이나 이제 다 물 건너갔어. 최악을 피하는 거, 그게 바로 답이야."

왕은 서늘한 웃음을 배어 물었다.

※ ※ ※

긴 고민 끝에 김택은 김무를 찾아갔고, 김무는 그 앞에 단정히 꿇어앉았다.

"아무래도 더 강수를 둘 필요가 있겠어."

"나철주…… 어찌 처리하면 됩니까?"

김택의 눈빛은 더할 나위 없이 싸늘했고, 그를 헤아린 김무가 예를 갖추고는 방을 나섰다. 고방으로 가 말없이 칼날을 벼리는 눈빛이 그 아비를 쏙 빼닮아 있었다.

김택과 김무가 은밀히 움직이기 시작한 그때, 운심은 지담의 연통을 받고 나철주의 처소에 와 있었다. 화선의 기부가 누구인지 쉽사리 운을 떼지 못하던 운심은 이윽고 결심이 선 듯 김무의 아비가 김택임을 털어놓았다. 흠칫 놀란 박문수가 벌떡 일어났다.

"지금 뭐라 하였는가? 영상 김택이 김무의 아비라 하였는가?"

"그러하옵니다, 대감."

채제공 역시 적잖이 놀란 듯했다.

"익위사들을 불러 김택의 집 주변에 매복을 배치하겠습니다. 영상 김택의 동선부터 확보해야지요."

"허면 나는 도성 안에 김택 소유의 집이 더 있는지 알아봄세."

서둘러 보행객주를 나서던 박문수에게 그의 집에서 부리는 종복 하나가 달려왔다.

"니가 여긴 어인 일이냐?"

"집에 손님이……."

의아한 듯 자신의 사랑 안으로 들어선 박문수는 비어 있는 방에 당혹스러운 듯 종복을 보았다. 어찌 된 일이냐 묻자 종복은 난감한 듯 말끝을 흐렸다. 그때, 박문수의 시선이 서안 위에 놓여 있는 함에 멎었다. 보를 풀어보니 함 안에 잘린 손이 들어 있었다. 기함한 박문수가 애써 마음을 추스르며 살펴보니, 손가락에 반지가 끼어져 있었다. 몇 번을 보고 또 보아도, 그것은 나철주가 늘 끼고 다니던 반지가 분명했다. 박문수는 떨리는 손으로 옆에 놓인 서신을 집어들었다. 서신을 읽어 내려가는 그의 얼굴에 분노가 서렸다. 그는 사랑을 박차고 나가 김택의 대일통 안가로 쳐들어갔다.

"기다리고 있었습니다, 대감."

박문수가 이를 지그시 문 채 서안 앞으로 다가와 앉았고, 김택은 여유로운 미소를 머금은 채 말을 이었다.

"이제 거래를 시작해볼까요?"

"진범을 넘기시오. 자연스럽게 추포되는 모양새를 갖추어서 말이오. 또한 신흥복의 무고와 허정운의 억울한 죽음…… 그 진실 또한 밝혀주셔야겠소."

"물론 깔끔하게 처리해드려야지요."

박문수가 맹의는 진범이 추포되는 것을 본 연후 넘기겠다 하였다. 제 아들의 생사가 걸린 문제임에도 태연자약하기만 한 김택을 보며 박문수가 물었다.

"진범…… 진정 넘길 수 있겠소이까?"

"맹의를 얻기 위해서라면 더한 것도 내놓을 수 있소이다."

비정한 아비의 대답에 박문수가 잠시 말을 잃었고, 그 입가에 쓰디쓴 미소가 스쳤다.

"참으로 대단들 하십니다. 전하나…… 또한 대감도 말입니다."

"칭찬 고맙게 받겠습니다."

박문수는 아들마저 정치적 도구로 쓸 뿐인 두 아비의 비정함에, 그 권력욕에 치가 떨렸다.

김택이 박문수를 만나 거래를 매듭짓던 그 무렵, 민백상은 의금부로 홍봉한을 찾아갔다.

"영상께서 보내셨습니다."

홍봉한의 얼굴이 흠칫 굳었고, 민백상은 그에게 검계 서방을 모조리 잡아들여 노론을 궁지에 몰아넣은 연유가 무엇인지 물었다.

"노여워……하시는가?"

"이걸 전하라 하셨습니다."

민백상이 즉답을 피한 채 서신을 건넸다.

"연화방으로 가서 강필재를 살해한 진범을 추포하라. 이게 무슨 뜻인가?"

"처음부터 목적하신 바가 그거 아닙니까. 국본을 구한 일등 공신이 될 기회를 드리겠답니다. 영상께선 원래 그런 분이시지요. 때론 원수를 은혜로 갚기도 하신답니다."

허나, 아무런 대가 없이 그런 일을 할 위인이 아니라는 건 홍봉한이 더 잘 알고 있었다.

"지난밤 추포한 검계 서방의 무리면 되겠나?"

민백상은 기록 또한 깨끗하게 삭제해달라 하였고, 홍봉한이 옅은 미소를 띤 채 고개를 끄덕였다.

채제공은 날이 밝자마자 의금부 옥사를 찾았고, 선에게 간밤의 일을 전했다.

"강필재 살해 용의자로 지목된 자가 영상 김택의 아들이라 했는가."

선은 김무가 김택의 아들이라는 사실보다 김택이, 그 아비란 자가 아들에게 살인을 청부했다는 것에 더 큰 충격을 받았다. 채제공은 판사와 의논하여 김택을 참고인으로 소환할 길을 찾아보겠노라 하였다.

그 무렵, 김택은 연화방 김무의 집 대문 안으로 다급히 들어서며 대문을 걸어 잠갔다. 툇마루에 앉아 있던 김무가 벌떡 자리에서 일어났다. 김택은 가쁜 숨을 몰아쉬며 이곳이 발각됐으니 속히 피하라 일렀다. 그때 거칠게 대문을 두드리는 소리가 들려왔고, 김택은 꾸물거리는 김무를 채근했다.

"소인이 이대로 가면 대감께서 곤란해지십니다."

"불쌍한 놈. 끝내 날…… 날 한 번도 아비라 부르질 못하는구나."

김무가 먹먹한 눈으로 김택을 바라보다 눈을 내리깔았고, 김택 역시 그를 애처롭게 바라보았다.

"어서 가거라. 맘 놓고 아비라 부르게 해주진 못했지만 니 목숨은…… 니 목숨만은 이 손으로 지키게 해다오."

김무의 눈빛이 흔들렸고, 김택은 고개를 끄덕였다.

"무야…… 부디 무탈하거라."

김무는 뒤뜰 쪽으로 걸음을 옮겼고, 뒤이어 문이 깨어질 듯 열리며 의금부 관원들이 우르르 쏟아져 들어왔다. 김무는 뒷산 쪽으로 내달렸으나, 관군들이 이미 곳곳에 매복해 있었다. 활과 조총을 든 사수, 칼을 든 살수들이 동시에 김무를 향해 포위망을 좁혀왔고, 김무는 필사적으로 막아섰다. 허나 그가 아무리 날고 기는 고수라 해도, 수적인 열세를 극복하기에는 무리였다. 결국 그는 관군들에 사로잡혀 포박당했다.

손목이 묶인 채, 의금부 관원들에게 끌려가던 김무의 눈이 어딘가에 멎었다. 의금부 판사 홍봉한과 밀담을 나누고 있는 건 분명 김택이었다. 부디 무탈하라 염려해주던 아비와 자신을 쫓는 의금부 수장 옆에서 미소를 머금은 채 밀담을 나누고 있는 영상 김택은 다른 사람처럼 느껴졌다.
　진범인 김무가 추포되자 박문수는 약속대로 김택에게 맹의를 건넸다. 맹의를 보며 흐뭇한 미소를 짓는 김택에게 박문수는 나철주가 어디 있는지 물었다. 잠시 후, 나철주가 갇혀 있던 고방 문이 깨어질 듯 열리며 박문수가 급히 들어섰다.
　"철주야…… 철주야…… 대체 이게 무슨…….."
　나철주는 사지를 결박당한 채 초췌한 몰골로 겨우 버티고 있었다. 그 참혹한 모습에 어찌할 바 모르던 박문수는 벽에 걸린 낫으로 결박한 밧줄을 끊어냈다. 피 칠갑이 된 채 면포로 싸여 있는 그의 손을 박문수가 못내 안타까운 듯 쳐다보았다.

※ ※ ※

　옥방의 문이 열리고 옥사에서 나온 선 앞에 혜경궁이 서 있었다. 일전에 용포를 받아갔던 그 모습 그대로 용포를 받쳐든 채 있었고, 두 사람은 말없이 서로를 바라보았다. 곁에 서 있던 채제공이 곧 국청이 열릴 것이니 속히 의관을 정제하라 하였고, 선은 고개를 끄덕였다. 의관을 정제한 선이 의금부 문을 열고 나왔고, 밖에서 기다리고 있던 빈궁전과 동궁전 궁인들이 선에게 예를 갖추었다.

"고초가 크셨습니다."

"빈궁의 마음고생에 비하겠습니까."

옅은 미소를 짓던 혜경궁이 뒤편에 서 있는 지담을 흘긋 보고는 운을 떼었다.

"이 아이가 지난밤 저하를 구하기 위해 한몫 단단히 거들었다지요."

"그러고 보니 인사 한마디 제대로 못했구나. 애썼다."

선은 지담을 보며 따뜻하게 웃었고, 지담은 미소를 띤 채 고개를 숙였다.

"성과로 이어지진 못했으나 이 모든 정성이 모아져 저하께서 이리 나오시게 된 것이니 이 아이의 용기와 노고를 상찬할 길을 찾고 싶습니다."

"아니옵니다, 마마. 괜찮습니다, 저하."

"괜찮다. 빈궁의 호의를 거절치 말거라."

그 말을 끝으로 선은 채제공과 함께 국청이 열릴 창덕궁 쪽으로 향했고, 그 뒤를 동궁전 궁인들이 따랐다. 혜경궁이 지담을 보았으나, 지담은 이를 알아채지 못한 채 그저 선이 무사히 풀려난 것이 기쁜 듯 환히 웃고 있었다. 그 모습을 바라보는 혜경궁의 눈빛이 싸늘히 굳어갔다.

창덕궁으로 향하던 선은 채제공에게 진범이 어찌 이리 순식간에 잡힌 것인지 물었다.

"제보가 있었답니다."

"제보? 제보한 자가 누군데?"

익명의 제보자라는 말에 선은 뭔가 석연치 않은 듯 그 말을 곱씹었다. 선이 채제공과 함께 국청으로 들어섰을 때, 이미 월대 위 용상에는 부왕이 앉아 있었고, 월대 좌우로는 대소 신료들이 시립해 있었다. 왕이 선에게 다가와 그 어깨를 투덕거리며 고생 많았다 하였다.

"아니옵니다, 아바마마."

"그러게 진즉에 믿을 만한 사람한테 수사를 맡겼으면 얼마나 좋았어. 허면 이리 신역 치를 일도 없었을 거 아니냐. 자, 앉아라."

왕은 용상에 앉았고, 선 역시 그 곁에 앉았다. 왕은 홍봉한에게 시작하라 일렀고, 김택과 곁에 앉은 부왕을 차례차례 바라보던 선이 국청 쪽으로 시선을 돌렸다. 죄인을 대령하라는 홍봉한의 명에 김무가 질질 끌려와 국청 한가운데 버려지듯 꿇려졌다.

"이름 김무…… 갑진년 한양 연화방 출생. 지난 삼 년간 세 건의 청부살인을 저지른 혐의로 수배를 받은 바 있군. 맞는가?"

홍봉한의 물음에 김무는 선선히 그러하다 답했다. 강필재 또한 살해했느냐는 물음에도 김무는 같은 대답을 했다.

"연유가 무엇이냐?"

"청부를 받았소."

"청부한 자가 누구야?"

모두가 김무의 입을 쳐다보았으나, 김무는 밝힐 수 없다 하였다.

"이놈!"

홍봉한은 버럭 소리를 지르며, 흘긋 김택을 보았다.

'국문 과정에서 긴 말 못하게 해. 고신 중에 사고는 얼마든지 발생할 수 있지 않나.'

김택의 말을 떠올리며 홍봉한은 당장 형구를 대령하여 물고를 내야 한다 주청했고, 왕이 고개를 끄덕여 그를 허했다. 그때였다.

"잠깐."

선의 목소리에 모두가 그를 쳐다보았고, 선이 월대 위에서 내려와 김무 앞에 섰다.

"청부한 자를 밝힐 수 없는 연유가 무엇이냐?"

침묵을 지키는 김무에게 선은 강필재를 죽이라 청부한 자가 누구인지 밝히라 일렀다. 길어지는 침묵에 선은 그 앞에 한쪽 무릎을 꿇고 앉은 채, 낮은 목소리로 말을 이었다.

"난 사주한 자가 누군지 알고 있어. …… 자식에게 이러는 법은 없지. 사람이, 이게 사람으로서 할 짓이냐."

김택은 평정심을 잃지 않았으나 그 얼굴에 초조함이 드러났고, 왕역시 선을 마뜩지 않게 보았다. 김택을 흘긋 돌아본 선은 다시 김무를 쳐다보았다.

"잘 생각해. 이렇게 입 다물고 있는 게 과연 옳은 일일까."

순간, 김무의 머릿속에 홍봉한과 밀담을 나누던 김택이 스쳤다. 그의 눈빛이 흔들리는 것을 본 선은 청부한 자를 밝히면 목숨만은 살려주겠다고 회유하며, 살인을 청부한 자가 누구인지 물었다.

"청부한 자는······."

왕은 애써 담담히 그를 보고 있었으나 초조함을 금할 수 없었고, 그것은 김택을 위시한 노론 세력들 역시 다르지 않았다. 소론 세력이 흥미로운 듯 바라보던 그때, 김무가 말을 이었다.

"강필재를 죽이라 사주를 한 자는 바로······."

"접니다."

김택이 나서며 그리 말했고, 김무의 눈빛이 흔들렸다. 선 역시 김택이 그리 나올 줄은 몰랐기에 당혹스러운 얼굴로 벌떡 일어났다. 김택은 김무 곁으로 다가와 그 옆에 꿇어앉았다. 왕은 김택의 수가 읽히지 않아 미간을 찌푸렸고, 민백상과 김상로는 다 틀렸다는 듯 질끈 눈을 감았다.

"이 아이······ 소신이 평생을 살며 단 한 번 가졌던 정인에게서 얻은 소신의 자식입니다."

김무가 김택의 아들이라는 사실을 몰랐던 노론 인사들이 흠칫 놀랐고, 왕 역시 어이가 없는 듯 실소를 배어 물었다. 아들을 시켜 청부살인을 명하고, 그 아들을 먹잇감으로 내미는 대가로 맹의를 챙긴 김택이었다. 헌데 그 같은 희생을 치르고 자복 아닌 자복을 하다니. 김택의 진짜 속내가 무엇인지, 그를 오래 겪어온 왕조차도 알아차리기 힘들었다.

"이 모든 죄, 소신으로부터 비롯된 바. 하오니…… 하오니 이 모든 죄를 소신에게,"

"아니, 아니오!"

김무는 아비의 죄가 아니라 하였고, 그런 아들을 아비는 안타까운 듯 바라보았다. 판이 꽤 재미있게 흘러간다는 듯 왕이 두 사람을 쳐다보았다.

"자식에 대한 책임감으로 인해 자복을 했을 뿐, 아버지는 이 사건과 아무런 관련 없소이다."

겨우 노론을, 그것도 거두 김택을 잡을 기회를 이대로 놓칠 수 없는 소론 중신들이 한 마디씩 하고 나섰다.

"허면 어찌하여 배후를 밝히지 않은 게야. 어디서 거짓을 일삼으려 드는 게냐."

"속히 밝히지 못할까. 청부한 자가 대체 누구야?"

"청부한 자는 바로 천승세……."

홍봉한이 천승세가 누구냐 묻자, 김무는 죽은 강필재와 동패인 자로 오랫동안 신분을 숨기고 살아온 칼잡이 중 하나라 설명했다.

"이만하면 됐어. 자세한 진술은 의금부에서 확보하고 그 연후……."

"안 됩니다. 이자는 지금 거짓을 고하고 있습니다."

왕이 이쯤에서 국청을 접으려 하자 선이 저지했다.

"천승세는 강필재에게 살해된 잡니다. 살해된 자가 어찌 살인을 청부활 수 있단 말입니까!"

"청부는 그 전에 받았소. 둘이서 공모하여 신흥복, 허정운 두 화원 놈을 죽이고 문서 하날 손에 넣었는데 천승세는 독식을 원했소."

선이 말이 되는 소리를 하라 일갈했으나, 김무는 그를 무시한 채 말을 이었다.

"그래서 천승세가 강필재를 죽여달라 나에게 청부를 했고, 그를 안 강필재가 천승세를 살해한 거지요."

"허면 넌…… 네놈은 청부한 자도 죽고 없는 마당에 왜…… 어찌하여 강필재를 죽인 것이냐?"

"문서가 값나가는 것이라기에 손에 넣고자 했소."

문서라는 말에 선이 순간 흠칫했다. 선뿐만 아니라 맹의의 실체를 아는 김택과 왕, 박문수 모두 마찬가지였고, 그 실체까지는 알지 못하나 존재를 아는 신치운과 조재호가 그를 놓칠 리 없었다.

"지금 문서라 했느냐? 네놈이 손에 넣은 문서가 대체 무엇이야?"

"문서는 지금 어디에 있느냐?"

"그거야 죽은 강필재만이 알겠지요."

김무의 대답에 어이가 없는 듯 선이 그를 쳐다보았고, 김무는 선을 응시한 채 말을 이었다.

"지독한 놈이 그리 모진 고문을 당하고도 입 한 번 벌리지 않더이다."

선은 지그시 이를 물고는 김택을 죽일 듯 노려보았다. 허나 김택은 무표정을 고수했고, 노론 인사들은 이것으로 마무리될 거라는 생각에 그제야 얼굴을 풀었다. 왕 역시 김택을 보며 고개를 주억거렸다.

※ ※ ※

국청이 끝난 후, 선은 왕과 함께 편전으로 들었다.
"처음에 내사 운운했을 때만 해도 뭐 대단한 음모라도 있는 줄 알았더니, 생각보다 그리 큰 사건으로 보이진 않는구나. 칼잡이 몇 놈의 자중지란에서 비롯된…… 뭐 그런 사건으로 보여."
선은 아무 대꾸도 하지 않은 채 허허로운 얼굴로 멍하니 서 있었고, 왕은 그 마음 또한 다 안다는 듯 말을 이었다.
"허나 아직 몇 가지 의혹이 남아 있으니, 내 더 철저히 수사를 하라 그리 지시를 내렸다."
"아니, 이후 수사는 소자가 이어서……."
"어허! 이 사건에는 너도 용의자로 지목된 바가 있으니 그것은 온당한 일이 아니다. 대전에서 종결짓는 것이, 그것이 자연스러운 일이야. 안 그러냐?"
선뜻 답하지 못하는 선에게 왕이 버럭 소리를 지르며 대답을 채근했고, 선은 착잡한 얼굴로 그리하겠다 답했다.
"앞으로 이런 일에 니가 직접 나서지 마라. 넌 왕세자지 포청 종사관이 아니다. 이제는 건너가서 공무에나 힘 써. 수사한답시고 뛰어다니는 통에 밀린 공무가 얼마냐 대체!"

"알겠습니다."

왕은 흡족히 웃으며 선의 어깨를 두드려주고는 용상 쪽으로 걸어갔고, 그 뒷모습을 보던 선이 멈칫했다.

'이제 나라를 구할 길은 오직 현명한 신하가 나서 어진 이를 골라 조선의 군주로 세우는 길 뿐이니……'

불현듯 옥사에서 보았던 맹의의 내용이 떠오른 선이 왕을 불렀고, 왕은 별 생각 없이 돌아보았다.

"그 문서 말입니다. 문서에 적힌 내용이 무엇이기에 사람의 목숨과 바꿀 만큼 비싼 값이 매겨진 것일까요?"

왕은 당혹스러움 감추지 못했다.

"문서는…… 정말 사라진 것이겠습니까?"

"대체 애비 말을 어디로 듣는 게야! 다 끝난 사건 끼고 앉아서 언제까지 종사관질이나 해대고 있을 거야. 물러가! 썩 물러가, 당장!"

선으로서는 어찌하여 아비가 저렇듯 불같이 화를 내는 것인지 알 수 없었다. 허나, 한 가지 확실한 건 부왕이 그 문서에 관해 뭔가 알고 있다는 것이었다. 선은 예를 갖추고는 물러 나왔고, 왕이 그를 못마땅하게 쳐다보았다.

"다 끝난 마당에 저놈이 왜 또 문서 타령이야."

사라진 문서 맹의를 두고 이야기하고 있는 건 좌상 이종성의 집무실로 모여든 소론계 인사들 역시 마찬가지였다.

"문서를 손에 넣지 못했다고요? 이걸 믿어야 됩니까?"

기가 막힌 듯 조재호가 좌중을 보며 그리 물었고, 신치운 역시 분노를 감추지 못한 채 벌떡 일어나 박문수에게 따져 물었다.

"믿긴 뭘 믿는다는 겁니까. 어떻게 된 겁니까?"

"내가 알기론 이런 일은 대감이 한 수 위에요. 김택하고 나란히 보물찾길 하려 들었다면 승자는 대감일 공산이 크지요."

조재호 역시 의심스러운 듯 물었으나, 박문수는 침묵을 지킬 뿐이었다. 신치운은 그 문서를 어떻게 한 것이냐 소리쳤고, 이종성이 그를 제지했다. 허나, 신치운의 기세는 쉬이 꺾일 줄 몰랐다.

"지금 당장 대전으로 가겠습니다. 가서 정수겸 비망록 속 시원하게 까고 그 문서도 한 번 보자고 해보지요, 뭐."

"글쎄 앉으라구."

"아니, 차라리 저자로 가는 게 좋겠습니다. 저자 한복판에 벽서라도 하나 턱 붙여 놓으면,"

"앉으란 말 못 들었나!"

이종성의 일갈에 신치운이 흠칫 굳었다.

"우리가 쥔 패, 세상에 다 까서 대체 뭘 얻겠다는 게야. 나대지 말고 닥치고 있어. 여기서 더 나대면 자네를 파직하는 데 내 이 관복을 걸지. 왜, 못할 거 같나!"

이종성의 강수에 신치운은 결국 분기를 억누른 채 자리에 구겨 앉았다. 박문수는 여전히 아무런 말도 하지 않았다.

그 무렵, 창덕궁 희정당에는 다담상을 사이에 둔 채 왕과 김택이 마주앉아 있었다.

"거사에 자식 놈까지 동원한 줄은 내 몰랐구먼. 괜찮어?"

그리 묻는 왕을 바라보던 김택이 번다한 마음을 추스르고는 운을 떼었다.

"맹의를 손에 넣었으니, 이제 다시 시작하면 됩니다."

"앞으론 간수 잘 해. 또다시 쓸데없는 분란거리 만들지 말고, 이 사람아."

김택이 희정당을 나선 후, 왕은 한과를 우물거리며 기가 찬 듯 중얼거렸다.

"다시 시작이란다…… 지독한 놈 같으니라구."

세자시강원 일실, 채제공은 일전에 선이 알아봐달라 했던 명단들이 적힌 사본을 그 앞에 내려놓았다.

"이제 신흥복이 남긴 이 문서에 대해 소신이 들을 얘기가 있는 것 같습니다. 갑진년 팔월 이일…… 날짜가 명기된 것으로 보아 이건 수결이라 보는 것이 온당합니다. 허면, 문서는 이것이 전부는 아니라는 얘기지요."

흔들리는 눈빛을 추스르며 문서를 접는 선을 채제공이 저지했다.

"대체 이자들이 어디에 수결을 한 겁니까? 오늘 국청에서 거론되던 문서…… 신흥복은 바로 그 문서의 사본을 남긴 것입니다. 그렇지 않습니까?"

"우부승지. 나중에…… 모든 것이 좀 더 확실해진 연후 그때 얘기하도록 하지."

채제공이 답답한 듯 선을 보던 그때, 문 밖에서 장 내관이 기척을 해왔다.

"방금 덕금이가 추포되었다 하옵니다."

"덕금이라면…… 장도를 훔쳐간 궁녀 말인가?"

장 내관이 고개를 끄덕였고, 선의 눈빛이 흔들렸다.

그 시각, 의금부로 잡혀온 덕금은 피 칠갑이 될 정도로 무참히 장을 맞고 있었다. 그녀 앞에 선 홍봉한이 엄중히 물었다.

"누구냐? 저하의 장도를 훔쳐내라 명한 자가 누구야?"

"강……필……재. 동궁전 별감 강필잽니다."

그 말을 겨우 내뱉은 덕금이 정신을 잃었다.

김무, 덕금에 이어 홍봉한이 잡아들인 것은 좌포청 종사관 변종인이었다. 심상치 않은 분위기에 도망을 치려던 그는 나장들에 의해 잡혀 의금부로 끌려왔다. 변종인의 말이나 진실 여부는 홍봉한을 포함한 윗선에게 중요치 않았다. 단지 모든 범행의 배후를 죽은 강필재에게 몰고, 그 강필재가 사주하여 좌포청 포도대장이었던 홍계희에게 거짓 문서를 올렸다는, 그들이 원하는 답을 시인하는 것뿐. 고신으로 만신창이가 된 변종인에게 홍봉한은 또 한 번 같은 것을 물었으나, 변종인은 독기가 바짝 오른 채 따져 물었다.

"이리 꼬리만 자르고 무사할 성싶소."

"말조심해. 여러 목숨 날리기 싫으면 똑바로 대답해. 강필재가 신홍복과 허정운을 살해한 것을 알고도 묵인하였음은 물론 그 뒤처리까지 해준 것이 사실이냐?"

부들부들 떨며 홍봉한을 노려보는 변종인에게 홍봉한은 막 돌이 지난 변종인의 아들을 입에 올렸다. 변종인의 눈빛이 극심히 흔들렸고, 홍봉한은 그 앞에 문서를 들이밀며 수결을 하라 일렀다.

❀ ❀ ❀

다음 날, 창덕궁 편전에는 홍계희와 민백상이 부복해 있었다. 왕이 서안 위의 사직상소를 보며 너털웃음을 터뜨렸다.

"사직소? 이 사직소가 무슨 문안편진 줄 알아. 뭘 이렇게 자주 들고 와."

홍계희가 휘하를 단속지 못한 죄가 크다 하였고, 왕은 자리에서 일어나 층계를 내려서며 물었다.

"허면 이 사건이 살인사건인 줄 그대는 꿈에도 몰랐다는 겐가?"

"그 또한 소신의 무능이옵니다."

홍계희가 깊이 고개를 숙였고, 왕은 그를 흘긋 보더니 사관 앞으로 다가섰다.

"잘 적어둬. 지 입으로 무능하다 했어. 저 무능한 놈, 사직이 아니라 파직을 해야 옳겠지?"

사관이 난감한 듯 고개를 숙였고, 민백상은 왕에게 아니 되는 일이라 말했다.

"뭐가 아니 돼?"

"공무를 행하다 빚어진 과실일 뿐인데, 그 죄를 어찌 파직으로 묻는단 말입니까. 부디 병판의 사직소는 반려하시옵고, 오직…… 소신만을 파직하여주십시오. 자식으로 하여금 상관을 제대로 보필케만 했어도 이런 일까진 벌어지지 않았을 터인데……. 어정이 유린된 사건인지라 상관과 견해를 달리하다 화를 자초할까 염려하여 자식 놈을 수사에서 강제로 제외시켰을 뿐 아니라, 심지어는 익명서마저 이 손으로 파기하고야 말았으니, 그 죄는 파직으로도 씻을 수 없을 것입니다."

그를 담담히 듣던 왕이 다시 사관에게 물었다.

"어떻게, 제대로 적었니? 저놈이 아주 죽여달라구 생떼를 쓰고 있구나."

사관이 더더욱 난감한 듯 고개를 숙였고, 왕은 그만 물러가라 일렀다.

"집안 단속 못한 걸 어디 와서 투정이야. 물러가서 일들 해. 더욱 힘써 정사에 임하는 것으로 죄를 씻어. 아, 뭘 꾸물거려. 썩들 물러가라니까."

"성은이 망극하옵니다, 전하."

두 사람이 깊이 고개를 숙였고, 왕은 슥 돌아서며 묘한 웃음을 지었다.

세자시강원에서 수사 종결문을 보던 선이 기가 찬 듯 중얼거렸다.
"홍계희와 민백상마저 혐의를 벗었다? 완벽해. 흠잡을 데 하나 없이 아귀가 아주 잘 맞아. 그 어떤 포교소설도 이보다 완벽할 순 없겠어."
비웃음을 흘리던 선이 눈을 질끈 감았다 뜨며 자리에서 일어나 세자시강원을 나섰다. 선이 걸음한 곳은 김무가 갇혀 있는 의금부 옥사였다. 선이 들어서려하자 채제공이 그 앞을 막아섰다.
"저하…… 잔악무도한 살인맙니다."
"주위나 물려."
채제공을 가볍게 밀어낸 후, 안으로 들어선 선이 문을 닫으라 일렀다. 채제공이 다시 한 번 그를 말려보려 했으나, 선은 엄하게 그를 보며 고개를 저었다. 채제공이 옥리들을 향해 고개를 끄덕였고, 이내 문은 닫혔다. 그때까지 김무는 눈썹 하나 까딱하지 않은 채, 가부좌를 틀고 앉아 있었다.
"그대가 앉은 자리…… 조금 전까진 나의 자리였다."
"모진 아비 만나 고생이구먼."
"다른 이는 몰라도 그댄 나에게 그런 말을 할 처진 못 되는 것 같은데."

선이 그 앞에 앉으며 받아쳤고, 김무는 덤덤히 선을 보았다. 아비에 대해 아무것도 아는 바가 없는지 묻는 선에게 김무는 세상이 아는 만큼은 아는 것 같다 응수했다.

 "그런데 왜 국청에서 거짓을 고했나?"

 처음으로 김무의 눈빛이 흔들렸다.

 "그렇지…… 눈은 거짓말을 못하지. 지금이라도 늦지 않았어. 진실을 말할 기회를 주지."

 "어떤 진실 말인가? 아비가 정치적 목적을 위해 자식에게 살인을 청부했다, 헌데 쓸모없어지니 버리려 한다, 국청에서 보여준 아비 노릇은 가증스런 연희에 불과했다, 이런 진실 말인가?"

 "알고도…… 당했단 건가?"

 "……아버지니까."

 "아버지? 니가 감싸겠다는 그 잘난 아비로 인해 죽을 이유가 없는 자들이 줄줄이 죽어나갔어. 그들 또한 누군가의 아들이고 아비이며 또한 오라비였다. 헌데 니 아빈 아무런 대가도 치르지 않고 심지어 친아들조차 사지에 던지고 혼자서…… 오직 혼자서만 빠져나가려 하고 있어. 이건 옳은 일이 아니야. 영상 김택은 니가 그토록 눈물겨운 효성을 바칠 만한 상대가 못 돼."

 허나 김무는 질긴 침묵을 고수했고, 선이 간절히 청했다.

 "부탁한다. 억울하게 죽어간 이들을 위해…… 앞으로 있을지도 모를 또 다른 희생을 막기 위해 부디 진실을 밝히다오."

"어이, 세자 양반. 그쪽이 아무리 애를 써도 내가 말할 수 있는 진실은 오직 하나야. 그러니까 이제 그만 꺼져주시지."

"끝내 아비를 위해…… 아비를 대신하여 죽어주는 쪽을 택하겠다는 겐가."

"죽는 거야 죄로 인해 죽는 거지. 아비로부턴 그저 추억 하나 챙겨가는 거야. 연쇄살인마라 세상이 두려워하고 질시하는 날…… 나 같은 놈을 그래도 아들이라 당당하게 말해준 아비. 그 아비에 대한 추억조차 없으면 저승으로 가는 길이 참으로 쓸쓸하지 않겠나."

이미 김무의 마음은 더 흔들어볼 여지조차 없었다. 선은 나지막이 한숨을 내쉬었고, 김무 역시 더는 답할 것이 없다는 듯 눈을 감았다.

선은 옥사를 나섰고, 채제공이 뒤를 따랐다. 혼란스럽고 번다한 마음을 어찌할 바 모르던 선이 찾은 것은 어린 아들, 이산이었다. 혜경궁이 이산을 데리고 동궁전으로 들었고, 선은 이산과 비단 천으로 만든 색공을 던지고 받으며 공놀이를 했다. 그 모습을 혜경궁과 최 상궁, 김 상궁이 흐뭇하게 바라보았고, 이산의 해맑은 웃음소리에 선 역시 따뜻하게 웃었다.

"녀석…… 언제나 웃는 소리 하나는 우렁차서 좋구나. 자, 이리 오너라."

이산을 제 무릎에 앉힌 선은 이산의 이마께를 짚어보았다.

"미열이 좀 있는 듯도 한데…… 혹 전날의 신역으로 인한 것은 아닙니까?"

걱정스러운 듯 혜경궁에게 물었으나, 그녀는 아이들 열 오르기 여사인 데다가 그리 심려할 정도는 아니라 안심시켰다. 그럼에도 심히 걱정스러운 듯 선은 이산의 얼굴을 가만 쓰다듬었다.

"한 가지 당부할 것이 있습니다. 빈궁. 나에게 어제와 같은 일이 아니, 어제보다 더 감당할 수 없는 일이 닥쳐도 그 일로 인해 이 아이가 동원되는 일은 없었으면 합니다."

"……하오나."

"앞으로 이 아이는 왕자니까, 왕자라는 이유 하나만으로 감당해야 할 신역이 만만치는 않을 것입니다. 그러니까 우리까지 보태진 말자구요."

선을 바라보는 혜경궁의 눈빛이 흔들렸다.

"나는…… 나는 말입니다. 부인. 이 아이, 우리 산이는 가능하면 늦게 알았으면 좋겠어요. 어제와 같은 일, 그 같은 신역이…… 자신이 숙명적으로 견뎌내야 할 일일지도 모른다는 사실을 가능한 늦게, 아주 늦게 알았으면 합니다."

최 상궁은 선이 안타까워 고개를 숙였고, 혜경궁 역시 물기 어린 눈으로 애써 담담히 생각해보겠다 말했다. 선은 이산을 품은 채, 더 따뜻하게 꽉 안아주었다.

그 무렵, 박문수는 왕의 부름을 받고 편전에 들어 있었다.

"좋으냐? 후련해? 그 잘나빠진 검계 놈 하나 구한다고 그 중요한 걸 김택이란 놈, 노론 놈들 아가리에 처넣으니까 좋으냐고?"

"소신이 구하고 싶었던 건 나철주보다 오히려 전하였습니다."

차를 기울이던 왕이 멈칫하며 박문수를 쳐다보았다.

"민생을 위하자 하셨습니까. 오직 백성을 위해, 백성의 안녕을 위해 그 문서가 필요하다고도 하셨지요. 아니요, 아닙니다. 이제 전하의 안중에 백성은 없습니다."

"함부로 지껄이지 말아라."

"백성이 안중에 있는데 어찌 단 일각도 지체치 않고 대의 운운하며 무고한 놈을 잡자고 합니까. 전하가 원하시는 건 백성의 안녕이 아닙니다. 오직 거기, 그 자리에 버티고 앉아서 무소불위의 권력을 쥐고 독주를 하고 싶은 겁니다."

"닥치거라!"

왕이 벌떡 일어나 그리 말했으나, 박문수는 눈 하나 깜짝하지 않았다.

"독주를 하는 권력은 마땅히 견제를 받아야 합니다."

"그래서…… 그래서 과인을 견제하려고 김택이란 놈, 그놈에게 맹의를 줬냐?"

"나쁜 놈이 견제를 하는 쪽이 안 하는 것보다는 좋으니까요. 명심하십시오, 전하. 나쁜 놈이라도 견제하지 않으면 이제 전하에게 남은 건 오직…… 폭군이 되는 길뿐입니다."

왕의 눈빛이 극심하게 흔들렸고, 박문수는 안타까운 눈으로 그를 보았다. 박문수가 예를 갖추고는 편전을 나섰고, 왕은 용상에 털썩 주저앉았다.

그 품에서 잠든 산을 바라보던 선은 희우정으로 향했고, 그 뒤를 채제공이 따랐다.

"만일에…… 만일에 말이지. 김택이 이 모든 사건의 배후라면 아들의 진심…… 그 진심조차 계산에 넣었던 것일까."

선이 헛헛한 미소를 짓던 그때, 김택은 자신의 사랑에 앉아 김상로, 민백상과 함께 술잔을 기울이고 있었다. 민백상은 정면 돌파라니 생각지도 못했던 일이라 하였고, 김상로 역시 너무 무모한 작전이었다 평했다.

"그놈이 그 자리에서 토설을 했으면 대감은…… 모르기는 해도 지금쯤 황천길 초입까지는 갔을 겝니다."

"그럴 일은 없어. 천한 것들은 원래 잔정에 약하니까."

말은 그리 내뱉었으나, 김택 역시 어쩔 수 없는 아비였고 아들의 죽음 앞에 망연했다.

그 무렵, 김무는 서소문 밖 형장에 꿇려진 채 마지막을 기다리고 있었다. 김무 옆에서 망나니가 슬픈 칼춤을 추었고, 그를 먼발치서 바라보던 나철주와 김무의 눈빛이 아주 잠깐 스쳤다. 나철주가 멀쩡한 손을 들어 오래된 친구에게 마지막이 될 인사를 보냈고, 양손이 결박된 김무는 씁쓸한 웃음으로 그를 대신했다. 그 순간, 망나니의 칼이 허공을 갈랐고, 김무의 숨이 끊어졌다.

"진심은…… 그 진심만은 계산한 것이 아니었으면 좋겠군. 아비는 누구고, 아들은 또한 누구인가."

그리 중얼거리는 선의 머릿속에 부왕의 모습과 그가 했던 말이 스쳐 지나갔고, 선은 씁쓸한 미소를 지으며 채제공에게 물었다.

"그대는…… 아비와의 추억이 있는가? 없다면 어떤 추억을 갖고 싶은가?"

채제공은 그를 안타깝게 바라볼 뿐, 그 어떤 말도 할 수 없었다. 길고 긴 침묵 속에 사위는 점점 어둑해졌다.

마음을 애써 추스른 선은 이조의 문서창으로 갔고, 그곳에서 맹의에 수결한 자들의 호들을 하나씩 정리했다.

'해연, 영상 김택을 포함하여 모두 노론. 그러나 죽파, 이자만은 누구인지 알 길이 없다. 또한 그들이 택군하여 세우겠다 한 현자는 누구인가. 죽파는…… 누구인가.'

선의 수심이 깊어갈 무렵, 대전 내관이 그를 찾아왔다. 창덕궁 편전 안으로 들어서던 선의 얼굴이 흠칫 굳었다. 왕의 앞에 부복한 채 있는 지담 때문이었다. 왕은 인자한 얼굴로 지담을 내려다보고 있었고, 그 한 켠에는 혜경궁이 서 있었다. 왕이 선을 보며 아는 체를 했다.

"어서 오너라. 내 막 저 아일 상찬하려던 중이었어."

왕이 지담을 보며 담담히 말을 이었다.

"날이 밝는 대로 화원 신홍복의 신원을 명하고 그 가솔들을 방면토록 할 것이다. 또한 억울하게 죽은 화원 허정운의 가솔들에게 국가에서 응분의 보상을 할 것이다."

얼떨떨한 듯 왕의 말을 듣고 있던 지담이 진정 다행이라는 듯 참말이냐 물었고, 왕은 인자한 얼굴로 그 답을 대신했다. 지담이 화색을 감추지 못한 채 깊이 부복했으나, 그를 바라보는 혜경궁과 선은 저마다의 이유로 굳어 있었다.

"이름이 뭐라 했지?"

왕이 지담에게 물었으나, 답은 지담이 아닌 혜경궁이 대신했다.

"서가…… 지담이라 하옵니다."

"지담이라. 이 모든 조치가 가능했던 것은 너의 지혜와 용기에서 비롯되었음을 안다. 하여 내 크게 상찬코자 하니 원하는 바가 있으면 말해보아라."

왕이 온후한 미소를 머금은 채 그리 말했으나, 지담은 여전히 조아린 채 고개조차 들지 못했다.

"엄동설한도 아닌데 어찌 그리 떠누. 내가 무서우냐?"

"아……니옵니다, 전하."

"허면 어서 원하는 바를 말해봐."

여전히 답하지 못하는 지담을 흘긋 보더니 되물었다.

"궁인으로 삼아주랴? 세자의 생각은 어떠냐? 원한다면 후궁으로 삼아 곁에 두어도 좋다."

그 말에 선의 얼굴에 당혹감이 스쳤고, 혜경궁의 눈빛 또한 흔들렸다. 난감한 듯 지담이 선과 혜경궁, 왕을 바라보았고 왕의 입가에는 묘한 웃음이 피어올랐다.

국립중앙도서관 출판시도서목록(CIP)

비밀의 문. 1권 / 윤선주 극본 ; 김영은 소설.
— 고양 : 위즈덤하우스, 2014
p.;   cm

ISBN 978-89-5913-863-0 04810 : ₩13000
ISBN 978-89-5913-862-3 (세트) 04810

한국 현대 소설[韓國現代小說]
텔레비전 드라마[television drama]

813.7-KDC5
895.735-DDC21   CIP2014035336

비밀의 문 의궤살인사건 1

초판 1쇄 인쇄 2014년 12월 12일   **초판 1쇄 발행** 2014년 12월 19일

극본 윤선주 **소설** 김영은   **펴낸이** 연준혁

멀티콘텐츠사업분사 분사장 정은선
출판기획 오유미 배윤영 **콘텐츠비즈니스** 이화진
디지털콘텐츠 전효원 **이러닝기획** 김수명 송미진
디자인 하은혜 **제작** 이재승

펴낸곳 (주)위즈덤하우스 **출판등록** 2000년 5월 23일 제13-1071호
주소 (410-380) 경기도 고양시 일산동구 정발산로 43-20 센트럴프라자 6층
전화 031)936-4000 **팩스** 031)903-3893 **홈페이지** www.wisdomhouse.co.kr
종이 월드페이퍼 **인쇄·제본** (주)현문 **후가공** 이지앤비

값 13,000원   ISBN 978-89-5913-863-0 04810
              978-89-5913-862-3 (세트)

* 잘못된 책은 바꿔드립니다.
* 이 책의 전부 또는 일부 내용을 재사용하려면 반드시
  사전에 저작권자와 (주)위즈덤하우스의 동의를 받아야 합니다.